모욕의
매뉴얼을
준비하다

# 모욕의 매뉴얼을 준비하다

**초판 1쇄 인쇄** 2009년 2월 1일
**초판 1쇄 발행** 2009년 2월 5일

**지은이** 김별아
**펴낸이** 임인규
**펴낸곳** 동화출판사/문학의 문학

**주소** (413-756) 경기도 파주시 교하읍 문발리 509-3(파주출판단지)
**전화** (031)-955-4961
**팩스** (031)-955-4960
**등록번호** 제3-30(1968. 1. 15)

ISBN 978-89-431-0352-1(03810)

값싼 위로, 위악의 독설은 가라!

모욕의
매뉴얼을
준비하다

김별아 산문집

문학의
문학

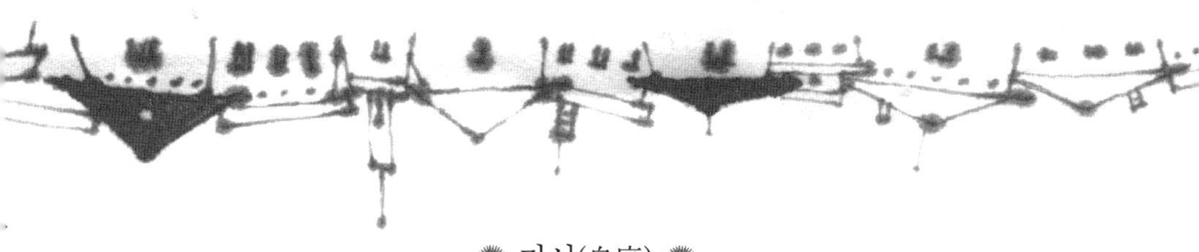

◉ 자서(自序) ◉

염결한 이들이 말하는 소위 '잡문雜文'을 묶어 내놓는 심정이 야릇하다. 두서없이 경황없이 살며 쓰다 보니 어느새 쌓인 것이 이마마해졌다. 업이다, 구업이다, 부끄러워하면서도 선뜻이 치워버리지 못하는 것은 못난 미련이거니와 자백의 충동이다. 언젠가는 내가 글을 쓰는 걸로 생각했다. 하지만 문득 돌이켜 보니 나는 글로 살고 있다. 내가 쓰는 글과 좌충우돌 갈팡질팡하며 사는 내가 다르지 않다. 모자라거나 어리석은 대로, 나는 내 글이다. 내 글이 나다. 외면하는 것조차 헛짓이다.

세상은 여전히 복마전이다. 나는 자주 길을 잃거나 발을 헛디딘다. 끝내 닿으리라 찾아 헤매던 그곳의 기억마저 때로 가물가물하다. 어떻게 살아야 하나, 꿈결에도 길을 묻곤 한다. 모욕을 견디며, 상실을 이기며, '온몸으로 온몸을' 밀어…… 도대체 어떻게 살라고? 내 안에서 왕왕 울리는 질문들, 내 어깨 너머에서 궁싯거리는 질문들, 내 곁에 나를 닮은 허기진 얼굴들이 꾸역꾸역 토하는 질문들. 이 책에 실린 글들은 그 질문 앞에 허겁지겁 들내놓은 부족한 대답에 다름 아니다.

존재하는 것 자체가 저항이자 수치인, 지금 내가 있는 곳이 지옥이자 천국이다.

2008년에서 2009년 사이

김별아

**생래적인 고독으로부터 자유로운 사람**

세상을 지혜롭고 엽렵하게 사는 이가 얼마나 될까. 늘 관계와 관계 속에서 허둥대거나, 상처받고 상처를 주면서 살아갈 뿐. 좀 더 이악스러운 사람은 여러 얼굴과 목소리로 살아갈 테지만 대부분의 사람들은 그렇지 못하다. 어떻게 살아야 할 것인가, 그 같은 고민에 명쾌하게 답할 사람은 많지 않다. 자신과 세상을 알지 못하는데 어찌 그 모범답안을 입에 올릴 수 있을까. 끊임없이 실수를 하면서 명치가 저릴 정도로 후회의 한숨만 내쉴 뿐. 하지만 이 책을 읽다보면 자연스럽게 그 해답을 발견할 수 있다. 우리가 살고 있는 세상과 인간의 다중성을 냉철하게 들여다보며 때로는 반성을 하고, 때로는 다정하게 보듬어 안는 작가의 따사로운 시선 속에서 우리가 견지해야 할 삶의 자세를 찾을 수가 있다. 자칫 나를 잃어버리기 쉬운 이 어려운 때 자신을 돌아보고 어떻게 살아야 할 것인지 진지하게 생각해 보는 것도 미래를 위해 한번쯤 해야 할 일인지도 모른다. 나 역시 김별아처럼 모욕의 매뉴얼을 만들어 놓고 이 풍진 세상에 호기롭게 맞짱을 뜨고 싶다.

— 은미희(소설가)

## 자기 착취의 고통 속에서도 찬란하기를

김별아는 자신을 착취한다. 본인은 부정할지 모르겠으나 가까운 우리들이 지켜보는 그는 자신을 밀어붙이고 또 밀어붙인 끝에 기진할 때쯤 고개를 들고 주위를 두리번거린다. 그러고는 못 돼먹은 척 투덜거리면서 몸과 마음이 상해 있는 주변 사람들을 챙기고, 관심 없는 척 코웃음 치는 척 슬쩍 제 손 빌려 주거나 토닥거려 준다. 겉보기론 날 세운 전사戰士같은데 속에는, 오냐오냐 가여운 세상아, 내 새끼들아, 눈시울 적시는 어머니가 들앉아 있는 것이다. 여기의 글들에는, 곳곳에, 그렇듯 배반할 수 없는 모성과 문학을 위해 스스로를 착취하는 그의 분주한 노동이 아프게 박혀 있다. 그러므로 바라노니, 맹렬히 쓰고 열심히 사는 그의 나날이 자기 착취의 고통 속에서도 찬란하기를.

—정길연(소설가)

# 차 례

◎ 모욕의 매뉴얼을 준비하다

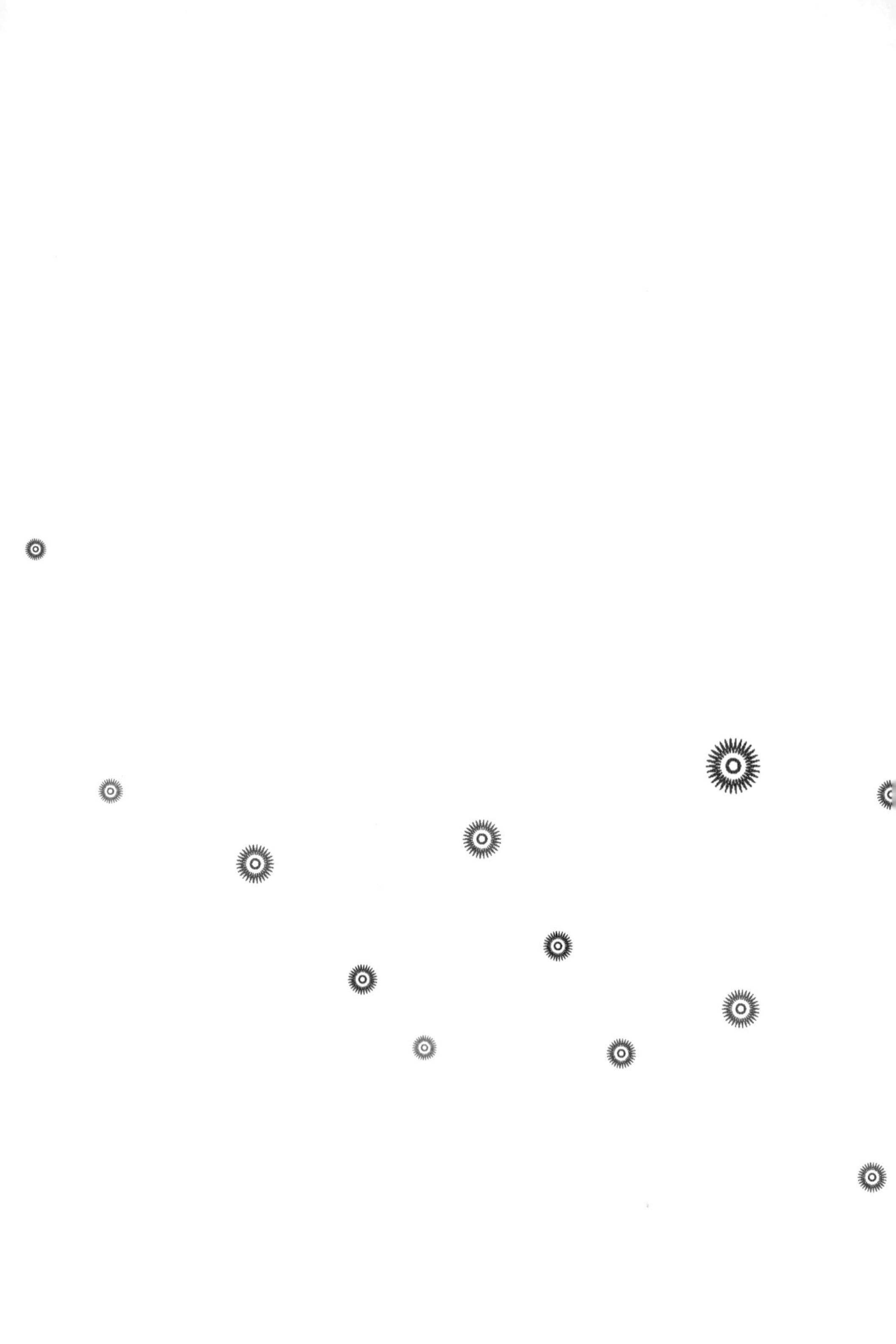

# 1장 : 모욕의 매뉴얼을 준비하다

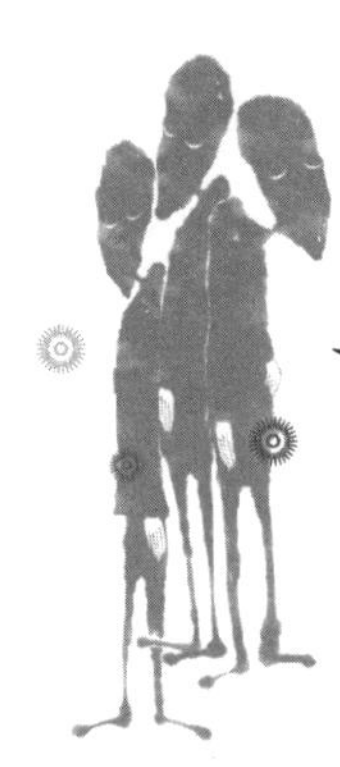

# 모욕의 매뉴얼을 준비하다

믿거나 말거나, 소싯적에 나는 대단히 소심하고 예의 바른 처자였다. 지금도 내 밑바닥 성정을 꽉 움켜쥐고 놓아주지 않는 두 가지, '촌년'이면서 '선생 자식'이라는 존재적 근원의 영향이었다. 나는 매우 규범적으로 자라났고, 여전히 그 '규범' 때문에 때로 고통 받고 때로 견디어 버틴다.

나는 언제나 나 때문에 누군가가 불편할까 봐 애를 썼다. 내가 손해를 보는 한이 있더라도 어설픈 셈속으로 남에게 신세를 질까 봐 늘 전전긍긍이었다. 남들보다 먼저 인사를 했고, 한번 한 약속은 기어코 지키려 노력했고, 남의 눈이 없는 곳에서도 몸에 밴 대로 질서와 범절을 지켰다. 물론 내 유전자에는 그와 정반대인 일탈의 욕구 또한 저장되어 있었으나, 그것은 문학예술로 승화시키기에 족한 것이고, 그 문학예술의 탄력성을 위해 약간의 '제스처'로 표현되면 그만이었다.

하지만 세상이 변한 걸까, 내가 변한 걸까. 세상이 날 변화시킨 걸까.

언젠가부터 나는 그런 식으로 나를 낮추고 남을 배려하는 자세로 살아간다는 게 부질없다는 사실을 깨달았다. 거칠고 거침없는 태도와 공격적인 자세만이 이 전쟁터 같은 세상 속에서 살아남는 길이라는 진리를. 무섭게 변해가는 세상의 속도에 발을 맞추지 못하는 나는, 남의 눈을 지나치게 의식하는 위선자거나, 제 밥그릇도 제대로 못 챙기는 헛똑똑이거나, 함부로 대해도 무방한 얼간이에 불과했다.

더군다나 나는 이 사회의 2등 인간인 여자이고, 홑몸으로 움치고 뛸 수 없는 애 딸린 아줌마이고, 아직 나잇살로도 밀어 붙일 수 없는 젊은 것이다. 예의와 범절은 경조부박한 세상에서 나를 전혀 방어해 주지 못했다. 좀 더 큰 목소리, 기세등등한 눈빛, 온기가 가신 냉정한 목소리, 누구에게도 밀리지 않으려는 몸싸움의 자세만이 스스로를 지킬 수 있는 유일한 무기였다.

제발 나를 건들지 마라, 고 세상을 향해 부르짖고 싶은 나는 웬만한 싸움은 마다하고 더러운 것은 피해가며 산다. 어지간히 타협적으로 비겁하게 변해 버린 셈이다. 하지만 역시 내 맘대로 돌아가는 세상이 아니다. 일상의 곳곳에서 나를 괴롭히고 모욕하는 것들과 맞부딪힐 수밖에 없다. 나는 아직 이 누항의 한가운데 몸을 부려 살고 있으므로.

싸우지 않을 수는 없다. 모욕을 참고 견디는 것은 더 이상 미덕이 아니다. 그런데 싸우려면 잘 싸워야 한다. 싸움은 이기기 위해 해야 한다. 당장은 계란으로 바위치기에 지나지 않더라도 작은 결실이나마 축적하여

종래에 큰 승리를 얻어야 한다. 하지만 싸움을 잘하기는 쉬운가? 싸우지 말아야 한다, 사이좋게 지내야 한다는 바른생활 교과목의 정답이 여전히 규범적인 내 안에서 스멀거리고 있는데. 잘못 싸우면 죄책감과 자괴감만 쌓인다. 싸움의 대상보다 쌈닭이 되어버린 나 자신을 미워하게 된다. 그건 이미 패한 것이다.

그래서 나는 오늘도 모욕에 대한 매뉴얼을 만든다. 세상이, 세상 사람들이 나를 부당하게 모욕해 올 때 어떻게 하면 효율적이고 적절하게 맞받아칠 수 있는지 고민한다. 상황을 철저히 분석하고 미리 각본을 짜 둔다. 그래야 무시로 닥친 상황 앞에서 할 말을 잃고 쩔쩔 매다가 집에 돌아와 잠자리에 누워 뒤척이며 수십 번 대꾸의 말을 떠올렸다 지우는 최악의 경우를 피할 수 있다.

일주일에 한 번씩 서울 시내로 외출을 한다. 문화원 강좌를 듣는 아들과 아이의 친구를 데리고 한 시간 남짓 지하철을 탄다. 두 아이에게 손을 잡히면 나는 나를 방어할 손을 잃는다. 그래서 더욱 몸을 도사리고 신경을 곤두세운다.

그날 나는 어지간히 더워진 날씨에 티셔츠 아래 찢어진 청바지를 입었다. 그런데 아니나 다를까, 지하철역에서 늙수그레한 아저씨가 지청구를 한다. 애어멈 옷 꼬라지가 어쩌고저쩌고 요즘 젊은 것들이 어쩌고저쩌고, 지팡이를 휘두르며 아예 한바탕 살풀이를 할 태세다. 이럴 줄 알고 찢어진 청바지를 입었을 때의 매뉴얼을 펼쳐 두었다.

"남이 뭘 입든 무슨 상관이에요? 제 청바지가 아저씨한테 무슨 피해를 줬는데요? 이런 저런 꼴 다 보기 싫으면 집에 들어앉아 계시지 왜 나와서 돌아다니셔요?"

어지간히도 싸가지 없이 톡 쏘아붙였다. 아저씨 입이 닫히고, 애들은 휘둥그레진 눈으로 날 쳐다보고, 나도 속으로 놀란다. 예전 같으면 대꾸도 못하고 혼자 꿍꿍 앓았을 것이다. 하지만 내 속에 저장된 모욕에 대한 매뉴얼이 타인의 취향에 대해 무례하게 간섭하는 사람들을 더 이상 참지말라고 충동질한다. 술자리에서 무시로 성희롱을 하는 사람들에게, 길게 늘어선 줄을 새치기하며 비집어드는 사람들에게, 조금만 약하고 온순하게 보이면 당장 얕보고 물어뜯으려 드는 사람들에게, 예의와 범절로는 상대할 수 없는 세상에게, 더 이상 참지 말라고.

이건 용기도 뭣도 아니다. 그저 삶의 방편이고 처세의 기법이다. 나는 마침내 그 서글픈 성찰의 자리에까지 이르게 된 것이다.

# 나를 움직이지 않게 하는 그 말들

내가 청탁 받은 글의 제목은 '나를 움직인 한마디'이지만 나는 원고를 부탁 받는 순간 '나를 움직이지 않게 하는' 몇 마디를 퍼뜩 떠올렸다. '움직인다'는 말의 의미가 단순히 동작이나 상황을 바꾸는 것이 아니라 어떤 영향을 받아 변화를 꾀하는 것이라는 사실을 알고 있지만, 불혹의 나이에도 여전히 세상의 미혹에 시달리는 내게는 나를 흔들리지 않게 지켜 줄 그 무엇이 더 갈급하다.

작가라는 버거운 이름으로 살아온 지 어느덧 십오 년이다. 현대의 작가는 물신의 지배력이 인간의 감성과 상상까지도 장악하는 세상에서 지독히 고루하고 부가가치가 낮은 사양 산업에 종사하는 일꾼이다. 노동은 고되고, 아무리 해도 좀처럼 숙련되지 않으며, 일을 마치고 받아드는 품삯은 박하기만하다. 짐짓 몸만큼 마음이 빈한해지려 할 때, 「화수분」의 소설가 전영택의 금언 한 구절을 떠올린다.

외로이, 어리석게, 가난하게!

외롭지 않으면, 어리석지 않으면, 또한 스스로 가난해지지 않으면 자신이 진정으로 원하는 일을 할 수 없다. 세상의 부와 명예와 화려한 가치에 눈을 홀린 채로는 나만의 세계를 축조할 수 없다. 그래도 가끔은 뒤통수를 치고 옆구리를 스쳐 앞질러 가는 세상을 멀거니 바라보며 언제까지 견뎌 버틸 수 있을까 쓸쓸히 의심할 때가 있다. 그때 김소월의 스승으로 유명한 시인 김억의 한마디를 기억한다.

자기의 본분인 줄 알거든 그 길을 꾸준히 걸어 나갈 것이요, 결코 여러 곳에 곁눈질할 것이 아닙니다. 눈을 딱 감고 귀는 꽉 틀어막고 바보처럼 그대로 나아갈 것입니다.

이 고집스런 지침이 꼭 작가들만을 위한 금언은 아니라고 생각한다. 정신없이 변하는 세상, 가치가 혼돈된 사회 속에서 스스로를 지키기 위한 방법은 거듭된 반성과 성찰과 다짐뿐이다.

나는 외롭다. 하지만 또다시 해야 할 일이 있어 외롭지만은 않다. 나는 어리석다. 그렇지만 내가 추구하는 가치 속에서 어리석지만은 않다. 그리고 나는 끝끝내 지키고픈 나만의 세계 속에서 누구보다 큰 부자다. 그렇게 나는 행복한 바보인 채로 살고 싶다.

# 성악설을 믿다

잠든 아이는 천사 같다. 내 글 속에서 아이는 주로 잠든 모습으로 묘사되곤 하는데, 이유는 간단하다. 그때가 제일 예쁘고, 조용하고, 적어도 억지 생떼로 부족한 내 인내심을 시험하지 않기 때문이다. 아이의 가느다란 숨결에 볼을 대면 행복한 온기가 느껴진다. 고사리손에선 달콤한 사탕 냄새가 난다. 날개만 달면 곧장 나팔 하나 들고 천국의 문을 지켜도 손색없겠다. 날개옷을 숨겨야겠다. 내놓으라고 협박하면서 내 마음속 서랍 하나하나를 다 뒤지기 전까지는 절대 먼저 내주지 말아야지.

하지만 나는 그 난만하고 무구한 모습을 완전히 믿지는 않는다. 내가 참으로 이기적인 인간이라는 건 내 새끼를 볼 때마저 잔인하고 냉정한 관찰의 시선을 거두지 못하고 있음에서 여실히 드러난다. 나는 때로 소설 속의 등장인물을 살필 때처럼 아이를 바라본다. 일상 속에서 내밀한 인간 심리를 탐색할 때처럼 차갑고 날카로워진다. 아이는 내가 기억하지 못하는 나의 과거이다. 유전적 본능과 환경의 영향이 동시에 드러나 진행되는 훌륭한 표본이다. 나는 그를 바라보며 '인간'을 생각한다. 직업병이다. 소설가 어미를 둔 아이는 얼마간 불운하다. 외피를 줬다는 명분만으로 내면마저 꼬치구이처럼 관통당해야 하다니.

나는 아직도 고등학교 시절 배운 인간의 본성에 대한 다양한 학설들을 기억한다. 중증의 건망증으로 엊그제 일도 까맣게 잊기 일쑤이지만, 가끔은 십 년도 훨씬 지난날의 수업 한 토막이 고스란히 기억나기도 한다. 나는 그때 성악설과 성선설, 일명 백지설이라고 불리는 성무선악설, 성선악혼재설, 성삼품설에 대해 열심히 외웠는데, 시험에 주로 출제되는 맹자와 루소의 성선설과 순자와 홉스의 성악설 중 본능적으로 성악설에 더 마음을 주었던 것 같다. 나는 별로 선한 인간의 존재를 믿지 않았다. 가뜩이나 배배 꼬이고 비틀린 사춘기의 불안정한 정서 탓이기도 했겠지만, 기본적으로 리얼리즘은 불신으로부터 시작된다. 나는 믿지 못해 글을 쓰는 것이다. 끝없는 불평과 불만 속에서 아름다움과 절대성에 대한 희구가 더욱 간절해지는 것이다.

"혜준아, 너는 어떻게 너만 생각하니? 다른 친구들도 생각해야지."

친구들과 싸우고 돌아온 아이의 생채기에 약을 바르며 가능한 한 부드러운 목소리로 말한다. 하지만 아이는 대뜸 대꾸한다.

"싫어! 난 나만 생각할 거야!"

이기적인 놈! 그러나 나는 인간은 공동체 속에서 공동선을 추구하기보다 이기적이고 개인적인 본성을 가졌다고 생각한다. 너를 포기하고 희생해야 한다고 가르치기는 쉽지 않다. 나 역시 그렇게 살고 있지 않은 걸.

되도록 강제와 규율보다는 스스로의 선택과 자율에 맡기고 싶었다. 선입견과 편견에서 벗어난 창조적인 인간이 되기를 바랐다. 하지만 나는 하루에도 몇 번씩 '안 돼!'를 소리치고 있고, 끝없이 남을 의식하라고, 남들의 기준으로 자기를 돌아보라고, 질서와 규율을 존중해야만 한다고 강요하고 있다.

그래도 아이들은 그악스럽게 싸우고, 싸우면서 자란다. 말로 하라고 해도 손이 먼저 나가고, 짐승처럼 먹을 것을 다투며, 양보하지 않으려고 버틴다. 지쳤다! 소리를 빽빽 지르며 벌을 세우고 아무리 애원하듯 말해도 그때뿐이다. 또래 집단 속에서 아이는 점점 영악해지고, 빼앗기지 않으려 전투적으로 변해가고, 나약한 것을 괴롭히며 쾌감을 느낀다. 무질서하게 뛰놀고, 정돈된 모든 것을 어지르며, 못하게 하면 악을 쓰고 울며 자기 머리를 벽에 박는다. 이런 개망나니 천사라니! 불현듯 모든 독재자와 세계의 파괴자들은 미성숙한 인간이라는 말이 떠오른다. 그 책에선 이렇게 말했던 것 같다.

'아이들에게 단 하루라도 세상을 맡겨 보라. 그들은 세상을 파괴할 것이다.'

그러다 문득 돌아보면 내가 악마를 낳았다거나 잘못 길렀다는 생각보다는 이것이 인간의 근본적인 심성이 아닌가 싶다. 그들은 다만 솔직한 것이다. 이기적이고, 파괴적이고, 무질서하며, 교활한 것. 인간의 이성이 모든 것의 준거가 된 것은 근대 이후의 일이다. 우리는 인간이 본래 동물이었다는 사실을 너무 빨리 잊었다.

그래서 요즘은 생각이 좀 바뀌었다. 너무 솔직하면 안 된다고, 위선이야말로 정말 필요한 덕목 중의 하나라고. 모두들 솔직해야 한다고 목소리를 높이지만, 정말 내 마음속의 어린아이를 꺼내 보여 준다면 아무도 나를 이해할 수 없을 것이다. 오늘도 날뛰는 내 새끼를 바라보며, 나는 서글픈 연민의 인류애를 느낀다. 죄 많고 어리석은, 나의 나쁜 사랑!

# 아침 산책길의 그 아이

언젠가부터 아침 산책에서 돌아오는 길에 한 아이와 자주 마주치게 되었다. 등교 시간은 벌써 한 시간쯤 지났는데, 아이는 이제야 학교에 가고 있다. 늦잠을 자서 지각을 한 것이 아니다. 아이의 사정은 한눈에 보기에도 딱하다. 힘없는 다리는 휘청거리고 어깨에 멘 가방은 턱없이 무거워 보인다. 도로의 낮은 턱과 작은 돌부리 하나에도 몸의 중심을 잃고 비틀거리기 일쑤다. 쓰러질 듯 가까스로 교문 앞까지 다다랐지만, 아이는 또다시 방향을 잃고 헤맨다. 오늘따라 늘 열려 있던 작은 문 대신 큰 교문이 활짝 열려 있다. 뻔히 열린 큰 문을 눈앞에 두고도 굳게 닫힌 작은 문을 더듬으며 당황하고 있다. 한참 동안 지켜보다가 손을 잡아끌어 열린 문 안으로 들여보내니, 아이는 꾸벅 고개를 숙여 인사한다. 나를 바라보는 아이의 눈은 초점이 잘 맞지 않는다. 그렇다. 그는 내 아이가 다니는 초등학교에 설치된 특수학급에 속한 다운증후군 장애를 가진 아이다. 덩치로 보아 삼사 학년쯤 되어 보이지만, 아이에겐 아직도 바깥 세계로 통하는 문을 찾는 일이 버겁기만하다.

처음에는 몸이 불편한 아이를 배웅하지도 않고 혼자 등교시킨 부모에게 화가 났다. 저러다가 다치기라도 하면 어쩌나, 늘 다니는 문이 닫혔다는 이유만으로 헤매는 아이를 혼자 내보내면 어떡하나. 하지만 이윽고 나의 생각이 그야말로 주제넘은 오지랖이라는 사실을 깨달았다.

언제까지 부모가 아이를 부축하고 이끌어 줄 수 있을까. 아이는 어떻게든 제 손으로 더듬어 세상의 출구를 찾고 펼쳐진 그 길을 제 발로 걸어야 한다. 그러하기에 영원히 함께 할 수 없는 부모는 모질게 마음을 먹고 등을 떠밀어 내보냈으리라. 지금도 어딘가에서 아이의 부모는 발을 동동 구르며 그 모습을 안타깝게 지켜보고 있을지도 모른다.

아이의 뒷모습이 위태롭다. 하지만 아이는 걸어간다. 세상을 살아가기에 아무리 버거운 장애가 있어도 살겠노라고, 제 몫의 삶을 기꺼이 감당하리라고, 아이의 작은 그림자가 웅변한다. 누구에게 타인의 삶을 행복하리라 불행하리라 추측하고 판단할 자격이 있는가. 고작 타인일 뿐인 내게도, 비정한 사회에게도, 그를 가장 사랑하는 부모에게마저도 그럴 권리는 없을 것이다.

# 권위와 저항

저명한 학자 P의 아들이 다니던 학교를 자퇴했다는 소식을 들었다. P는 학문적 성과뿐만 아니라 인격적으로도 매우 훌륭하여 주변의 존경을 받는 사람으로 알려져 있다. 그런 마당에 P의 하나밖에 없는 아들이 작정도 없이 학교를 그만두고 방황한다는 소문은 지인들을 적잖이 당황하게 했다. 자퇴야 누구라도 할 수 있는 일이다. 제도의 틀에 끼워 맞출 수 없는 자유로운 영혼은 언제 어디나 있는 법. 그러므로 입시위주의 교육, 권위주의적인 학칙과 규율, 19세기의 교실에서 20세기의 교사들이 21세기의 아이들을 가르치는 것으로 비유되는 한국 교육의 암울한 현실……이런 이야기가 뒤따라 나올 줄 알았다.

그런데 정작 사람들을 당황하게 한 것은 그런 뻔한 스토리가 아니었다. P와 그의 아내는 의식적으로 조금은 다른 부모이고자 했다. 그들은 아이에게 명문대학에 가기를 강요하지 않았고 성적이 떨어졌다고 나무라지도 않았다. 그들은 아이가 아주 어렸을 때부터 한번도 학과를 보충하는 사설학원에 보낸 적이 없고, 대신 아이가 자유롭고 비판적인 정신을 갖기 바랐기에 여행을 하고 싶다거나 책을 보고 싶다면 지원을 아끼지 않았다. 그리고 아이가 고등학교에 갈 무렵 나름대로의 신중한 판단으로 통제보다는 자율을 모토로 내세운 대안학교에 입학원서를 넣었다. 다른 친구들의 부모와는 판이한 아버지와 어머니를 자랑스러워했던 아이는 씩씩하게 웃으면서 기숙사로 들어갔다. P는 자식을 독립적인 인격체로 키워 낸 자신의 방식에 매우 흡족했다.

하지만 P의 아들에게도 어김없이 격랑의 시기가 왔다. 그는 언젠가부터 지금껏 철석같이 믿어 온 가치와 질서로는 해명할 수 없는 자신을 발견했다. 자신이 이 건전한 '공동체'에 얼마나 어울리지 않는지, 어울릴 수 없는지 알게 되고야 말았다. 지금까지 자신이 지어 보인 씩씩한 웃음과 자유롭고 비판적인 정신은 '존경하는 아버지의 잘난 아들' 되기 위한 안간힘에 불과하다는 것을. 그는 실로 내성적이고 우울한 성격을 가진 개인주의자일뿐이었다. 그는 언제까지 아버지를 만족시키기 위해 살 수는 없다는 사실을 깨닫게 되었다. 아버지가 제아무리 훌륭하고 옳고 존경할만하다 할지라도.

P의 아들은 기숙사를 나왔다. 학교를 자퇴하고 검정고시를 준비하기 시작했다. 그리고 아르바이트를 하면서 집에서도 독립했다. 그는 짐짓 '함부로' 살고 있는 것처럼 보인다. 아직은 치밀한 계획도 없다. 썩 하고

픈 일도 없다. 하지만 밝고 해맑은 웃음보다 칙칙한 우울의 그림자를 끌고 다니는 그가 더 편안해 보인다. 여전히 부모에 대한 약간의 죄책감은 있지만, 그는 자랑스러운 부모의 멋진 아들일 때보다 훨씬 현명한 청년이 되어 가고 있다.

사람의 한 생애에는 일정량의 방황이 있다, 고 나는 믿는다. 영어식으로 말해 '그로잉 페인growing pain', 혹은 통과의례라고 바꿔 부를 수도 있는 어떤 것. 육체의 성장과 정신적 성숙이 보폭을 맞추기까지 사람이 반드시 치러야 하는 상처, 고통, 분노, 저항, 그리고 혼돈.

그것은 정색을 하고 '도대체 뭐가 문제냐?'라고 캐물어서 해결할 수 있는 일이 아니다. 절대적으로 올바른 도덕과 가치를 들이대어 비난할 수 있는 문제도 아니다. 사실 그들의 도전과 저항, 반항은 막강한 권위에 대한 긍정인 동시에 부정이기 때문이다.

언젠가 나 역시 미친바람의 소용돌이 속에 있었다. 지금 생각해도 너무나 터무니없는 이유로 교사에게 따귀를 얻어맞고 분을 못 참아 가방을 싸들고 나와 더 이상 학교에 다니지 않겠노라 선언한 적도 있었고, 편견과 편애로 아이들 가슴에 시퍼렇게 멍이 들게 했던 담임과 마주하는 성적 상담이 싫어 복수하는 심정으로 눈에 불을 켜고 공부를 한 적도 있었다. 선생님들은 종종 '계집애들은 소용없어. 가르쳐봤자 고맙다고 찾아오는 일 하나 없어.'라고 말했고, 대학 시절의 어떤 은사는 '여성 교육 무용론'을 말하며 학점을 깎는 일까지 있었다. 나는 그들과 똑같은 방식으로 그들을 무시하고 경멸했다. 그들 앞에서 고분고분 조아려 얻는 애정과 관심, 그리고 격려를 거부했다. 부모에게도 마찬가지였다. 나는 애초부터 '좋은 딸'이나 '좋은 제자'가 되려는 생각이 없었다.

하지만 역설적으로 시건방지고 막되 먹은 채 '권위'를 부정하는 '저항'의 과정이 나의 가장 큰 스승이었다. 지금 나는 나를 이처럼 건방지게 키워 준 부모와 교사들과 이 세상에 진심으로 감사한다. 강요되는 것들을 힘껏 부정하지 않으면, 진정한 자기를 긍정할 수도 없다. 앞서 배운 선배이자 스승인 가족은 그 처절한 부정의 과정 속에 기꺼이 쓰러져 밟혀 줄 때에만 진정 그들을 가르칠 수 있을 것이다.

마음껏 방황할 수 있도록, 그리하여 오직 스스로만이 가르칠 수 있는 겸양과 겸손의 미덕을 배우도록 때로는 한없이 '만만한' 상대가 되어 그들을 지켜볼 일이다. 사랑의 방식은 때로 이렇게 구차하고 허허롭다.

# 용기 있는 여자들의 나라

사상최악의 아시아 지진해일 소식 속에 오래도록 내 눈을 사로잡은 것은, 수많은 인명 피해에도 불구하고 스리랑카 야생동물 보호지역에 서식하던 동물들은 단 한 마리도 죽지 않았다는 사실이었다. 천지의 요동을 감지한 새의 무리는 하늘 높이 날아오르고, 호랑이와 표범 같은 맹수들조차 유순하게 행동하며, 겨울잠을 자던 곰과 뱀도 밖으로 뛰쳐나와 고지대로 대피했다. 인간에게 '지배' 당하며 '보호' 받던 그들은 한결같이 오롯한 욕망, 살고자 하는 거룩한 본능으로 재해의 상황에 대처했다. 그리하여 또 한번 확인할 수 있었다. 우리는 날짐승과 멧짐승만큼도 본능에 충실하며 살지 못한다는 것을, 풍선처럼 팽팽하게 부푼 인간의 욕망이야말로 자연에 대한 오만에 다름 아님을.

보건복지부장관이 급속한 저출산 고령화 사회 진입에 대하여 '사전에 대비하고 개선하지 않으면 재난적 상황을 몰고 올 수 있다'고 경고한 것을 같은 줄거리에서 생각해 본다. 종족 보존은 동물의 본능이다. 인간이라고 예외가 아니다. 자연의 순리대로 새끼를 낳아 품에 끼고 잠드는 일은 언젠가 반드시 소멸하는 존재가 유한한 삶을 위로 받는 가장 본능적인 방식이다. 그리하여 지금껏 여성들은 남성에 비해 절대적으로 많은 시간과 노력을 투자하면서 자연이 부여한 유전자의 요구에 충실해 왔다. 그것은 모성애가 철철 넘쳐흐르는 '현모'이든 '비정한 엄마'이든 피해 갈 수 없는 일이었다.

하지만 지금의 상황은 더 이상 '자연적'이지 않다. '인간'으로 살고자 하는 여성들을 폄하하고 비난하는 근거가 되기도 했던 엄마의 신화, 모성애의 신화가 무너지고 있다. 여성은 약하지만 어머니는 강하다며, 어머니가 될 수 없거나 되지 않았던 여성들을 영원히 약한 계집아이로 취급했던 사회는 '본능'마저 넘어선 보복에 당황하고 있다. 유엔인구기금 UNFPA이 발간한 「2008 세계 인구 현황 보고서」에 따르면 한국의 출산율 합계는 1.20명으로 세계에서 가장 낮다. 여성들은 왜 '출산 파업'을 감행하는가? 정관수술에 의료보험을 적용하지 않고 출산장려금 이십만 원을 주면 없던 아이들이 비 온 뒤 죽순처럼 솟아나 줄 것인가?

아이는 단순히 내일의 세금원이 아니라 현재의 지속이며 다가올 미래다. 그러므로 젊은 여성들이 출산을 기피하는 것은 위태로운 현재와 불안한 미래 때문이다. 모든 차별과 불합리를 감수하고 오직 희생 헌신하는 간난이와 몽실이는 이제 없다. 현재의 가족제도로는 젊은 여성들의 변화한 생활 방식과 사고를 유지할 수 없다. 저출산 현상은 더 이상 지금 식으로 살 수 없다는 여성들의 '본능'적인 반응이다. 혈연을 강조하는 가족 이기주의, 육아 인프라의 부재, 성폭력과 따돌림 문화, 사교육비로 인한 엄청난 양육 비용, 일방적인 가사 노동과 재취업의 어려움, 한편으로 저출산을 근심하면서 낙태와 고아수출국 1위의 오명을 벗지 못하는 뻔뻔스런 사회 등등, 아이를 낳아야 할 이유보다는 아이를 낳지 못할 이유가 훨씬 더 많다.

이지적이지만 냉소적인 후배 하나는 도대체 이 험한 세상에 무슨 희망이 있어서 겁도 없이 아이를 낳느냐고 질책 아닌 질책을 했다. 그러나 아이를 낳은 일이야말로 세상에 태어나 가장 잘한 일 중의 하나라고 믿는 나는 그녀의 강파른 어깨를 다독이며 말했다. 희망이 있어서 아이가 태어나는 것이 아니라 희망을 만들기 위해 아이가 태어난다고.

아메리카 인디언 샤이엔족에게는 이런 속담이 있다.

'어느 부족도 패망하지 않는다, 그 여인네들의 용기가 땅에 떨어지기 전에는. 제 아무리 용맹한 전사들과 훌륭한 무기가 있다 한들, 여인네들이 용기를 잃은 부족은 패망을 면치 못한다.'

여성들에게는 용기가, 그 용기를 지탱할 희망이 필요하다. 당당한 어머니가 되는 용기, 성숙한 인간으로 사는 희망.

# 여자는 눈물인가 봐

여자들이 운다. 여자의 눈물이 빠진 통속이란 없는 법이다. 브라운관에서도 울고, 스크린에서도 울고, 현실에서도 어김없이 운다. 그런데 예전과 달리 요즘 여자들은 단순히 '여자이기 때문에' 울지 않는다. 사랑의 상실과 배신 때문에, 혹은 가치 없는 상대에게 너무 쉽게 바친 헌신 때문에 나약한 자신이 먼저 울어 버리는 것만은 아니다. 그들의 눈물에도 이유가 생기기 시작했다. 권력 때문에도 울고, 복수를 다짐하며 울고, 국운의 쇠퇴를 탄식하며 울고, 자기를 온전히 받아 줄 수 없는 세상을 향해서도 운다. 울며 소리친다. 내 몫을 내놓으라고, 내 존재를 함부로 부인하지 말라고, 내 엄연한 욕망을 인정하라고!

그들은 텔레비전 시청률과 영화 관객수를 끌어올리는 주역이 된다. 입술을 실룩거리며 정승 판서 앞에서 '뭬야?' 하며 돼먹지 못한 호통을 치는가 하면, 시아버지와 권력의 힘겨루기를 하며 밀고 당기고, 내로라하는 덩치들도 얼결에 바지춤을 쥐어 잡도록 가위(!)를 휘두르며 어둠의 세계를 평정한다.

그들에게 미혹당하기는 남녀노소가 따로 없다. 그들을 보면 저절로 웃음이 나온다. 웃음은 어디에서 오는가. 상식을 가진 다수가 마땅히 미루어 짐작한, 바로 그 결말이 어긋나는 순간에 온다. 남자보다 힘센 여자, 미욱한 남자를 깨우쳐 주는 여자, 남자가 모르는 본질을 아는 여자, 남자보다 더 깊게 생각하고 한발 앞서 행동하는 여자, 그걸 실제로 현실에서 기대하는 이는 별로 없다는 증거이기도 하다.

그래도 당장은 통쾌하다. 만날 운명이니 팔자니 하는 것에 끌려다니며 질질 짜는 꼴을 보느니 치가 떨리도록 요사스럽고, 철제 로봇처럼 뻣뻣하고, 무식 불한당으로 막나가는 여자들을 보는 게 낫다. 그렇다. 대리만족이다. 착각이고, 환상이고, 또 한번의 곡해다. 르네상스가 무르익어 초기 자본주의 경제체제가 시작되던 16세기 초반에 당쟁으로 이전투구를 거듭하던 우리네 선조들의 답답한 꼴이나, 그 꼬락서니에 이어져 열강의 틈에서 자존도 처세도 제대로 해내지 못해 하루아침에 식민지가 되는 가련한 형국이나, 면도칼 잘 씹고 허리띠 잘 돌리는 흑장미파 일진 여자애들의 피해망상에서 나온 가학적 폭력 따위는 굳이 따져 물을 필요도 없는 것이다. 언제 우리가 그런 걸 텔레비전에서 배웠던가?

하지만 너무 많은 착각도, 환상도, 감정이입도 정신 건강에 해롭다. 그들 중 누구도 우리를 진짜로 '강하게' 만들어 줄 생각은 없다. 그들은 여전히 부박한 현실 속에서 맨땅에 헤딩을 하듯 생존에 안간힘을 쓰는 다수의 진짜 '여성'들에게 손짓하지 않는다.

매력적인 요녀를 원하는가, 철의 여인을 원하는가? 그도 아니면 막강한 카리스마로 남자를 자빠뜨리고 세상을 콱 밟아 눌러 줄 여자 보스를 원하는가? 하지만 정작 그들이 빚어낸 '강한 여성'의 이미지에 추파를 받는 건 오늘도 각자의 자리에서 고군분투하고 있는 엄연한 현실의 여성들이 아니라, 한밤의 파티를 위해 이브닝드레스에 최신형 리모컨 귀고리를 달고 오늘도 사뿐사뿐 밤 마실을 준비하는 우리 시대 최고의 CF스타와 닮은, 적어도 그녀처럼 홀린 듯 거침없이 지갑을 여는 준비된 소비의 주체들이 아닌가. 인터넷 유머에서는 그렇게 사는 것을 지극히 평범하며 현대적이라고 생각하는 광고 속 그녀를 위해 있지도 않은 아버지가 등장해 중얼거린다.

"저년, 저, 저년 좀 봐라! 또 카드 긁으러 나간다!"

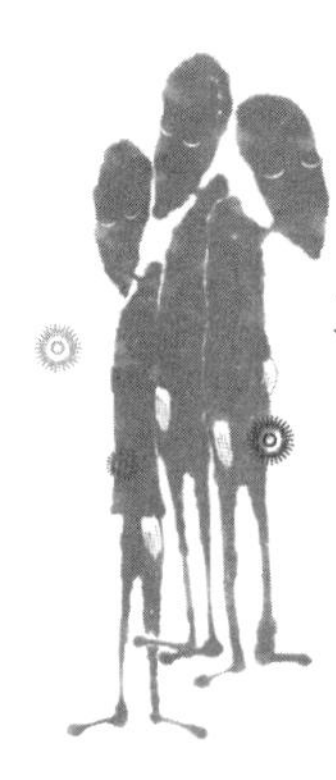

# 평화, 오, 평화!
### —이라크 전쟁에 부쳐

흐드러지게 꽃 피어 이우는 봄날, 좀 삭막하게 말해 속씨식물의 생식 기관에 다름 아닌 꽃에 이토록 마음이 흔들리는 것은 그에 내포된 생명력과 에로티시즘이 끝없이 인간을 매혹시키기 때문일 것이다. 꽃이 피어 삶이 이어진다. 꽃을 바라보며 설레는 우리가 살아 있다. 그러나 올해는 꽃놀이 꽃 잔치를 마냥 즐기기 어렵다. 마음 한구석을 무겁게 짓누르는 슬픔 때문이다. 고통을 상기시키는 상상력, 그 서늘한 공포 때문이다.

기원전 약 2500년 이래 인류의 역사는 잔혹의 역사, 곧 살인과 유혈과 폭력의 중단 없는 기록에 불과하다고 규정한 영국의 작가 콜린 윌슨은 '범죄는 세대가 교체될 때마다 새로워진다'고 말한다. 셰익스피어는 괴테에게로 이어지고 하이든은 베토벤에게로 이어지고 뉴턴은 아인슈타인에게로 이어지지만, 꼬챙이 살인자 블라드나 난도질 살인자 잭이나 알

카포네는 일체 후계자를 남기지 않았다는 것이다. 창조는 계승되지만 범죄는 영원히 어린아이인 인류에 의해 늘 새롭게 태어난다.

그를 따라 고대 아시리아의 피에 굶주린 사디즘과 노예와 살인자가 건국한 로마, 음모와 살해의 라틴 아메리카 개척사와 히틀러에 의해 자행된 근대의 계획적 범죄까지를 따라 읽다 보면, 저절로 인간의 이성理性과 문명의 의미에 대해 자문하며 회의하게 된다. 인류의 역사는 잔혹의 역사인 동시에 그 범죄의 충동과 본능을 지양하고 극복하려는 투쟁의 역사이기도 하다. 그 지난함이 안타깝게도 눈물겹게도 느껴진다.

인류는 잔혹의 역사에서 가해자임과 동시에 피해자일 수밖에 없다. 범죄자들은 다른 무엇도 아닌 같은 동족인 인간을 통해 세계를 파괴하려 했기 때문이다. 진보라는 이름으로 문명과 이성의 빛 아래 놓인 인간은 누구나 평화를 사랑하고 공동체의 안녕과 행복을 추구하는 것처럼 보인다. 하지만 지금도 종교와 계급과 인종, 혹은 단순하고도 명확한 '돈'의 문제로 피의 보복 전쟁이 계속되고 있으며, 당장 우리 주위에서도 인간의 목숨을 앗아갈 뿐더러 인간성까지 파괴하는 범죄가 끝없이 자행되고 있다.

전쟁을 대표로 한 폭력의 상황에서 가장 큰 피해자는 여성을 비롯한 노인, 아동, 장애인 등 사회적 약자가 될 수밖에 없다. 인종청소라는 끔찍한 말로 불리는 전쟁 시의 집단 강간이나 성폭행한 여성 앞에서 시신을 토막 내는 엽기 살인은 모두 물리적 사회적 약자인 여성을 대상으로 자행되는 비열한 범죄다.

그러나 여성들이 전쟁과 폭력에 반대하는 이유가 단순히 여성이 범죄의 가장 큰 피해자층을 이루고 있어서만은 아니다. 여성은 인간이면서 어머니다. 누구라도 연약한 어린 시절에는 어머니의 보호 없이 생존할 수 없다. 그 어린 것들이 강렬하게 필요로 하며 의존하는 존재가 바로 어머니인 여성이다.

그래서 모든 신화의 태초에는 어머니 신이 등장한다. 부도지符都誌의 마고가 그러하고 그리스 신화의 가이아가 그러하다. 세상의 근본을 이루고 만물을 포용하는 어머니는 부드러우면서도 강하다. 부드러움으로 강함을 이기고, 강함으로 다시 부드러워져야 한다.

근래 대중문화의 흐름 속에서 폭력이 찬양되고 미화되는 것을 종종 목도한다. 실제로 부모에게 뺨 한 대도 맞아 보지 않았을 것 같은 어린 아이들까지 깡패들이 나와 으스대며 치고받는 드라마에서 최고의 재미를 찾는다. 자아를 찾기 위해 방황하고 고민해야 할 사춘기에 유흥업소에 기생하고 구역 장악을 위해 패싸움을 하는 '조폭'을 장래 희망으로 꼽는다. 시야를 넓혀 보아도 사정은 다르지 않다. 세계의 경찰을 자처하는 국가가 전쟁을 도발하고 컴퓨터게임처럼 안방으로 전투 상황을 중계한다.

그 모두가 여성성을 향한 공격이며 모성의 파괴다. 여기서 '여성성'이란 남성과 여성의 구분을 뛰어 넘은 '생명'의 근원 자체를 뜻한다. 가만히 눈을 감고 내면의 소리에 귀를 기울이면, 우리 속에서 아른거리고 넘실거리며 간질이는 숱한 여리고 부드러운 아우성이 들린다. 엄마의 젖을 빨기 위해 할딱이며 숨찼던 그때, 우리의 보송한 이마 위에 잠시 돋았던

땀방울처럼. 반짝이는 구슬, 가벼운 깃털, 손끝에 닿는 즉시 터져버리는 비눗방울의 오로라를 따라 좇았던 숨 가쁜 그때의 기억처럼.

지금 내 눈 앞에 펼쳐진 사진 위에 그 슬프고도 아름다운 잔상이 겹쳐진다. 폭격을 맞은 사원, 두 팔을 잃은 아이, 머리를 붕대로 친친 감은 채 울고 있는 노인, 자루를 뒤집어쓴 채 암흑 속에 벌벌 떠는 군인, 아이를 잃고 미친 듯이 울부짖는 어머니……. 누가 그들에게서 충분히 아름답게 살아야 할 권리와 의무를 앗아갔는가.

아득히 멀게만 느껴지는 그 이름, 평화, 오, 평화여!

# 동안이 뭐길래

1

때마침 고등학교를 졸업하고 대학에 진학하거나 사회에 진출한 새내기들이 1988년생이라는 이야기를 듣고 새삼 내 나이를 셈해 보았다. 그러고 보니 대단한 맛도 없는 것을 포만감조차 느끼지 못하는 채 꾸역꾸역 많이도 먹었다. 내가 고등학교를 졸업하고 대학에 입학했던 해가 바로 1988년, 세상을 몰랐기에 마치 세상을 다 아는 것만 같았던 그때에 태어난 아이들이 내가 섰던 바로 그 자리에 서 있는 것이다.

아직도 어제 일처럼 생생하다. 그때만 해도 이천 년대는 까마득히 먼 미래 같이 느껴졌다. 그래서 서른두 살이 되어 새로운 세기를 맞을 나를 상상하며 가만히 한숨을 내쉬기도 했다. 서른두 살이면 무언가 거창한 것을 이루게 될 줄 알았다. 최소한 구름 속을 헤매는 듯 불확실한 젊은 날은 끝나고 안정적이고 확고한 시기를 맞게 되리라 기대했다. 불안에 시달리지 않고, 미련 같은 건 없이, 앞만 보고 맹렬하게 달려갈 수 있으리라고. 그만큼이나 색다른 꿈이나 희망 같은 건 남아 있지 않으리라고 넘겨짚기도 했다. 조금은 나른하고 권태로운 채로 아주 보통의 푸짐한 '아줌마'가 되어 있을 것이라고.

그런데 사람 사는 이치가 대개 그러하듯, 예상은 어김없이 빗나가고 짐작은 오차가 너무 큰 어림이었음이 곧 판명되었다. 숨 가쁘던 이십 대가 출산과 육아로 정신없이 끝나고, 뭔가 그럴듯하리라고 생각했던 삼십 대는 대단한 팡파르도 없이 시작되었다. 세기말과 신세기는 휴거도 개벽도 없이 어제와 같은 오늘이 되었다. 조금은 당황하고 얼마간 실망했다. 불안했던 이십 대가 불안한 삼십 대가 되었고, 어리보기 같던 이십 대는 고스란히 어리보기 같은 삼십 대가 되었다. 이따금 예전의 헛된 예상과 짐작을 떠올리며 픽 웃곤 한다. 가보지 못한 길은 얼마나 큰 환상과 망상을 불러일으키는가.

여전히 인생의 깊은 뜻을 깨닫기는커녕 일상의 희로애락에 꺼둘려 애면글면하는 사이, 어라, 나는 얼결에 사십 대에 접어들었다. 자신은 더 이상 '애기'가 아니라 '소년'이라고 주장하는 아들과 같은 사이즈의 신발을 고르며, 나는 내가 지금 서 있고 서 있어야만 하는 자리를 깨닫는다. 여전히 어설프고 어리석고 불안하게나마 물러서거나 앞질러 갈 수 없는 시간과의 동행을 순순히 받아들이려 한다. 나쁘지 않다. 지금 신는 것이 발가락을 죄는 것 같다며 한 사이즈 더 큰 신발을 주문하는 아이를 바라보노라면, 멈칫거리고 주춤거리면서도 어쨌거나 허겁지겁 시간을 쫓아 여기까지 온 내가 대견스럽다. 수고했다.


2

　원래 기념일을 즐기는 편이 아니기도 하지만 생일을 특별한 날로 여기지 않게 된 지 오래다. 누가 기억해 주길 기대하지도 않고 챙겨 주지 않는다고 섭섭해 하지도 않는다. 내 생일은 내 기념일이라기보다 나를 낳은 엄마의 기념일이다. 어찌 되었거나 세상에 나를 낳아 주어 고맙다는 마음을 엄마께 전하는 것만으로 내 생일의 의미는 충분하다. 그러니 새삼스럽게 한 살을 더 먹어서 몇 살이 되었다고 주먹셈할 일도 없다. 담담하게 나를 스쳐 지나는 시간을 바라본다. 조금 속상한 건 어쩔 수 없지만 내 피부에 얹힌 잡티와 주름살과 띄엄띄엄 눈에 띄기 시작한 흰머리를 그 시간의 흔적으로 받아들인다. 훈장이랄 건 없지만 그렇다고 상처도 아니다. 나쁘지 않다면, 얼추 좋은 것이다.

　그래서 언제부터인가 불기 시작한 동안童顔 열풍이 내게는 객쩍게만 느껴진다. ‘동안’의 사전적 의미는 어린아이의 얼굴 혹은 나이 든 사람이 지니고 있는 어린아이 같은 얼굴인데, 한국 사회에서 유행어처럼 쓰이는 ‘동안’은 생물학적인 나이보다 외형적으로 어려 보이는 것을 뜻하는 듯하다. 곳곳에서 ‘동안 콘테스트’가 열리는가 하면 그 감쪽같은 ‘동안’들의 원래 나이보다 어려보이는 비법이 안내서가 되어 떠돈다.

　잠은 충분히 잤고 학교 수업과 교과서에 충실했다는 입시 수석들의 한결같은 '비법'처럼, 동안들의 비법들도 흰말 궁둥이이거나 백말 엉덩이다. 소식을 하고 규칙적인 운동을 하며 몸매를 유지하고, 잠을 충분히 자고 물을 많이 마셔 피부를 가꾸고, 긍정적인 사고로 항상 웃으며 지내면 나이를 먹어도 늙지 않는단다. 비법 아닌 비법만 엿들으면 참으로 좋은 이야기다. 그러나 그 '변하지 않는 젊음'이 유지되고 표현되는 방식이 하나같이 몸매나 피부와 같이 외형적인 것에만 집중되는 것은 안타깝다.

자신의 이름을 화장품 상표로 내걸고, 에어로빅 비디오를 출시하여 전 세계에 '젊음'과 '아름다움'을 팔았던 슈퍼모델 신디 크로포드가 고백한 '동안'의 비결은 너무 솔직하여 다분히 충격적이다. 사십 대에 접어들어서도 여전히 젊고 아름다운 비결을 묻는 사람들 앞에서 그녀는 말했다.

"식이요법과 화장품으로 젊은 피부를 유지할 수 있다고 하는 것은 다 거짓말이에요. 노화와 싸우는 가장 확실한 방법은 얼굴에 칼을 대는 것뿐이죠. 난 거짓말을 하지 않겠어요. 일정한 나이가 지나면 화장품이 피부의 결을 곱게 유지해 줄 수는 있지만 탄력을 유지하기 위해서는 비타민, 보톡스와 콜라겐 주입만이 유효하지요. 지금 나의 피부는 성형외과의 덕분이에요."

문득 이 대목에서 골디 혼과 메릴 스트립이 열연했던 블랙 코미디 「죽어야 사는 여자」Death Becomes Her. 1992가 떠오른다. 영원한 젊음을 보장한다는 묘약을 마신 두 여자가 계단에서 굴러 목이 삐뚤어지고도 엉거주춤 일어나 비틀비틀 걷던 괴기스런 모습이. 인간은 그 집요한 욕망만큼이나 얼마나 어리석은가.


3

'동안' 열풍의 배경에는 젊음만이 아름답고 강하다는 논리가 숨겨져 있다. 젊음이 곧 권력이다. 평균수명이 늘어나고 출산율의 저하가 미래의 재앙을 예고하는 이즈음, 늙고 약하여 경제적 효용가치가 없는 사람들은 또 다른 의미의 패배자로 취급 받는 지경이다. 그러니 기를 쓰고 젊어 보이고 강해 보여야 한다. 그러나 팽팽한 피부와 군살 없는 몸매와 유행에 따른 옷차림만으로 젊음이 유지되는 것이라면 차라리, 얼마나 좋을까?

젊은 날의 나와 지금의 내가 어떻게 다른지 따져 본다. 젊음은 아름다운만큼 불안하였다. 그 불안의 힘으로 새로운 것들에 두려움 없이 맞부딪혔다. 젊음은 아름다운만큼 가난했다. 가진 것이 없기에 잃을 것이 별로 없었고, 그래서 계산 없이 꿈을 꾸었다. 젊음은 아름다운만큼 위험하고 무모하였다. 그리하여 두들겨 보지 않고 돌다리를 건넜고, 구더기 따윈 무서워 않고 장을 담갔고, 모르는 길조차 아무에게도 물어보지 않고 마구 달려갔다. 새로운 것, 실패할 지도 모르는 일, 낯선 세상 앞에서 젊은 나는 아름다웠다. 그런 젊음을 지금 얼마나 유지하고 있는가? 겁쟁이에 소심꾸러기에 의심쟁이가 된 마음의 노안老顔으로.

아무래도 나이는 모르는 듯 잊고 사는 편이 가장 현명한 듯하다. 나이가 어려서 못하고 많아서 무언가를 못하는 것은 어리석다. 나이가 어리기에 해야 하고 나이가 많기에 해야만 하는 일은 부질없다. 모든 일에는 때가 있는 법이라고들 하지만, 서양 속담처럼 조금 늦는 것이 아예 하지 않는 것보다는 낫다Better late than never.

콘테스트에 입상하여 주름방지크림의 광고 모델이 되지 못할 바에는, 자신의 나이를 타인의 얼굴을 통해 확인해 볼 수 있는 방법이 하나 있다. 매주 일요일 정오에 방송되는 전국노래자랑에 참가해 주책을 부리고 수다도 떨고 인심 좋게 내 고향 특산물도 자랑하는 삼십칠 세의 김희순 씨와 사십삼 세의 양복실 씨의 모습을 눈여겨 살펴보면 된다. 그들이 나이를 먹은 만큼 나도 나이를 먹었다. 유행가처럼, 이제는 제법 가락에 흥이 나는 뽕짝처럼, 우리는 다 같이 시간을 따라 흘러가고 있는 것이다.

# 고독, 나의 벗

고독은 비와 같은 것.

저물 무렵 바다에서 올라와

멀고 먼 쓸쓸한 들로부터

언제나 고적한 하늘로 갑니다.

그리고 드디어 도시에 내립니다.

어둠이 사라지는 시각에 비는 내립니다.

일체의 것이 아침으로 향하고

아무 것도 찾아내지 못한 육신들이

실망과 슬픔에 잠겨 떠나갈 때

그리고 서로 미워하는 사람들이

같은 잠자리에서 함께 잠을 이루어야 할 때

강물과 더불어 고독은 흘러갑니다……

어느 가을날, 자신을 방문한 여자 친구를 위해 장미꽃을 꺾다가 가시에 찔려 패혈증으로 사망한 비운의 독일 시인 라이너 마리아 릴케의 시 「고독」의 전문이다.

쉬이 잠들지 못하는 밤, 창가를 두드리는 태풍에 실린 비의 기세에 가슴을 졸이면서 시를 읽는다. 류이치 사카모토의 「Rain」을 들으며 읽는 「고독」에는 영혼을 향해 직접 호소하는 음악가와 시인의 직관이 습기처럼 스며있다. 때로 시야를 가리는 폭우처럼, 때로 천천히 온몸을 적시는 이슬비처럼, 고독은 격렬하고도 조용하다.

사실 고독에 대한 너무 많은 언사는 고독에의 모욕일 수 있다. 그런 숱한 시도 끝에 고독이란 감상적이고 사치스런 감정의 낭비라는 오해를 불러오기도 했다. 블랙커피, 줄담배, 바바리코트, 헝클어진 장발, 그리고 얼마간의 낮은 감탄사와 함께. 하지만 실로 인간은 고독한 동물이다. 고독할 수 있는 유일한 동물이면서, 존재 자체가 고독에서 벗어나지 못하는 불운한 동물이기도 하다. 그것은 인간이 미래를 아는 유일한 존재라는 사실과 연관이 있다.

동물은 미래를 모른다. 오직 현재만을 산다. 미래라는 불가해한 시간 속에 자신이 어떻게 변화할 것인가를 전혀 상상하지 못한다. 그런가하면 그 존재를 믿는다는 가정하에, 신神은 어떠한가. 그 역시 영생불멸하는 선지자인 탓에 미래를 따로 헤아릴 필요가 없다. 다만 인간은 안다. 자신이 얼마나 유한한 존재인가. 곧 닥쳐올 미래, 그 속에 숱하게 널린 불행과 과오의 짐작.

하지만 미래를 예측하면서도 미래의 불행까지 완전히 대비하기에 인간은 턱없이 미흡하다. 신화 속에서 인간의 벗이자 창조자로까지 해석되는 프로메테우스는 본래 '미리 아는 자'라는 뜻의 이름을 가지고 있다. 그러나 프로메테우스의 동생은 에피메테우스, '나중에 아는 자'이다. 결국 인간은 프로메테우스이면서 에피메테우스인 것이다. 미리 알면서도 나중에야 겨우 아는 자.

'일체의 것들이 아침으로 향'할 때, '아무 것도 찾아내지 못한 육신'들에게 남는 것은 오직 '실망과 슬픔' 뿐이다. 그 뻔한 결말을 알면서도 아등바등 현재에 연연하며 무언가를 찾아 끊임없이 헤매야 하는 운명, 그 가혹한 인간의 운명 속에 '고독'은 언제나 함께 한다.

### 고독이라는 쓰라린 말

고독孤獨이라는 말 자체는 사전적으로 두 가지로 나뉘어 설명된다. 첫 번째는 외로움, 홀로 되거나 의지할 데가 없어 쓸쓸한 느낌이다. 그리고 두 번째로 어려서 부모를 여읜 아이와 자식이 없는 늙은이를 가리킬 때 쓰인다. 고독苦毒이라는 동음이의어의 의미처럼 그 자체가 고통스러움이며 쓰라림이다.

세상에 나기 전, 인간은 어머니의 자궁 속에서 완전한 일치의 황홀한 경험을 한다. 탯줄은 모태와 태아를 튼튼하게 연결해 주고 일체의 양분을 전달한다. 바다처럼 광대하고 탄력 있는 양수는 헐벗은 태아를 철저히 보호한다. 자궁 속의 태아는 유전자뿐 아니라 어머니의 감정, 기쁨과 슬픔, 지식과 경험을 고스란히 받아 느끼고 체험한다. 그는 아직 자기 바깥의 세상을 모른다.

그러나 진통이 시작되면서 태아는 산모의 고통보다 몇 배는 더 큰 고통을 겪게 되고, 탯줄과 분리되는 순간부터 환경의 변화에 따른 극심한 스트레스를 받게 된다. 어머니의 품 안에 안겨 있지만 자궁 속에 있을 때의 안정감에 비할 바 아니다. 그는 불안하고, 슬프고, 고통스럽고, 약하다. 생후 삼십 개월까지의 애착 관계가 한 사람의 평생을 좌우하는 것도 그 때문이다. 위로받아야 한다. 괜찮다고, 여기도 살 만하다고, 넌 꼭 필요한 존재라고, 사랑 받고 있으며 사랑 받을 가치가 있다고 끝없이 깨우쳐주고 확인시켜 줘야만 한다.

어린 시절부터 고독을 느낀다는 건 무엇보다 불행한 일이다. 일찍 부모를 잃은 아이의 고독에는 비할 수 없겠지만, 나 역시 생후 일 개월부터 엄마의 품을 떠나 타인에게 양육되었기에 비교적 일찍 고독에 노출된 처지였다. 물론 지금은 그때를 기억할 수 없다. 하지만 기억나진 않지만 분명히 있었던 그 순간의 경험이 내게 오랫동안 영향을 끼쳤다는 것은 부인하지 못할 것 같다.

누구나 자신의 고독한 존재를 스스로 느낄 시기가 찾아온다. 그때를 '사춘기'라 부르기도 하고, 그와 상관없이 내면의 자아가 성장하여 자의식이 생기는 시점이 반드시 도래한다. 가족이라는 공동체에서 분리된 나만의 나, 일면 미성숙하고 불안정한 자각 속에서 뼈저리게 외로움을 느낀다. 초등학교 때부터 써 온 나의 일기장은 '외롭다'는 말로 거의 도배가 되어 있다. 다른 사람의 고통은 넘겨다 볼 여유가 없었다. 오직 나만 외롭고, 고독했다. 정말 그토록 외로웠을까? 그때만큼은 스스로에게 공감할 수 없지만, 분명 거짓만은 아니었을 것이다.

하지만 나는 이 이기적이고 짐짓 탐미적인 사춘기의 고독이 성장을 위해 반드시 넘어야 할 허들 같은 것이라고 생각한다. 불도 켜지 않은 어두운 방안에서 방문을 꼭꼭 잠가 놓고 오로지 '나는 외롭다'는 것을 증명하기 위해 골몰했던 자화상이 돌이켜보면 애틋하고 안쓰럽기 그지없다. 그 해답을 찾을 수 없는 번민 속에 희붐하게 싹터 오르던 '나는 누구인가?' '내가 진정 원하는 것은 무엇인가?' '어떻게 살 것인가?' 에 대한 근원적인 물음이 결국은 지금의 나를 만들어 내지 않았던가. 그리하여 외로움을 이기려 사람을 만나고, 새로운 공동체를 꿈꾸고, 부질없는 꿈이나마 계속 꾸게 되지 않았던가.

인간이 신이나 동물과 구분되는 또 하나의 잣대는 '희망'이다. 미래를 알기 때문에, 유한한 삶과 떨칠 수 없는 고독을 알기 때문에, 인간은 '희망'을 찾게 되었다. 온갖 악이 탈출하여 세상에 퍼진 후 판도라의 상자 맨 밑바닥에 가라앉은 듯 깔려 있던 다소곳한 그것, 그의 이름도 '희망'이었던 것처럼.


**세상의 무수한 고독을 위해**

창조, 혹은 창작의 행위 자체가 고독과의 공생이다. 나는 이제 외로움 때문에 뒤척이거나 고독으로 한탄하지 않는다. 다만 그와 함께 할 수밖에 없는 운명을 받아들이는 것뿐이다. 창작의 결과물을 세상에 내놓을 때의 희열보다 몇 배나 더 크고 무거운 과정에서의 고통과 외로움을, 텅 빈 새 화면 속에서 반짝이는 프롬프트를 마주할 때의 공포를, 누구에게 도 호소하여 나눌 수 없는 나만의 그것을 떨칠 수 없다면 껴안기로 작정 한 것이다.

돌아보면 누구나 그러하다. 항상 고독하다는 자각에 사로잡혀 있지는 않을지언정 어느 한 사람도 그로부터 완전히 자유롭지 않다. 사춘기가 지나고, 복잡한 세상의 그물 속에 포박되고, 자식을 낳고, 누군가를 지도 하거나 지배하는 위치에 있다 해도 마찬가지다.

나는 온몸으로 자신의 생을 웅변하기 위해 그라운드를 달리는 축구 선 수들의 고독을 본다. '서로 미워하는 사람들' 끼리도 '같은 잠자리에서 함께 잠을 이루'어야 하는 결혼의 고독을 본다. 자신의 전 생애를 걸어 낳고 길러 낸 자식들이 모두 떠난 빈 둥지의 고독을 본다. 육신의 고통 속 에 오롯이 갇혀 누구와도 나눌 수 없는 병자들의 고독을 본다. 대화가 끊 긴 적막한 집안의 고독, 현실의 벽 앞에 좌절되는 젊은이의 고독, 하루하 루 주름이 지고 늘어져가는 육신의 고독, 영원하다고 믿은 사랑이 한순 간에 거품처럼 사라지는 연애의 고독, 익명의 사람들 속에서 분주하게 움직여야 하는 도시의 고독, 자신의 감정 따원 짙은 메이크업 아래 감춘 채 언제나 방긋 웃어야 하는 내레이터 모델의 고독, 개인적인 슬픔을 감 추고 남을 웃겨야만 하는 희극배우의 고독, 단순노동의 고독, 가장의 고 독, 마라토너의 고독……

세상에는 얼마나 많은 고독들이 숨죽여 낮게 호흡하고 있는가. 그러나 그들 모두가 불행하다고만 말할 수는 없다. 고독을 떨쳐 버리고 모두가 씩씩하게 살아야 한다는 주장으로 그들을 행복하게 만들 수도 없다. 무릇 버릴 수 없는 것은 껴안을 수밖에. 기꺼이 껴안아 그것과 함께 질척이며 뒹구는 수밖에.

고독을 이기고 즐기는 방법이란 따로 없다. 고독하다는 사실에 고통스러워하는 대신 고독을 있는 그대로 인정할 뿐이다.

레위기 13장에는 '고독은 가장 깊은 사랑이다!'라는 말이 등장한다. 유한하고, 부족하고, 미성숙하고, 나약하고, 언젠가 '고적한 하늘'을 향해 홀로 떠날 자신을 깊이 사랑하기에 다할 뿐이다. 그리고 그 유유한 강물과 더불어 조용히 어딘가로 흘러갈 뿐이다.

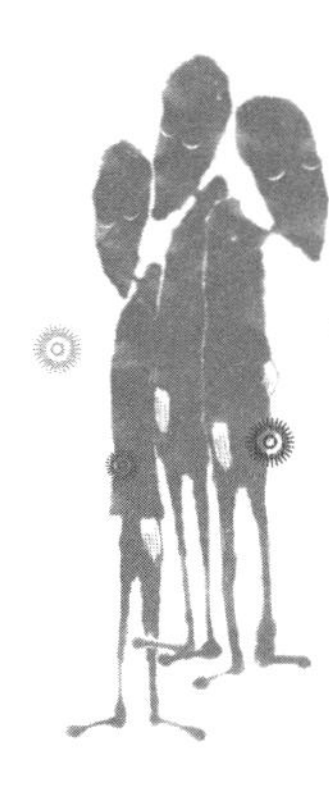

# 콤플렉스, 콤플렉스

아마도 나는 어디에서건 '남성작가 릴레이 인터뷰—남자가 극복해야 할 성적 콤플렉스' 같은 주제로 글을 쓴 동료 작가들을 본 적이 없음에 분명하다. 이미 이 글을 쓰는 순간부터 나는 '작가' 중에서도 '여성 작가'이고, 그보다 먼저 '여성'임에 자명해진다. 우리는 이미 결속되어 있고, 결박되어 있다. 그로부터 이야기는 시작된다.

그렇다. 나는 여자다. 여자로 태어나서 여자로 자라났고, 엄연한 여자로 살고 있다. 내가 스스로를 남성과 비등한 인격을 가진 '인간'으로 믿었다고 해도, 그것은 어쩌면 '명예 남자'로서의 착각이거나 또 다른 여성 콤플렉스였을 수 있다. 그것을 인정하는 것부터가 얼마간 수치스럽다. 알고 있다. 나는 남자가 아니다. 인류의 수천 년 역사 속에서 권력을 독식했던 남자들과 '또 다른 인간'이다.

내가 그리스, 혹은 아시리아나 페르시아, 또는 로마 따위의 초기 문명 국가에 태어나 살았다면 나는 말이나 소와 같은 가축이나 다름없었을 테고, 그나마 남성이 자기 소유의 터전을 확보하고 집을 짓고 정착하여 살아가려 했을 때가 되어서야 물을 긷고 밭에서 김을 매고 곡물을 탈곡하고 청소와 빨래를 하고 옷을 깁고 아이를 낳아 기르는 노동을 통해 비교적 유용한 동물로 취급 받게 되었을 것이다. 다행히 그것을 잘 수행한다면 채찍으로 맞거나 발길질을 당하는 일은 모면할 수 있었을 것이다. 요행히 세상의 이치에 눈을 떠 글줄이나 긁적이는 내가 영국의 존슨 박사의 눈에 띄었다면 '모양은 좋지 않아도 사람을 놀라게' 하는 '뒷다리로 걷는 강아지' 취급을 받았을 테고, 황진이와 같은 시절에 조선 땅을 밟고 살았다면 기방의 '해어화解語花'로 말을 알아듣는 꽃 노릇을 하며 한 생애를 탕진해야 했을 것이다.

인생과 역사에는 어차피 가정이 없다. 이프IF……만약에 이러저러 했더라면, 이라는 가정은 언제나 선택 바깥의 쓸쓸한 농담일 뿐이다. 종종 어디선가 누군가에게 '남자로 태어났다면 넌 무얼 하고 싶냐'는 질문을 듣기도 했었던 듯한데, 사실 나는 그 질문 자체에서 김빠진 맥주의 씁쓸함만을 맛보았을 뿐이다. 나는 어차피 남자로 살 수 없고, 남자가 아니라 그 누구의 삶과도 내 것을 맞바꾸고픈 열망이 없다. 어쩌면 나는 체념적이고 숙명적이다. 그리하여 지극히 현실적이다.

이 척박하고 불안정한 땅에서 여자로 살아가면서 불편하고, 억울하고, 절망적인 순간이 어디 한두 번인가. 그리하여 멍에처럼 들쓰고 방어막처럼 스스로를 둘러친 콤플렉스 또한 어디 한두 가지이겠는가. 필연적으로, 어쩔 수 없이 여성으로 살아가면서 나 역시 유전적으로 허여許與의 성질, 타인에 의해 나를 규정하고 스스로 헌신하는 방법에 길들여져 있음에 틀림없다.

나는 고약한 성질을 죽이고 가능하면 착하고 순하게 보이려고 애를 쓴다. 내 주장을 말하기보다 남의 말을 많이 들어주려고 애쓰고, 웃을 때도 목젖이 보이도록 호탕하게 껄껄 웃기보다는 입을 가리고 호호 웃으려 애쓴다. 어차피 한번 뿐인 인생인데 기왕이면 뭇 사내들을 홀려 호령할 만큼 예쁘게 태어나지 못한 것에 속상해 하기도 한다. 격렬한 토론을 하다가도 화장실에 가면 거울을 보며 번진 화장부터 고친다. 요리 솜씨가 없고 살림 못한다는 소리를 듣기 싫어하고, 결정적으로 내 인생에 뛰어들어 나를 송두리째 흔드는 아이의 존재 앞에 모성애의 화신처럼 비굴함과 혼동되는 헌신을 다한다. 이를테면 나에게도 역시 상반되지만 떨어뜨릴 수 없는 여성의 두 가지 상, 요부와 모신상의 이미지가 동시에 존재하는 것이다. 그리고 그로부터 결코 자유로울 수 없는 나 자신을 알고 있다.

하지만, 믿어 줄까? 나는 내가 갖고 태어났으며 내 삶 속에서 자라난 콤플렉스들이 그리 나쁘지만은 않다. 나는 얄밉고도 농염한 요부처럼 자기에게 충만하고 도취된 순간이나, 한없는 포용과 희생의 모신처럼 스스로를 덜어 나의 분신에게 나누어 주는 순간을 충분히 즐기려 한다. 나는 패배한 듯하나 결코 패배하지 않고, 승리에 자만하여 만용을 부리지도 않는다. 내가 누구인가? 지금까지 숱한 억압과 굴욕과 능욕의 세월 속에서도 꿋꿋이 버티며 또 다른 미래의 생명을 잉태하여 이어온, 바로 그 여성의 딸이자 어머니이자 여성 자신인 것을.

# 속삭임, 속삭임

등교하는 아이를 따라 나서는 아침 산책은 하루 중에 가장 즐겁고 충만한 시간이다. 자기 몸집보다 큰 책가방을 매고 조잘조잘 지껄여대는 아이들의 모습과 계절을 따라 약속처럼 피고 지는 꽃들이 하나같이 닮아 어여쁘다.

그러던 어느 날이었다. 여느 때와 같은 산책길에서 교문을 막고 드잡이를 치고 있는 두 아이와 마주쳤다. 집 앞의 초등학교는 고학년 아이들이 교문 앞에서 등교 지도를 하는데, 주번 아이가 복장을 단속하던 중 지적받은 아이와 시비가 붙은 모양이었다. 저학년 아이들은 겁에 질려 비명을 지르고, 고학년 아이들은 불구경만큼 재미있다는 싸움 구경에 호기심으로 몰려들었다. 멱살을 잡고 마주 선 자세가 예사롭지 않다. 부드득, 옷의 실밥이 뜯겨 나가는 소리가 들리고 당장이라도 주먹다짐으로 번질

기세다. 내 손을 잡은 아이의 손에 슬그머니 힘이 들어가는 순간, 나는 등 이라도 떠밀린 듯 달려들어 두 아이 사이를 파고들었다. 초등학교 고학 년 사내아이들이니 나보다 덩치가 훨씬 크다. 그래도 지켜보는 아이들의 눈이 무서워 주저하고 멈칫거릴 틈이 없다.

"하나, 둘, 셋 하면 동시에 손을 푸는 거다, 알았지?"

나의 다짐에 사납게 눈을 흡뜬 아이들의 눈망울이 흔들린다. 하나, 둘, 셋! 역시 아이들은 아이들이다. 억울한 채로, 분기가 풀리지 않은 채로, 구령에 맞춰 스르르 주먹을 푼다. 그들도 두려운 것이다. 두려움 때문에 움켜잡은 멱살을 놓지 못하고 더욱 이를 악물어 으르렁대는 것이다.

그런데 정작 아이들을 떼어 놓고 나니 씩씩거리며 돌아선 아이들보다 내가 더 분하고 억울하다. 한창 분주한 등교 시간이었기에 아이들 말고 도 싸움을 지켜보는 눈들은 꽤 많았다. 아파트 소로를 지나는 사람들이 며 출근을 하는 교사들까지. 그런데 그들은 말다툼이 번져 멱살잡이가 될 때까지 아무도 개입하려 들지 않았다. 폭력적인 상황에 놀라 질린 아 이들이 숨죽이고 떠는 동안에도, 그들은 냉담한 표정으로 부지런히 자기 갈 길만 갔다. 그들은 부모다. 그들은 교사다. 하지만 그들은 어른이 아니 었다.

싸움은 말리고 흥정은 붙이라는 속담은 까마득한 옛말이 되어버렸다. 갈등과 충돌이 있는 곳에 누군가 개입하여 중재를 하고 화해를 시도하는 일은 주제넘은 오지랖에 위험한 참견이 되어버렸다. 나 역시 대단히 이 타적이거나 용감한 사람이 아니다. 모난 돌이 되어 정을 맞지 않도록 몸을 사려야만 이 각박한 세상을 견뎌나갈 수 있다는 서글픈 처세술에도 익숙하다. 내 이익과 상관없는 일에는 침묵하며, 내게 필요하다면 행여 손해라도 볼까 목소리를 드높이며. 하지만 그런 날렵한 팔방미인들이 득세하는 사이, 한국 사회는 새된 비명으로 가득하다. 낮은 목소리로 조곤조곤 토론하고 합의할 틈이 없다. 공개된 대화는 형식적인 입발림이 되어버리고, 익명의 목소리만 억눌린 분노의 혀를 칼날처럼 휘두른다.

언젠가 유학을 떠났다가 다섯 해만에 귀국한 친구에게서 재미있는 이야기를 들었다. 공부를 위해 한국인과의 접촉까지 피해가며 필사적으로 외국어를 익힌 친구였지만, 인천공항에 내리는 순간 사람들이 서로 나누는 속삭임이 귀에 쏙쏙 들어오는 게 그토록 경이로울 수 없더라는 것이다.

모국어와 외국어는 그렇게 다르다. 비밀스런 속삭임까지도 서로 엿들을 수밖에 없다. 그러하기에 같은 말을 쓰는 사람들끼리의 관계는 마땅히 그 속삭임을 닮아야 하지 않을까. 어른의 거울인 아이들에게도 속삭임을 가르치고 싶다. 낮게, 조금은 더 부드럽게.

# 나의 따뜻한 부엌

1

이루어지지 않은 어린 시절의 숱한 꿈들 중에, 비가 오는 날마다 떠올리는 작은 꿈 하나가 있다. 남들 보기와 다르게(다르게 보아주니 얼마나 다행인가!) 나는 집 안에 처박혀 홀로 지내기를 좋아하는 편이라, 비 오는 날이면 아랫목에 배를 붙이고 엎드려 만화책을 뒤적이며 고구마나 부침개로 군입을 다시는 것이 최고의 행복인 줄 알았다. 그러다 문득 떠올린 것이 나중에 커서 찐빵이나 만두 가게를 하면 좋겠다는 엉뚱한 생각이었다.

축축이 젖어드는 어두운 거리, 잦아드는 마른 먼지, 비닐우산을 팔기 위해 빗물을 튕기며 뛰어다니는 소년들, 바짓가랑이를 척척히 적신 사람들, 얇은 옷 속을 파고드는 냉기, 공연한 허기…… 그럴 때 우산을 쓰고 거리를 걷는 것보다는 훈김이 무럭무럭 피어오르는 찐빵 가게에서 비에 젖은 거리를 바라본다면, 참 따뜻하고 행복할 것이라 상상했다. 물이 뚝뚝 떨어지는 젖은 외투 차림으로 가게 문을 열고 들어오는 손님에게 보송하게 마른 수건을 건네주며 구수한 옥수수차 한 잔을 대접하는 일도 즐거우리라 상상했다. 물론 찐빵이나 만두를 단 한 개도 빚어 본 적 없는, 물정 모르는 어린 날의 생각일 뿐이다.

그럼에도 여전히 비 오는 날 외출을 하면 버스 정류장 옆 작은 찐빵 가게를 괜히 기웃거리게 된다. 가게 유리창에는 꼭 뿌연 김이 서려 내부가 잘 들여다보이지 않는다. 그럴수록 그 안에서 익어 가는 뽀얀 찐빵과 만두는 더욱 유혹적이다. 이런저런 먹을거리가 너무 많아져 사들고 들어가봐야 아들놈 입에 한입 베어 물릴까 말까, 온통 내 차지가 되어버리는 커다란 밀가루 찐빵이 그토록 그립고 정겨울 수 없는 것이다.

딱 그만한 느낌의 작은 부엌을 갖고 싶다고 생각했던 것 같다. 바깥에 비가 추적추적 내려 음음하고 울울할 때, 나 혼자 숨어들어 보글보글 맛나고 따끈한 음식을 끓여 낼 수 있는 너무 넓지 않은 아늑한 공간.


2

사실 나는 그다지 살림에 대한 욕심이 없는 편이다. 전업주부가 아닌 여성들이 일반적으로 가지는 무관심 혹은 관심을 가질 여유 없음에 조금 더 보태어, 나는 지극히 실용적으로 살림살이에 대해 생각한다. 꼭 필요한 것이 아니라면 아기자기하게 꾸며 치장할 욕심이란 아예 없고, 최소한의 용도, 최소한의 청결(?), 최소한의 이용(!)까지……. 이처럼 좋게 이야기해 실용적이고 솔직히 말해 '겨우겨우, 근근이 먹고사는' 행태는 실로 내게 보여졌던 주부의 역할 모델이었던 엄마로부터 연유한다고 할 수 있다.

부부 교사였던 나의 부모는 언제나 바쁘고, 일이 많고, 한편으로 지쳐 있었다. 아버지는 가정적이라고도 아니라고도 할 수 없는, '자기 일만 알아서 하는' 그나마 아주 나쁘지 않은 한국적인 남편이었고, 엄마는 늘 몸이 열 개라도 모자라 발을 동동 구르는 누추한 한국형 커리어 우먼이었다. 전형적인 핵가족의 아이들답게 나와 동생은 이기적이었다. 자기 일에 철저히 골몰하면서 타인의 노고는 돌아볼 줄 몰랐다.

엄마는 늘 초스피드로 요리를 해냈다. 때로는 퇴근하자마자 옷도 갈아입지 못하고 부엌에서 뚝딱뚝딱 밥을 지어 냈다. 내 어릴 적만 하더라도 직장을 가진 어머니는 많지 않아서, 나는 은근히 친구네 엄마들과 비교하며 엄마의 살림 솜씨를 비웃기도 했던 것 같다. 예쁜 접시에 담아내는 복잡한 레시피를 가진 '요리'는 우리 집 부엌에 없었다. 우리의 주생활과 식생활은 상당히 단순했고, 서서히 그것에 익숙해져 보다 더 편하고 빠르고 간단히 해결할 수 있는 길을 찾았다. 어쩔 수 없는 일이었다. 문제는 사람이 아니라 시대의 속도였다.

그래서 나는 '어머니'라는 단어에서 여전히 유추되는 희생과 정성, 그리고 지극히 수공업적인 가사 노동의 이미지에 썩 익숙지 않다. 나를 비롯한 요즘 젊은 세대 아낙들에게 가마솥에 윤기를 내고 장작불을 때는 그들은 '할머니'의 모습으로 연상된다. 가전제품은 지금에 비하면 단순 기능 위주의 초보적인 모델에 불과했지만, 엄마의 부엌엔 이미 그런 원시적인 부엌의 형태가 사라져 있었다.

돌이켜 보면 우리 집 부엌엔 엄마가 있고도 없었다. 부엌에서 나와 세상으로 걸어 들어갔다가, 때가 되면 다시 볼모로 잡힌 듯 부엌으로 돌아와야 하는 비극. 엄마는 어떻게 그 갈등과 불화를 참아냈는지 모르겠다.


3

우리는 '먹기 위해 사는' 것보다 '살기 위해 먹는' 첫 번째 세대에 가깝다. 그와 함께 부엌의 의미나 공간적인 위치도 예전과 달라졌다. 이제 부엌은 주부만의 공간이 아니다.

아내가 밥을 하면 남편이 설거지를 한다. 남편이 라면을 끓이면 아내가 설거지를 한다. 물론 아직까지는 지극히 '의식적'인 노력과 당근과 채찍이 동시에 필요한 일이다. 때때로 고성을 동반한 '잡음'과 약간의 마찰이 빚어지는 일이기도 하다. 하지만 이제는 여성만이 부엌을  독점하는 일을 중단해야 한다. 남편에게두 정당한 그의 몫을 돌려주이아 한다.

요리에 관심이 있는 아들은 시시때때로 내 어깨 너머에서 자신의 창조적인 상상력을 발휘하고자 애쓴다. 지난번처럼 계란 프라이를 하다가 기름을 튀겨 팔뚝에 화상을 입지만 않는다면 나 역시 아들에게 앞치마를 입혀 줄 의향이 있다. 싱크대 높이만큼 키가 자라면서 아들은 설거지 당번부터 맡게 되었다. 앞으로의 부엌은 더더욱 남녀의 구분 없이 열릴 터이니, 아들도 그곳에서 마음껏 뛰놀아야 할 것이다.

요즘 짓는 많은 아파트들은 구조상 부엌과 거실의 경계가 불분명하다. 그래서 부엌 식탁에 앉아 텔레비전을 보기도 하고, 거실에 상을 펴고 밥을 먹기도 한다. 다만 모두가 둘러 앉아 음식을 먹고 즐기는 그 순간, 부엌은 이미 제한된 공간이 아니라 가족 전체를 위해 열린 공간이 된다. 단순히 가사 노동 분담의 차원이 아니라, 먹을거리를 준비하고 조리하여 내놓는 소중한 일에 가족 구성원 모두가 참여하여 스스로 즐기고, 개인적인 공간을 제외한 가족 전체를 위한 공간을 남김없이 알뜰히 쓰고자 하는 것이다.

몰아치는 비에 젖고 바람에 쓸려 견딜 수 없이 춥고 쓸쓸할 때, 맛난 음식이 보글보글 끓는 버스 정류장의 찐빵 가게 같은 우리 집, 우리 집 부엌. 나는 그곳으로 돌아가고 싶다. 그곳에서 나를 기다리는 누군가를 만나고 싶다. 그리고 또한 그곳에서 누군가를 기다리고 싶다. 그를 위해 내가 가진 솜씨를 모두 발휘해 세상에서 가장 맛난 요리를 만들고 싶다.

# 시간은 흐른다

언젠가 아이가 내게 물었다.

"엄마도 여섯 살이었던 적이 있었어?"

아이가 어렸을 때 나는 늘 그를 업고 다녔다. 멋쟁이 엄마들의 서양식 캐리어는 불편했고 유모차를 끌고 다니기엔 곳곳에 놓인 턱이 너무 높았다. 나는 스스로를 '공포의 파란 포대기'라고 불렀다. 어디를 가든 그 포대기를 쫙 펴서 아이를 감싸고 단단히 끈으로 가슴을 조여 이께 너미로 걸쳐 묶으면 가뿐했다. 따뜻하고 포근한 어린것의 체온을 등으로 느끼면서, 나는 그 무게만큼 내게 지워진 삶의 노역을 기꺼이 감당하고자 했다.

그때 등에 업힌 아이가 덜 된 발음으로 '노란 비'라고 불렀던 은행잎이 또다시 우수수 진다. 이제 아이는 들쳐 업기에 너무 무겁고, 자신의 굳건한 다리를 디뎌 더 빨리 걷거나 뛰고자 한다.

"그럼, 당연히 있었지."

아이는 믿을 수 없다는 듯 하아, 입을 벌리고 웃는다. 나도 엉뚱한 아이의 질문에 함께 웃어 버린다. 아이는 내가 걸어온 길 뒤로 흘려버린 시간을 이해할 수 없는 것이다. 나 역시 가끔은 믿지 못해 어리둥절해지듯.

"그때 어땠어? 재미있었어?"

그때, 내 여섯 살 적에…… 아렴풋한 기억 속에 한 장면이 떠오른다.

엄마 아빠는 부부 교사였다. 양은 냄비 몇 개와 수저 몇 벌로 시작한 살림에 여섯 살짜리 딸 하나와 세 살짜리 아들 하나를 보탰다. 그들은 여전히 가난했으나 사랑했고, 미래에 대한 희망으로 넘쳤다. 세상에 대한 욕망이 강한 아빠의 결심으로 부부는 벽지 점수를 딸 수 있는 산간 오지로 자원했다. 그곳이 지금은 모래시계의 정동진으로 유명한 예전의 '정동', 그로부터 십 리가 더 떨어진 심심산곡 '심곡' 마을이었다.

우리가 그곳으로 이사를 갈 때만 해도 심곡에는 버스가 다니지 않았다. 강릉에서 심곡까지 가려면 정동역까지 기차를 타고 온 후 꼬박 십 리를 걸어야 했다. 지금은 산으로 올라간 배 '썬크루즈'의 진입로가 된, 정동에서 심곡으로 가는 첫 관문에는 가파르기 그지없는 '해면재'가 있었다. 마침 비가 온 직후였던 게다. 내 기억 속에는 신발에 온통 묻어나던 새빨간 진흙, 지금은 어디서도 볼 수 없는 끈기 있고 찰지고 다홍빛이 선명한 진흙이 질퍽거린다. 인적도 인가도 없는 길이었다. 우리는 중간 중간 다리쉼하며 엄마가 싸 온 꿀에 절인 호두나 사과 따위를 나눠 먹었다.

지난 일들은 아무리 고단하고 팍팍했어도 대개 '추억'의 이름으로 아름답게 윤색된다. 심곡에서의 생활은 내게 즐겁고 천진했던 유년의 한때로 남아 있다. 엄마 아빠는 지금도 그때의 제자들을 가끔 만난다. 통통배 몇 척으로 건져 올린 잡어들과 척박한 산비탈을 개척해 거둔 감자만으론 제대로 자식들에게 고등교육을 시키기 어려웠던 심곡 마을의 형편상, 엄마 아빠의 제자들은 엄마 아빠만이 유일한 자신들의 스승인 경우가 많다. 나도 엄마 아빠에게서 그들의 근황을 전해 듣는다. 누군가 횟집을 열어 크게 돈을 벌었다고, 아빠가 주례를 서고 학교에서 결혼식을 올렸던 노총각 기돌이 아저씨네 아들이 벌써 대학생이 되었다고…….

그런데 아들의 엉뚱한 질문에 문득 떠오른 것은 여섯 살의 내 손을 끌고 십 리 길을 걸었던 그때의 엄마 아빠, 나의 든든한 보호자였던 그들의 나이였다. 서른두 살, 서른세 살……아, 그들은 너무 젊고, 너무 어렸던 것이다.

어린아이를 데리고 길을 떠나는 일은 정말 쉽지 않다. 그나마 요즘은 자가운전자들이 늘어 기동성이 확보되었다고 하나, 대중교통을 이용하거나 공공장소에서 아이를 간수하는 일은 언제나 진을 쏙 빼게 한다. 나 역시 아이를 업고 짐을 들고 쩔쩔 매며 식은땀을 흘린 일이 한두 번이 아니다. 나도 아이처럼 다리를 쭉 뻗고 주저앉아 엉엉 울어 버리고 싶은 때도 있었다. 우리는 한없이 보챘을 것이다. 칭얼거리며 다리가 아프다고 주저앉기도 했을 것이다. 그런 우리를 업혔다 걸렸다, 짐 보따리를 이 손에서 저 손으로 옮겨가면서, 엄마 아빠는 서른세 살의 고단한 길을 걸어야 했을 게다.

　그래도 나는 몰랐다. 내가 아는 서른세 살이라는 나이, 서른세 살의 엄마 아빠는 마징가 제트처럼 천하무적 무슨 일이든 해내고, 가장 많이 알고, 가장 힘이 세며, 가장 용감하고 씩씩할 줄만 알았다. 그런데 이제야 한숨처럼 깨닫는 것이다. 내가 바로 그때의 엄마 아빠 나이를 먹고 나서야, 나는 그렇게 힘이 세지도 용감하지도 씩씩하지도 않으며, 언제나 끊임없이 미숙한 스스로를 느끼고 있다는 사실을.

　"나도 서른세 살이 되는 거야? 엄마처럼?"

　아이가 다시 묻는다.

　"그럼, 당연하지. 그때쯤이면 엄마는 할머니가 되어 있겠지."

　아이가 입을 갑자기 비죽거린다.

　"싫어. 늙는 건 싫어! 엄마, 늙지 마. 죽지 마!"

　하지만 그 어떤 거짓말로 아이를 위로할 수 있을까. 여전히 내게 다가와 있는 시간을 믿지 못하고, 여전히 내게 다가올 어떤 시간을 감지하지 못한 채로.

　또 이렇게 시간은 흘러간다.

# 나는 너를 만지고 싶다
## ─ 잊혀져간 너의 촉감을 추억하며

막 돋아난 새순을 보듬을 때, 이슬을 머금은 꽃잎을 쓸어 볼 때, 아주 부드럽고 가벼운 새털에 간질일 때, 실크 블라우스를 걸칠 때, 일백 퍼센트 순면의 내의를 입었을 때, 아슬아슬한 무지갯빛으로 반짝이는 진주를 손안에서 만지작거릴 때, 그때의 따뜻하고 다정한 감촉을 기억하는지.

그것들은 하나같이 어린 날, 무구하고 평화롭던 지나간 시절을 떠올리게 한다. 요술처럼 부풀어 오르던 솜사탕, 나만이 알고 있는 비밀 장소에 몰래 숨겨 두고 가끔씩 열어 꺼내어 보던 반짝이는 작은 보물들에 잠자리 날개처럼 파르르 떨리던 기쁨과, 그 환희의 통증을 되살린다. 시간은 나를 점점 거칠고 딱딱하고 무거운 세계 속으로 몰아넣지만, 그 감옥 속에서 때로는 죄수이자 감시자로 살아가지만, 나는 그때의 너를 잊을 수 없다. 다시 한번, 나는 너를 만지고 싶다.

　새삼스레 여성의 사회 진출 증대와 그에 따른 양육과 보육의 사회적 시설 확충의 문제를 논하고 싶지는 않지만, 출산 일 개월 후 곧장 직장에 복귀해야 했던 엄마를 둔 탓에 나는 알게 모르게 애정의 결핍을 앓았던 게다. 할머니와 외할머니, 그리고 당시의 어려운 세월 속에 흔했던 식모 언니들의 손을 전전하며, 나는 상실에 대한 별다른 반발도 하지 못한 채 자라났다. 그렇다고 내가 대단히 삐뚤어지게 컸다거나, 지금 와서 누군가를 원망하는 것도 아니다. 하지만 나는 지금까지도 이따금씩 완전히 충족할 수 없었던 어떤 부드러움에 대한 상실감과, 그 결핍의 두려움을 느낀다.

　그래서 나는 한때 그다지도 스킨십에 민감했다. 친구를 만나면 꼭 손부터 잡았고, 동성과 이성에 상관없이 나의 호의를 깊은 포옹으로 표현하고자 했다. 누군가의 뺨을 만지고, 살갗을 쓰다듬어 체온을 나누는 일을 좋아했다. 하지만 사춘기를 지나면서 나의 행동이 남들의 눈에는 이상하게 여겨지며, 때로 불필요한 오해를 빚어낸다는 사실을 알게 되고야 말았다. 나는 '좋아한다'거나 '사랑한다'는 말을 해야만 내 마음이 분명히 전달되는 줄만 알았다. 하지만 내 피부 역시 말을 하고 있었던 것이다. 때로 간절하게 그리운 마음을, 다가가 가장 가까운 친구가 되고 싶은 마음을, 언제나 무언가 모자라 목마른 심정을, 말로 다 못하는 그 숱한 안타까움을.

　비틀즈도 그러지 않았나. 러브 이즈 터치, 러브 이즈 필링. 사랑은 접촉이고, 그 짜릿하고 아슬아슬하며 애탄 느낌이라고. 감정의 장난질이면서, 서툰 열정의 발현이면서, 성장의 통과의례이자 맹렬한 소통의 욕구였던 연애의 기억 속에서, 숱한 사연과 사건들을 제치고 가장 생생하게 기억되는 것은 바로 접촉의 느낌, 그 낯선 촉감이다. 처음 잡았던 손, 처음 스친 입술, 처음 다가온 체온……. 그런 것들은 시간이 지나도 쉬이 잊히지 않고 그 아득한 예전처럼 나를 미세한 떨림 속에 깜짝깜짝 놀라게 한다. 타인의 육체에 대한 선명한 이물감의 기억.

촉감은 오감 중에서도 참 특이한 감각이다. 그것은 대단히 직접적이고 어쩔 수 없이 인간적이며 그래서 상당히 주관적이다. 가끔 텔레비전에서 참가자들이 맛본 요리의 재료를 들여다보이지 않는 상자 속에 넣고 게임에서 진 사람에게 맞추게 하는 쇼 프로를 본다. 어차피 요리의 재료인데, 아무리 평소에 잘 사용하지 않는 특이한 동물성 재료라고 해도 위험할 것까지는 없다. 고작해야 해삼이나 낙지, 벌레의 유충 따위다. 그럼에도 사람들은 보이지 않는 상자 속에 손을 넣을 때 공포를 느낀다. 끔찍한 어떤 것을 보거나 듣거나 맛보고 냄새를 맡는 것보다 그것을 직접 만진다는 것은 훨씬 더 큰 두려움을 준다. 그때의 불쾌감 역시 그 어떤 감각보다 크고 자극적이다.

사람들은 대체로 거칠고 차갑고 딱딱한 것보다는 부드럽고 따뜻하고 탄력 있는 것을 좋아한다. 남자들이 여자들에 대해 그토록 간절한 이유도 충분히 이해가 된다. 그렇다면 여자들은? 부드럽고 따뜻하고 탄력 있는 자신이 갈망되는 것을 즐기며, 어쩔 수 없이 거칠고 차갑고 딱딱한 낯선 것들을 품어 자신 속에 동화시킨다. 우리는 언젠가 모두 같이 부드럽고 따뜻하고 탄력 있는 어린애였다. 꽃잎처럼, 실크처럼, 깃털처럼, 진주처럼.

나는 아이를 품에 안고 낮잠을 자는 일을 좋아한다. 아이가 태어나 내 품에 안겼을 때, 땀을 뻘뻘 흘리며 내 젖을 빨고 트림을 하고 배불리 누워 잠들었을 때, 그 말랑말랑한 고무공 같은 몸을 욕조에 넣어 씻길 때의 쾌감을 잊지 못한다. 아이가 베고 누운 팔은 저리고 아프지만 뿌리칠 수가 없다. 아이의 코에서 새근새근 뿜어져 나오는 낮은 숨결에 몸을 간질이면서, 나는 점차 아득해진다. 그 존재가 곧 나의 피고 나의 살이다. 그는 나 자신이다. 아주 작고 부드러워져서, 더없이 착하고 온순해져서, 모든 아프고 슬프고 쓰라린 일들을 잊고 잠든다. 나는 정말 행복해지는 것만 같다.

사람은 결국 사람에게 닿기 위해 말을 하고 향기를 풍기고 자신을 보기 좋게 꾸민다. 그럼에도 때로는 말이 불필요하거나 말할 수 없고, 향기로 내뿜어 맡게 할 수 없고, 다 보여 줄 수 없는 일들이 있다. 그때 사람들은 가만히 손을 잡거나 포옹을 한다. 곧 사라져 한 줌의 흙이 될 육체의 겉껍질과 언젠가는 싸늘하게 식어 버릴 체온, 그것만이 불완전하고 유한한 인간에게 유일한 위로가 되는 모순 속에, 나는 또다시 너를 그리워하는 것이다. 너를 간절히 만지고 싶어 하는 것이다.

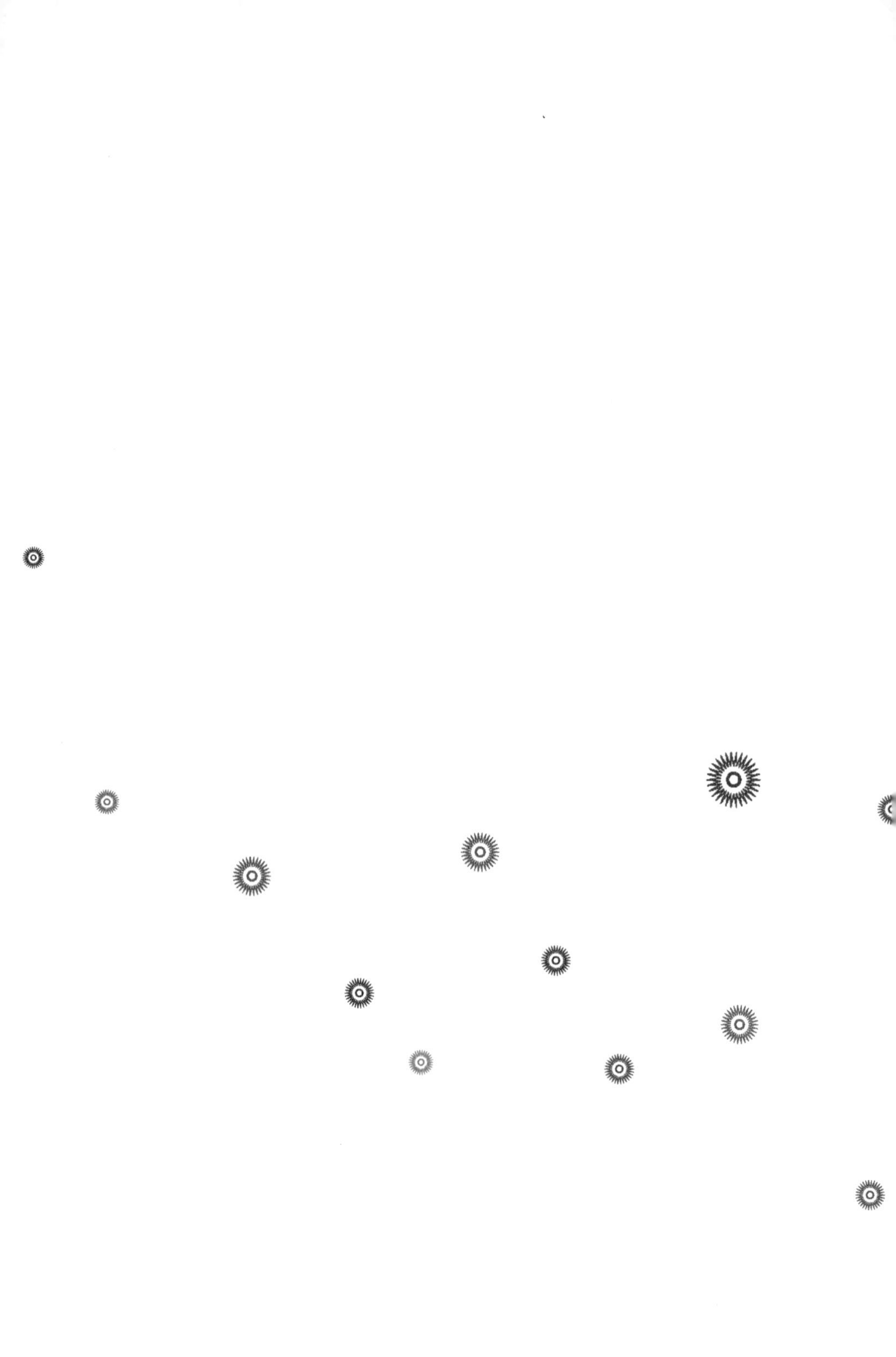

# 2장 : 니가 진짜 원하는 게 뭐야?

# 요가의 즐거움

뒤늦게 스키 타는 재미에 빠졌다가 그만 갈비뼈에 금이 가는 부상을 입고 화창한 봄날에까지 구들장 신세를 지게 된 선배 언니, 어느 아침나절 문득 전화를 걸어 말한다.

"야, 다들 어디 나간 거야? 집에 있는 아줌마가 너밖에 없다!"

요즘은 정말 집에만 틀어박혀 있는 주부가 별로 없다. 직장에 다니지 않더라도 부업이나 취미 생활, 친목 모임, 봉사 활동 등으로 모두들 바쁘다. 주부가 아니더라도 누구나 방구석에 처박혀 지내기 아까운 시절이기도 하다. 날로 성큼성큼 다가오는 계절, 눈부신 햇살과 봄비가 한번 스쳐 지날 때마다 짙어지는 초록의 향연이 모두를 집 밖으로 유혹한다.

그런데 나는 여전히 집 안에 처박혀 있다. 소설은 손이나 머리가 아니라 엉덩이로 쓰는 것이다. 오래오래 앉아서 참고 견디어 버티는 일이다.

일상의 자잘한 재미를 포기하고 지극히 단조롭고 지루한 반복을 택하는 것이다. 읽고, 쓰고, 다시 읽고……. 나 역시 대부분의 시간을 컴퓨터 책상 앞에 앉은 채로 보낸다. 가끔 화장실에 가거나 물을 마시기 위해 일어서는 일을 빼면 고정된 자세에서 큰 변화가 없다. 그러다 보니 운동 부족으로 인한 소화불량, 신경성 두통에 시달리는 일이 다반사다. 아침에 눈을 뜰 때마다 몸이 천근만근 무겁게 가라앉는 기분, 어깨와 허리가 뻐근하고 온몸 마디마디가 삐거덕거리며 비명을 지르는 느낌에 마음도 절로 우울하고 어두워진다.

누군가에게 아프다는 하소연을 듣는 일이 싫었다. 나도 그렇게 아프다며 징징 짜기 싫었다. 내가 듣기 싫은 말을 남에게 하고 싶지 않았다. 진통제, 위장약, 수면제를 끊는 대신 닥치는 대로 운동을 하기 시작했다. 수영, 볼링, 재즈댄스, 단전호흡……. 워낙 타고 나길 둔한지라 스포츠 경기 관람은 어지간히 즐기면서도 정작 스스로 몸을 움직여 격렬한 운동을 하는 일에는 젬병이지만, 여러 운동을 섭렵한 끝에 나는 마지막으로 요가에 정착하게 되었다. 마침 동네에 요가 동아리가 있어서 슬그머니 그 틈에 끼어 앉은 것이 벌써 팔 년, 나는 어느덧 만나는 사람들마다 붙잡고 적극 요가를 권하기에 이르렀다.

요가Yoga라는 말은 원래 산스크리트어이다. 인도에서 철학의 실천 방법으로 전파되기 시작한 요가는 운동이기 이전에 수련이고 수양이다. 인도를 여행하다 보면 '성스러운 강' 갠지스 강변에서 동이 틀 무렵 갖가지 자세로 수행을 하는 사두수행자들을 많이 만날 수 있다. 그것은 종교라기보다 종교를 넘어서 우주, 대자연의 부분인 인간이 자연의 법칙에 순종하는 의식이다. 내 안의 나를 들여다보고, 나와 나를 둘러싼 세계의 조화를 꾀하는 일이다.

요즘은 물질적 풍요 속에서 정신적 빈곤에 시달리는 서양에도 약간의 오리엔탈리즘까지 가미한 요가 열풍이 불고 있다. 할리우드 스타들이 앞다투어 요가를 찬미하고 요가 비디오며 요가 서적, 요가 상품들까지 줄을 잇는다. 이런 '유행'은 한국 사회도 예외가 아니다. 미끈한 몸매를 자랑하는 연예인들이 비디오를 만들어 판매하다 보니 우선은 건강보다 다이어트에 초점을 맞춰 요가에 입문하는 사람들도 많다. 문화센터마다 요가 강좌가 개설되고 우후죽순으로 요가 학원들이 생겨난다. 어떤 목적으로든 요가가 대중화된다는 것은 나쁘지 않다. 하지만 요가는 단순한 살빼기 체조나 스트레칭 운동일 수 없다.

내가 배우는 요가는 '웰빙' 열풍을 주도한 바로 그 요가처럼 요란하고 화려하지 않다. 하타 요가, 힐링 요가, 다이어트 요가, 퓨어 요가, 메디칼 요가……. 굳이 수식어를 지어다 붙일 필요도 없이 그냥 요가, 생활 요가다. 나의 선생님은 늘씬한 미녀나 스포츠과학 박사학위 소지자가 아니라 백발의 할머니이다.(당신은 18세 꽃띠라고 주장하시지만, 때로는 정말 18세 소녀처럼 느껴지기도 하지만!) 터무니없이 비싼 강습료를 지불 하는 것도, 낯선 용어를 쓰며 기기묘묘한 자세를 요구하는 것도 아니다. 특별한 화두를 던져 주기보다는 아침에 일어나서 수업을 받을 때까지 자기가 했던 일을 두고 명상을 하라고 권한다. 부러 의상을 갖춰 입을 필요도 없다. 선생님의 강의는 동사무소 강당이든 동네 노인정이든 배우고자 하는 사람, 몸이 아픈 사람이 있으면 어디서든 펼쳐진다. 사실 어떤 일이든 일 자체가 아무리 좋아도 함께 일하는 사람과 마음이 맞지 않으면 즐겁게 일할 수 없고 좋은 성과를 낼 수 없음이 자명하다. 요가는 특히 가르치는 사람, 스승의 역할이 참으로 중요하다. 선생님의 수업에 만족하는 나는 삼십여 년 경력자인 선생님의 생활 자세에서 진짜 요가적인 삶을 배운다.

늘 고요하고, 다정하지만 품위를 잃지 않고, 못한다고 나무라거나 잘한다고 칭찬하지도 않는다. 요가는 잘하는 사람, 못하는 사람이 없다는 것이 유일하게 강조되는 주장이다. 남과 비교하고 경쟁할 수 없는 운동, 자기 스스로 자기의 치료자가 되는 것이 바로 요가라는 가르침이다. 고요히 명상하며 자기를 들여다보다 보면 편협하게 쏠리고, 비틀어지고, 어긋난 곳이 저절로 발견된다. 요가는 그 비틀리고 불균형한 몸과 마음을 바로잡는 것에 다름 아니다. 어떠한 극단도 거부하며, 흔들리지 않게 중심을 지키는 일.

사실 요가를 하면서 몸의 건강은 많이 좋아졌지만 마음까지는 아직 자신이 없다. 나는 여전히 극에서 극으로 오가는 기복이 극심한 감정의 소유자이고, 사람은 쉽사리 변할 수 없는 법이니까. 하지만 백발이 성성한 선생님 앞에 결가부좌를 틀고 앉아 있노라면, 아주 조금은 나 자신을 긍정할 것만 같은 기분이 든다. 너무 착하지도 나쁘지도 않게, 너무 기쁘지도 슬프지도 않게, 누구도 너무 사랑하거나 미워하지 않게, 너무 뜨겁지도 차갑지도 않게. 부박한 내 생애도 언젠가는 그렇게 될 수 있길.

# 홀로 걷는 즐거움

하늘이 이 세상을 내일 적에 그가 가장 귀해 하고 사랑하는 것들은 모두 가난하고 외롭고 높고 쓸쓸하니 그리고 언제나 넘치는 사랑과 슬픔 속에 살 도록 만드신 것이다.

—백석의 詩 「흰 바람벽이 있어」 중에서

아이가 초등학교에 입학하면서 나의 산책도 시작되었다. 무거운 가방을 들쳐 메고 혼자 나서는 등굣길이 못난 어미 눈에는 아무래도 애틋하여, 교문 앞까지 만이라도 길동무를 하려는 셈으로 아침부터 부산스레 채비를 하고 집을 나섰다. 그렇게 봄이, 여름이, 가을과 겨울이 갔다. 그 야말로 비가 오고 눈이 와도, 비가 오고 눈이 오기 때문에 더욱 혼자 문 밖으로 밀어 내보내기 짠하여 따라 나섰다. 언제까지 곁에서 지켜 줄 수 없고, 언젠가는 이렇게 짧은 동행마저 아이에게 짐이 되리라는 것을 알면서도 말이다.

아이의 뒷모습이 교문 안으로 사라지는 것을 지켜보고 돌아서, 나는 곧장 걷기 시작한다. 산책길을 따라 대공원 호수 한 바퀴를 돌아 집에 돌아오면 대개 사십 분에서 오십 분가량이 소요된다. 보약보다 좋다는 걷기 운동으로는 맞춤한 시간이고, 하루를 열며 스스로를 정돈하고 채비를 갖추는 데도 적당한 시간이다. 마냥 걷기 심심하여 라디오를 듣기 시작했다. 아침 시간의 FM방송에선 너무 격렬하거나 우울하지 않은 음악들이 흘러나온다. 디제이들의 목소리도 다정하고 명랑하다.

공원의 봄 풍경은 참으로 아름답다. 경극 배우의 눈물과도 같이 흩날리는 흰 벚꽃 사이를 헤쳐 가는 일은 꿈길을 걷는 듯 황홀하다. 막 잠에서 깨어난 어린이 동물원의 동물들은 구경꾼들에게 에워싸여 있을 때보다 더 편안하고 자유로워 보인다. 누군가의 시선에서 놓여나는 일은 스스로를 위로하며 지키는 일이다. 흰 토끼와 벼슬 붉은 닭이 물끄러미 나를 쳐다보면 나는 그들을 향해 싱긋 웃곤 한다. 여름에는 서늘한 아침 공기가 좋다. 아직 해가 뜨기 전, 폭염을 예고하면서 삼시 숨을 고르는 대기가 겨드랑이 밑으로 촉촉하게 다가온다. 꽃이 진 자리에 돋은 잎들이 매일 푸르게 무성해진다. 가을에는 벗이 많아진다. 누군가 어깨를 툭 쳐서 돌아보면 몸을 비우기 시작한 나무들이 건네는 마지막 수인사인 양 낙엽이 지고 있다. 대공원은 비 오는 화요일 아침에 가장 호젓하고 평온하다는 사실도 그때 알았다. 그리고 겨울, 눈을 밟으며 걷는 황량한 길이 내게 라디오를 끄게 한다. 침묵과 고요에 귀 기울이게 한다. 그 속에는 다음 해를 예고하며 기대를 북돋우는 무수한 생명의 아우성이 있다.

팔을 앞뒤로 힘차게 흔들며, 보폭을 넓혀 걷는다. 매일 산책하다 보면 비슷한 시간에 비슷한 얼굴들을 만나게 된다. 모두들 열심히 걷고 있다. 무리를 지어 걷는 주부들도 있고, 군인처럼 씩씩하게 걷는 사람도 있고, 사이좋게 걸음을 맞추는 부부도 있고, 몸이 불편하여 지팡이를 짚은 사람도 있다. 조금씩 다른 그들의 걸음걸이를 훔쳐본다. 오른쪽이나 왼쪽으로 어깨가 기운 사람, 등을 웅크린 사람, 무의식적으로 다리를 벌리고 걷는 사람……. 의외로 위태로운 걸음걸이들이 꽤 많다. 좋지 않은 자세로 걸으면 몸이 그 방식으로 고착되는 것이 당연하다. 가만히 다가가서 몸이 어느 방향으로 기울었다고 속삭여 주고 싶다. 그렇게 걸으면 운동의 효과가 반감되리라는, 주제넘은 충고라도 하고 싶다.

하지만 차마 그렇게 하지 못한다. 나 역시 앞만 바라보며 바쁘게 걷는 익명의 한 사람이기 때문에, 그들의 몸과 마음이 어떻게 기울어 있는가에 대해 조언할 자격이 없다. 때로는 선의라고 할지라도 자신이 누군가의 시선에 노출되어 있다는 사실을 알게 되는 일은 그리 유쾌하지 않을 것이다. 때로 그렇게 곁눈질을 하면서, 나 자신은 제대로 걷고 있는지, 나도 모르게 들려 올라간 턱과 굽어진 어깨에 생각을 모은다. 누군가의 눈에는 나 역시 비뚤게 엉거주춤, 갈지자로 걷고 있는 모습으로 비칠지 모른다.

또 한 해가 새롭게 시작되고, 나는 계속 걸을 것이다. 길동무가 생겨

주리라는 기약은 없다. 작년에 걸었던 것처럼 올해도 또다시 비틀거리며 걸을지도 모른다. 하지만 길은 누구나 혼자 걷는 것이다. 내 몸과 마음의 자세에 대해 가장 친절하게 조언해 줄 수 있는 사람은 나뿐이다. 그처럼 노출된 결점을 부끄럽지만 달갑게 받아들여 고칠 수 있는 것도 오직 내가 내게만 줄 수 있는 선물이다. 홀로 걷는 길이, 내 인생이, 내게 진정 외롭고 높고 쓸쓸할 수 있도록, 올해도 나는 나를 격려하고 충고하면서 걸을 것이다. 눈을 홉뜨고 앞만 바라보며 내 곁을 스쳐 지나는 많은 사람들, 그들에게도 파이팅을 전한다. 모두들 쓰러지거나 넘어지지 않고 이 길을 끝까지 걸을 수 있길! 홀로 걷는 이 길이, 참 즐겁다.

# 여행, 표류하는 꿈

나는 밝고 명랑하고 활동적이며 원만한 사람이⋯⋯아니다. 밝고 명랑하게 굴다 보면 어느새 불안정해지고, 활동적으로 나돌면 금세 피곤을 느끼며, 용케 사람들과 원만하게 잘 지내다가도 한순간 수틀리면 냉정해진다. 심지어는 좋은 성격이 작가로 살아가는 데는 썩 좋지 않다는 편견까지 갖고 있다. 그들은 인생을 즐기기 위해 얼마나 바쁠 것인가? 홀로 골방에 틀어박혀 악전고투하는 대신 반짝반짝 빛나는 햇볕 아래서 사람들과 정답게 어울리다 보면, 이처럼 괴롭고 지루하고 고단한 노동으로 자신을 혹사시킬 짬이나 있겠는가?

어쨌든 성격이 나빠서 작가로 살 수밖에 없다고 믿는 나는 그다지 여행을 좋아하는 편이 아니다. 여행을 떠나기 전까지의 초조한 기대와 돌아온 후의 어수선한 감흥이 나를 더욱 불안정하게 만들기 때문이다. 낮선 곳에서 나는 고아처럼 왈칵 서러워진다. 그토록 지긋지긋해 했던 미지근한 일상, 따분한 평화가 못 견디게 그리워지기도 한다. 그리고 실제로 특정지역을 소설의 배경으로 취할 때에도, 그곳을 직접 답사하기보다 남의 여행기를 읽거나 기막히게 잘 찍어온 사진을 보며 상상하는 편이 더 즐겁기조차 하다.

나에게 여행은 일이 아니기 때문이다. 명소를 찾아 발자국을 찍고 재빨리 사진기의 셔터를 누르고 돌아서는 업무일 수 없기 때문이다. 가끔씩 내 앞에 높은 벽 같은 것이 턱 가로막혔다고 느낄 때, 여행은 그로부터 슬그머니 도망쳐 숨는 행복한 수단일 뿐이다. 어쨌거나 여행을 떠나면 하루 같이 빠르던 일주일이 한 달쯤으로 느껴지고, 한 달이 일 년, 때로는 몇십 년처럼 아득하게 느껴지기도 한다. 그럴 때는 잠시 여행이란 좋은 것이구나 하고 생각한다. 순간순간을 의미로 채우는 방법, 유한한 삶을 더 길게 사는 방법.

어쨌거나 이래저래 낯선 곳을 떠돌 기회는 몇 번 있었다. 하지만 그 중 대부분은 '관광'이었고, 진짜 '여행'으로 기억되는 것은 벌써 여섯 해 전, 두 번째로 갔던 인도에서 보낸 힌 달이다. 대부분의 사람들은 '내 평생 언제 다시 여기 올까 보냐?' 하는 심정으로 유명한 곳만을 찾아다닌다. 그래서 열흘 만에 서너 나라, 한 달 만에 열여섯 개 나라를 휩쓸기도 한다. 하지만 '관광'은 한 번으로 족할지언정 '여행'이라면 같은 곳이라도 몇 번을 거듭해 찾을 이유가 있다. 내게 인도는 그런 곳이었고, 첫 번째 '관광'이 너무 아쉬워 두 번째는 배낭을 메고 '여행'을 하기 위해 찾았다.

　원하던 대로 머릿속이 텅 빌 정도로 힘든 여행이었다. 더럽고, 가난하고, 불편한 인간의 삶을 흠뻑 맛보고 경험하기에는 완벽한 여행이었다. 스물여덟 시간 동안 입석으로 기차를 탔고, 갠지스 강가 화장터에서 사흘 내내 시체 태우는 모습만 보았으며, 염소와 닭들과 함께 미니버스를 타고 국경을 넘었고, 히말라야 기슭에서 고열에 시달리며 앓기도 했다. 목적지도 없었고 특별히 보고 싶은 것도 없었다. 사진도 찍지 않았고 남기고 싶은 기억도 없었다. 그저 발길이 닿고 마음이 내키는 대로 떠돌고 또 떠돌았다.

　그런데 아직도 이상한 것은 삶에 지쳐 진저리를 칠 때면 어김없이 그 고단한 여행의 꿈을 꾼다는 것이다. 꿈속에서 나는 여전히 떠돌고 있다. 슬쩍 장자를 흉내내 본다. 현실의 내가 표류하는 꿈을 꾸고 있는 것인가, 표류하는 내가 지리멸렬한 현실의 꿈을 꾸고 있는 것인가?

# 변신, 그 찬란한 탈피

눈부신 햇살, 상쾌한 공기, 새로운 하루가 또다시 시작되었다는 희망……과 상관없이, 아침에 더듬더듬 머리맡의 알람시계를 끄고 일어나면 유독 우울해질 때가 있다. 통통 튀는 목소리의 라디오 디제이는 정말 삼백육십오일 자기 음성처럼 명랑할까? 아침에 떠올랐다 저녁이면 지는 해도 때로는 하늘로 기어오르는 일이 지겹지 않을까?

사는 것이 다람쥐 쳇바퀴 돌리는 일만 같다. 매일 시간에 쫓겨 허덕거리면서도 저녁이면 하루가 손가락 사이로 빠져나간 물처럼 공허하게 느껴진다. 눈코 뜰 새 없이 바쁘다 하면서도 때로 지루함과 권태감에 몸서리를 친다. 하지만 오로지 나에게만 인생이 가혹하다고 한탄할 필요는 없다. 어차피 사는 일이 천편일률 공허하고 지루하고 권태로운 건 당연하다. 누구에게나 일상이 항상 드라마틱하고 재미있고 창조적일 수는 없다. 다만 공평하게 주어진 일정량의 시간을, 누군가는 즐거이 향유하고 누군가는 마지못해 소비하는 것뿐이다.

누군가 내게 말한다.

"와아, 작가라니 정말 부러워요! 작가라면 항상 새롭고 창조적일 것 아니에요? 남들과 다른 경험도 많이 하고 변화무쌍한 인생을 살고. 그에 비하면 저는 시계추처럼 집이랑 직장을 왔다 갔다 할 뿐인걸요."

하지만 새롭고 창조적인 글을 써야 한다는 강박에 시달리며, 나는 누구보다도 구태의연하고 지리멸렬한 생활을 한다. 쓰고 있거나, 쓰기 위해 준비하거나……나는 하루 종일 책상 앞에 붙박인 채 늘 새로운 고독과 늘 창조적인 고통에 시달릴 뿐이다.

고인물은 썩는다. 변화하지 않으면 도태된다. 모두가 앞을 향해 달려가는데 혼자 가만히 제자리에 서 있으면 결국 스쳐 지나간 사람들에 비하여 뒷걸음질을 치고 있는 셈이다. 이것은 단순히 경쟁이나 적자생존의 논리가 아니다. 남들보다 더 많이 갖고 더 빨리 앞서가기 위한 목적을 떠나, 단지 살아남기 위해서라도 변해야만 한다. 내가 살아 있다는 것을 확인하기 위해, 내 몫의 인생을 필사적으로 살아 내기 위해.

한동안 나는 취미를 묻는 사람들 앞에서 '배우는 것' 그 자체가 나의 취미라고 말하곤 했다. 100미터 달리기에서 다섯 명이 달리면 5등, 여섯 명이 달리면 6등을 기록하는 끔찍한 운동신경을 갖고 있으면서도 재즈 댄스, 수영, 볼링, 에어로빅 등을 배우는 일에 과감히 도전했다. 손재주가 많으면 팔자가 고단하다는 말을 위로로 삼고 사는 주제에도 서예, 수지침, 뜨개질, 목공예 교실을 끊임없이 기웃거렸다. 물론 그 중에 지금까지 써먹을 만한 재주로 남은 것은 아무 것도 없다.

하지만 나는 분주한 시간을 쪼개고 저축을 줄이면서도 고단한 몸을 더욱 고단하게 내모는 일이 마냥 즐거웠다. 모든 변신의 첫 번째 허들은 두려움이다. 새로운 것을 배우는 첫 수업은 항상 두려움으로 조마조마하고, 나는 그 낯선 설렘이 즐겁고 기꺼웠다. 아무 것도 모르는 초보자가 되어 가슴을 두근거리며 조심스레 엿보는 새로운 세상은, 그것이 실상 아무리 보잘것없고 시시풍덩한 것일지라도 항상 매혹과 유혹의 빛으로 반짝였다.

내가 아는 가장 멋진 변신의 사례는 1800년대 중반 이런저런 직업을 전전한 끝에 보스턴의 한 은행에 취직했던 은행원의 그것이다. 그가 살던 때는 증기선과 증기기관차가 발달하고, 전신기와 윤전 인쇄기 등이 실용화되던 과학과 기술의 시대였다. 은행원은 자기 시대를 '실리적인 시대'라고 불렀다. 돈의 가치와 물질문명의 위력이 날로 세계를 지배하는 시대에, 그는 누구보다 빠른 세상의 변화를 절감하며 살았다. 하지만 은행원은 자신의 삶에 안주하며 머무르지 않았다. 물질문명의 발달 속에 생활은 향상되는 듯하지만 한편으로 점점 소멸되고 고갈되는 정신세계를 안타까워하며, 높은 정신성과 풍부한 인간성을 찾기 위해 잊혀져 간 옛이야기를 뒤적이기 시작했다. 그가 바로 지금까지 고전으로 읽히는 『그리스로마신화』의 원작인 『전설의 시대』를 쓴 토마스 불핀치다.

나는 인간의 모습을 한 신들과 그들이 빚어내는 거부할 수 없는 욕망의 원형을 그린 『그리스로마신화』를 읽으며 토마스 불핀치를 생각한다. 평생 은행원으로 살았던 사람, 생활을 위해 하루 종일 돈을 세지만 집에 돌아와서는 홀로 신들의 세계에 몰입했던 사람, 죽기 직전까지 영웅과 현자에 관한 글을 쓰고 평생 독신으로 지냈던 사람. 그는 생활과 이상의 갈등 사이에서도 끝없이 변신하고자 하였으며 그것을 기꺼이 즐기고 향유했다.

변신이라 하여 거창한 것만을 떠올릴 필요는 없을 테다. 갑갑한 정장과 하이힐에 갇힌 몸을 탈출시키는 것만 해도 변신이다. 달랑이는 귀걸이 하나에도 자유로워질 수 있고 맨발에 슬리퍼를 끌고 다른 세계로 달려 나갈 수 있다. 몸이 가벼워진 만큼 할 수 있는 일도, 해야 할 일도 많아진다.

무엇으로, 어떻게 변할 것인가? 그것을 찾기 위해 두리번대는 일이야말로 변신의 시작이다. 주위를 기웃거리기 이전에 가만히 자기를 들여다보기만 해도 알 수 있다. 어른이 되면서 잃어버린 어린 날의 숱한 꿈들이 자잘한 편린으로 고스란히 나의 마음에 가라앉아 있지 않은가. 과학자가 되고 싶고, 가수나 영화배우가 되고 싶고, 대통령이 되고 싶었던 당찬 포부들. 그 모두가 지금은 실현될 수 없는 꿈이라 해도, 자연과 세계의 비밀을 탐지하고, 내가 간직한 흥과 끼를 마음껏 펼치고, 소신 있게 정치적 행동을 할 기회는 아직 남아있다.

변신이란 결국 그런 것이 아닐까. 내가 안주한 낡은 허물을 벗고 나와 또 다른 나와 만나는 일.

# 바이탈 싸인, 삶의 징표 앞에 울다

지금으로부터 이십여 년 전 여름 장마가 유난하던 그해에, 나는 초경을 겪고 혼자만의 방을 갖게 되었다. 남들과 다른 특별한 사람이 되고 싶었던 지극히 보통 아이였던 나는 그다지 나쁘지 않은 시력에도 불구하고 엄마를 졸라 안경을 맞췄다. 미간을 잔뜩 찌푸리고 콧등으로 흘러내리는 안경을 추켜올리면서, 결핍을 가장한 불편에 점차 익숙해졌다.

그리고 몇 해 전, 나는 마침내 시력 교정 수술을 받고 안경을 벗었다. 불편은 다만 불편일 뿐, 더 이상 특별함의 징표도 뭣도 아니었다. 수술은 아주 간단하고 쉬웠다. 이십여 분의 시술로 이십여 년 동안 내 콧등을 짓눌렀던 안경이 사라졌다.

수술의 경과도 좋았다. 눈두덩의 붓기가 빠지고 통증이 사라지자 곧 광명의 새 세상이 펼쳐졌다. 환경의 변화에 대한 인간의 적응력은 놀라웠다. 아침에 일어나 머리맡을 더듬어 안경을 찾길 며칠, 무심결에 흘러 내리는 안경을 추켜올리려 헛손질을 하길 몇 번 만에 나는 간단히 내가 안경잡이였다는 사실을 잊었다. 새 세상의 감격 또한 잠깐이었다. 뛰어 난 적응력만큼이나 간사한 것이 인간이었다.

하지만 후유증 아닌 후유증이 남아, 나는 그때부터 눈물이 없는 사람 이 되어버렸다. 불편이란 불편은 모조리 처치해버려야 직성이 풀리고, 되도록 단순하고 명쾌하게 주변을 단속하고자 했다. 뻑뻑하니 건조한 안 구에는 인공눈물 몇 방울을 흘려 넣으면 족할 뿐, 굳이 머리 아프고 가슴 저리게 울고 싶지 않았다. 가뜩이나 세상은 눈물 없이 소리만 큰 호號로 가득 차 있으니, 굳이 눈물과 소리가 함께 있는 곡哭으로 눈총을 사거나 소리 없이 눈물만 있는 읍泣으로 스스로를 소진할 필요가 없었다. 세상을 바라보는 내 눈은 어느새 삭막하고 냉정해져 있었다.

그런데 아무리 감동적인 예술 작품으로도 아무리 쓰라린 모욕과 상처 로도 좀처럼 물기를 자아낼 수 없던 나의 누선이, 어느 밤 돌연 잊고 있던 제 기능을 발휘하기 시작했다. 살고자 해도 살 수 없으며 죽고자 해도 마 음대로 죽을 수 없는, 종합병원 응급실의 풍경이 펼쳐지는 텔레비전 앞 에서 나는 어느새 죄를 고백하듯 펑펑 울고 있었다.

삶을 느끼고프면 시장에 가고 죽음을 알고프면 종합병원 응급실에 가 면 된다. 맥박, 호흡, 혈압, 체온. 사람이 살아 있음을 증명하는 이것들을 의학적으로는 '바이탈 싸인'이라 명명한다. 이 중 어느 하나라도 이상을 일으킬 때 찾는 응급실에는 피투성이 삶과 고독한 죽음, 그리고 결정적인 순간에 가장 신비롭고 순결한 빛을 발하는 피붙이들의 사랑이 있다. 어제까지 지루하고 따분하기만 했던 삶, 남의 일인 양 낯설고 멀게만 느껴지던 죽음이 총총히 머리를 맞대고 악다구니 친다.

인간은 죽음을 의식하고 상실에 슬퍼하는 유일한 동물이기에 신비롭고 아름답다. 모두가 앞다투어 좇는 돈과 명예를 넘어 숱한 모욕과 남루함까지도 살아 있음의 증거가 된다. 죽음과 삶의 경계에서 가치는 더욱 오롯해진다. 살아 있음을 뛰어넘는 가치는 없다. 삶은 그 자체가 원인이고 과정이고 거룩한 목적이다.

그로부터 「병원 24시」의 애청자가 된 나는, 오늘도 나고 살고 죽는 누추한 벗들을 바라보며 운다. 눈물로 씻긴 세상이 애틋하다. 그리고 촉촉하다. 아아, 우리는 살아 있다.

# 삶을 찾아 죽음을 향해 떠나다

익숙한 것은 편안하다. 낯선 것은 불편하다. 두려움은 그 경계에 오롯이 자리한다. 그리하여 여행은 유혹과 불안을 동시에 내포한다. 익숙한 평화를 깨고 낯선 공포 속으로 투신하는 일은 한편으로 즐겁고 한편으로 고통스럽다. 더욱이 나처럼 비활동적이고 자폐적인 사람에게 일상의 틀을 깨고 여행을 계획하는 일은 커다란 모험이 아닐 수 없다. 좋은 게 좋은 거 아냐? 인생, 뭐 있어? 내 안에서 나태한 내가 코웃음을 핑핑 친다. 그러다 문득, 스스로를 향한 반항심과 분노가 불끈 치솟는다. 어떻게 싫은 것까지 좋은 척하며 살 수 있어? 인생, 결국 아무 것도 없을지는 모르지만 그 헐거운 빈주머니나마 직접 확인하고 싶다고!

그렇게 홀린 듯 들린 듯 인도에 갔다. 1995년 아이를 낳기 전에 한 번, 그리고 2001년 여섯 살박이 아이를 외할머니에게 맡겨 놓고 다시 한 번.

여행을 떠나기 전날 밤 아이를 무릎 위에 앉히고 손톱을 깎았다. 아이의 손톱이 자라는 속도는 무섭도록 빠르다. 아이가 내게 물었다.

"엄마, 가지 않으면 안 돼?"

"너도 언젠가는 엄마를 두고 혼자 떠나게 될 날이 있을 거야."

"마음을 붙잡을 수 없어! 마음을 붙잡을 수 없어!"

아이는 엄마를 설득하기를 포기하고 방 한쪽 구석에 엎드려 중얼거렸다. 미안하다. 하지만 엄마도 엄마 자신의 마음을 붙잡을 수 없어 뒤척인단다.

꼭 인도여야 할 이유는 없었지만, 인도가 아니라면 굳이 떠나야 할 이유도 없었다. 그렇다고 내가 인도에 들씌워진 오래된 이미지들, 이를테면 신비, 초월, 명상, 각성…… 등에 심취해 있었던 것은 아니다. 오히려 나는 인도를 여행하는 내내 그 더럽고 가난하고 불편부당한 땅에 대해 투덜거렸다. 지독한 향신료에 욕지기를 하고, 몰려드는 거지 떼에 몸살을 앓고, 몰염치한 장사꾼들에게 진저리를 쳤다. 하지만 이상한 일이었다. 거대한 홍수에 휩쓸린 쪽배처럼 인도를 표류하고 돌아올 때면, 어김없이 다시 인두가 그리워졌다.

뭄바이에서 스물여덟 시간 동안 입석으로 기차를 타고 도착한 곳은 바라나시, 갠지스 강에 면한 도시였다. 그곳에서 나는 마나카르니카 가트, 화장터에서 가장 가까운 게스트 하우스에 짐을 풀었다. 갠지스 강은 힌두교도들에겐 생애에 꼭 한번은 방문해야 할 성소다. 그들의 간절함은 강가의 가트를 따라 다양한 풍경으로 연출된다. 누군가는 목욕을 하고, 누군가는 빨래를 하고, 누군가는 꽃등을 띄우고, 누군가는 시체를 태운다.

나는 매일 망루 위에서 바람에 실려 매섭게 솟구쳐 오르는 매캐한 연기에 눈을 찔리고 시커먼 그을음으로 가득 찬 코를 풀며, 한없이 홀로 앉아 있었다. 화장터의 불길은 하루 종일 꺼지지 않았다. 눈앞에서 열두 구 시체가 재가 되어 사라졌다. 미로처럼 얽힌 좁은 골목길에는 죽음의 사슬이 이어지고, 그 사이로 소와 염소와 개와 까마귀와 비둘기들이 무심하게 맴돌았다.

시체는 몸통이 먼저 타고 생전 가장 분주하던 발과 가장 고단하던 머리가 마지막까지 남았다. 아무도 울지 않았다. 중간에 간간이 기름과 알 수 없는 향료를 끼얹어 화장을 돕던 상주가 갠지스 강물을 떠다 부어 불을 끄고 뒤돌아선 채 동이를 던져 깨어 버리면, 죽음의 의식은 모두 끝이었다. 그는 돌아보지 않고 떠났다. 행여 단 한 사람이라도 돌아보지 않을까 온종일 주시했지만 마찬가지였다. 눈물도 돌아봄도 없는 끝, 가장 자연스러운 이별의 방식.

내가 어쩌자고 이 먼 곳까지 와 있는지, 왜 이 낯선 곳에서도 화장터 근처나 어슬렁거리는지, 내 안에서 여전히 들끓고 있는 번민과 고뇌의 정체가 무엇인지 알 수 없었지만, 죽음마저 지루하고 따분해질 무렵 문득 귓전을 스치는 사원의 종소리를 들었다. 인도 사람들은 신이 잠들어 있다고 믿는다. 그래서 사람들은 사원에 들어서며 잠든 신을 깨우기 위해 종을 울린다. 나도 그를 깨워 말하고 싶었다.

이봐요, 그만 일어나요. 내게 두려워하지 말라고 속삭여줘요. 이 버거운 삶을, 때로 꿈같은, 악몽이거나 일장춘몽인 그것을.

나는 아마 삶을 찾아 죽음을 향해 떠났나 보다. 그래서 죽음과 삶이 어깨를 걸고 선 그 지독한 땅에서 하릴없이 헤매었나 보다. 돌아올 무렵 나는 백 살쯤 한꺼번에 먹어 버린 기분이었지만, 죽음이나 삶에 대해 함부로 지껄이던 입을 굳게 닫았다. 내가 숱한 주검과 죽음에게서 들은 이야기는 단 하나였다. 생명, 어쨌든 기필코 살아 내라는 명령!

# 핑크 팰리스

주말의 대학로는 인생의 빛나는 한때를 즐기는 젊은이들로 가득하다. 그들 중 다수는 복중의 더위 따윈 아랑곳없이 서로 손을 잡거나 부둥켜안은 연인들이고, 젊음의 거리답게 짐짓 과감한 스킨십을 나눈대도 누구도 따가운 눈총을 건네지 않는다. '할 수는 있어도 말할 수는 없었던' 성에 대한 유교 문화의 오랜 불문율을 깨고, 한국 사회도 표면적으로는 욕망에 대해 개방의 자세를 취하는 것처럼 보인다. '섹시하다'는 말은 모욕이 아니라 찬사가 되었고, '성 상품화'의 문제 제기를 훌쩍 뛰어넘어 성적 코드 없이는 경쟁력을 갖출 수 없다. 이처럼 빠르게 변화하는 성풍속도를 음란하고 방종하다고 개탄하는 일은 지나치게 순진하거나 고루하게 느껴진다. 하지만 그와는 조금 다른 측면에서, 한국 사회는 여전히 음란하다. 음란하고도 잔인하다.

오랜만에 영화를 보았다. 인간의 성적 욕망을 노골적으로 다룬, 그러나 야하다기보다는 가슴 아픈 영화였다. 영화의 제목은 「핑크 팰리스」, 장애인 성에 대해 이야기하는 국내 최초 장편 다큐멘터리다. 실제로 호주 멜번시에 자리한 그 분홍빛 궁전은 장애인 손님들을 위해 넓은 현관문과 경사로, 좌식 샤워기 등의 시설을 갖추고 국가가 직접 성매매를 주선한다고 한다. '성매매금지법'이 시행되고 공창이니 성노동자니 논란이 끊이지 않는 마당에 하필이면 미묘하고 껄끄러운 성매매 문제란 말인가!

하지만 영화 「핑크 팰리스」의 이야기는 민감함을 뛰어넘어 절박하다. 그들이 자신의 성을 이야기한다. 척수장애인, 시각장애인, 청각장애인, 경직이 심해 자위행위조차 원활히 할 수 없는 뇌성마비장애인……. 지금껏 스스로를 '정상인'으로 여겨 온 비장애인들에게는 기껏해야 봉사와 연민을 바치기에 족한 무성의 존재들이 자신의 욕구와 경험에 대해 진실을 고백한다.

장애가 심해 결혼은 꿈도 꾸지 못하는 마흔여덟 살의 중증뇌성마비장애인 최동수 씨는 평생의 소원을 풀기 위해 오랫동안 모은 용돈을 소중히 싸들고 이른바 '집창촌'을 찾아간다. "한번 태어났다 죽으면 언제 다시 태어날지 모르는데, 숫총각으로 죽으면 진짜 억울하다, 억울해!"라고 부르짖는 그의 노트에 적힌 자작시는 사랑과 소통에 대한 갈망으로 가득하다. 그를 어떻게 비난할 수 있는가. 불편하지만 분명한 육체로 존재하는 그들을.

한국 사회가 음란한 것은 성적 문란과 방종 때문이 아니라 인간에 대한 몰이해와 편견, 그리고 위선과 모순 때문이다. 보호와 성교육의 대상인 청소년들은 원조교제에 시달리고, 주책부리지 말고 점잖게 늙어야 한다는 노인들은 들병이의 표적이 되고, 무성의 존재로 치부되는 장애인들은 성폭력과 유기 속에 내동댕이쳐져 있다. 장애가 없는 젊은 이성애자가 아니고서야 소외와 편견에서 벗어날 길이 없고, 그러하기에 누구도 이 문제에서 완전히 자유로울 수 없다.

성이란 지극히 개인적인 영역이며 인간은 누구나 자신의 욕망을 스스로 관리할 권리와 의무가 있기에, 더욱 공적으로 안전하게 보장 받아야 마땅하다. 진실은 지극히 단순하고 소박하다. 장애인에게도 비장애인과 하등 다를 것이 없는 '정상적인' 성적 욕망이 있다. 기실 진실을 두려워하는 것은 허위에 익숙하거나 안일하기 때문이다.

시각장애인 최초로 의정 단상에 선 국회의원은 '장애인이 편하면 비장애인은 더욱 편할 것이다'고 했다. 장애인이 행복하면, 비장애인은 더욱 행복할 것이다.

# 모시야 적삼 안섶 밑에
# 연적 같은 젖 좀 보소

유독 여름이라는 계절에는 나 자신이 '여자'라는 성별에 대한 자각이 새삼스러워진다. 혹서를 견디기 힘든 것이야 너나 할 것 없다 하여도, 땀이 등줄기를 따라 흐르는 한더위에도 꽁꽁 옥죄어 매는 부착물을 몸에 착용하고 있어야만 한다는 사실이 나를 더욱 맥 빠지게 한다. 그것은 함부로 떼어 놓고 다닐 수 없다. 공공장소나 중요한 사람들과의 만남에서는 더욱 그렇다. 나는 중학교 2학년 때부터 그것과 함께 했다. 이제 그것은 내게 또 한 겹의 피부, 몸의 일부분이나 다름없다.

그리스 로마 시대에 긴 천이나 가죽 밴드 띠 형태의 아포대즘apodesm으로 원형을 드러냈던 그것은, 1791년에 근대적인 모체인 볼스터bolster로 발전했다. 이후 무엇이든 새로운 욕망을 창출하여 팔아먹는 데 놀라운 재능을 지닌 미국인들에 의해 1907년 보그지에 최초로 '브래지어'라는 이름으로 공식 발표되기에 이르렀다. 그것의 착용 목적은 유방을 보호하고 가슴 선을 정리하는 것이라 했다. 좀 더 노골적으로 말하면, 초기의 아포대즘이 추구한대로 풍만한 유방과 성애를 위한 관능미를 강조하기 위한 부착물이기도 했다.

이후에도 속옷, 그 중에서도 여성의 속옷은 사회적 관계의 변화에 따라 민감하게 발전해 왔다. 여성들에 대한 사회적 요구에 따라 기능은 다양화되고, 얼마간의 '유행'까지 생기게 되었다. 하지만 대체 나는 왜 그것을 '꼭' 착용해야만 하는지 아직도 납득하지 못하고 있다. 그것을 제대로 갖춰 입지 못하면 '정숙'하지 못하고 '순결'하지 않다는 중학교 시절 학생주임 선생의 말에 여전히 입을 비죽거리는 계집애처럼.

그것의 '필수' 착용이 강조되는 한편 그것을 은밀하게 가려야만 한다는 것도 불만이다. 근간에는 브라의 끈을 투명한 실리콘으로 만들거나 구슬이나 금속으로 대체하는 시도가 있기는 하지만, 그것이 보편화되기엔 아직도 한국 여성들의 '가리기 콤플렉스'를 극복하기가 만만치 않다. 우리는 스스로를 숨기고, 엄연한 사실에 시치미를 떼고, 불편함에 이를 악물면서도 입가에는 미소를 띠고 있다. 물 위에 유유자적 우아하게 떠 있기 위해 수면 아래 필사적으로 발을 젓고 있는 백조처럼, 방긋!

몇 해 전 여행 중에 파리에 들렀을 때였다. 모든 여행이 그러하듯 정작 유명한 명승지나 유적들의 기억은 희미해진 대신 파리지엔느들의 모습만은 아직도 선명하다. 여름이라 모두의 옷차림이 가벼웠지만, 그 중에도 거침없는 노 브라의 여성들이 많았고 브라를 했다 하여도 겉옷 바깥에 브라의 끈이 드러나는 것을 두려워하지 않았다. 그들의 발랄한 유두, 뻔뻔스럽고 칠칠치 못하다기보다 자연스럽고 천진했던 브라의 끈들! 그랬다. 그 역시 복식의 한 형태일 뿐이고, 의복의 일차적 기능은 어디까지나 육체의 건강한 보호와 위생이 아니었던가. 그곳에 굳이 성적인 의미가 내포되어 있어야만 할 까닭이 어디 있는가.

하지만 아무리 시대가 변해도 여전히 득세하고 있는 인간의 편협한 편견들 가운데 '여성의 노출이 성범죄를 부추긴다!'는 웃지 못할 억지가 있다. 범죄는 항상 인간의 내면으로부터 출발한다. 인간은 애초에 알몸뚱이로 태어난다. 우리는 필요에 따라 벗는 것이 아니라 필요에 의해 입는 것뿐이다.

이처럼 당연한 이야기를 하는 일이 기막혀, 나는 차라리 한국의 여름 평균 기온이 지금보다 십 도쯤 상승하길 몰래 빌기도 한다. 견디지 못해 누구나 벗고, 누구나 가려 입지 않는 그 순간에 편견이나 인습, 몹쓸 억압까지도 훌러덩 벗어 던질 수 있지 않을지.

# 이천 년 전을 꿈꾸다

천호대교를 건너 강남 쪽으로 가다 보면 다리가 끝날 즈음 오른쪽으로 우람한 흙 둔덕이 한 줄로 이어져 있는 것을 볼 수 있다. 또 올림픽대교를 건너 서울아산병원을 오른쪽으로 끼고 강남으로 가다 보면 왼편으로 울창한 나무숲이 일렬로 늘어서 있는 것을 보게 된다. 이것이 바로 백제 '하남위례성'의 실체로 새롭게 부각되고 있는 풍납토성의 남아 있는 성벽들이다. 먼저 것이 북쪽 및 동쪽 벽이고, 다음 것이 남쪽 성벽이다. 한강과 바로 맞닿은 서북쪽 성벽은 흔적조차 없고, 지금은 88고속도로가 그 옆구리를 빠르게 스쳐 지나고 있다.

풍납토성은 한강 남쪽과 맞닿은 채 천호대교와 올림픽대교 가운데 끼어 있는 서울시 송파구 풍납 1동과 풍납 2동에 자리 잡고 있다. 몇 해 전부터 나는 줄곧 이 풍납토성이 내지르기 시작한 침묵의 아우성에 사로잡

혀 있었다. 매일 그에 관련된 고대사며 백제사를 훑어 읽고, 마침내 꿈에
도 그를 보기 시작했다. 그렇다. 나는 특정한 부분에 한번 열정을 쏟기 시
작하면 얼마간 편집증적인 경향마저 보이는 전형적인 B형 혈액형의 특
징을 가진 인간이다.

나의 관심은 서울역사박물관이 주최한 풍납토성 발굴 유물 전시회로
부터 시작되었다. 평소에도 관심의 범위가 넓고 잡다한 것은 사실이지
만, 처음부터 백제사나 풍납토성 발굴에 특별한 흥미가 있었던 것은 아
니었다. 남들이 다 그러하듯 한강 유역을 지배했던 '백고신(백제―고구
려―신라를 암기과목 외우는 방식으로 나열함)'에 대한 순차를 기억하는 정
도, 시험 문제에 잘 출제되는 근초고왕과 고이왕의 치적과 정치제도를
관성적으로 따라 외우는 정도였다.

그런 내 앞에 천오백 년 동안 묻혀 있다 갑자기 절규라도 하듯 세상에
나타난 한성 백제가 모습을 드러냈다. 그렇다고 처음부터 무늬 없는 토
기와 세발토기와 목 짧은 항아리, 뚜껑, 사발, 기와 조각, 삽날, 도끼, 어
망추, 가락바퀴 따위에 엄청난 충격을 받았던 것은 아니다. 내겐 특별한
역사적 상상력과 판타지가 없었다. 애초에 없었다기보다 왕소 중심으로
배운 기계적이고 천편일률적인 역사 교육의 영향을 제대로 받은 덕택일
것이다.

그렇다고 하여 지금껏 88올림픽의 벼락스타로 등장한 몽촌토성을 하
남위례성이라고 철석같이 믿고 또 주장하던 한국 고고사학계가 풍납토
성의 발굴로 일시에 쑥대밭에 꿀 먹은 벙어리가 되어버린 것에 묘한 쾌

함을 느끼는 것만도 아니다. 그들의 주장 기저에 흐르는 일제 식민사관과 결국 그들의 스승인 일제 식민사학자들의 주의 주장을 되풀이해 듣는 일은 슬프고도 쓰린 일이다.

그렇다면 나를 매혹시킨 것은 무엇이었을까.

나는 연말이라는 시기를 잘 견디지 못하는 편이다. 특히 12월이 되면 어김없이 우울증이 도져 고생을 한다. 모든 것에 흥미를 잃고 허망해지니 한 해를 정리하고 새해의 계획을 야무지게 세우기는커녕, 한 해가 어떻게 지났는지도 모른 채 뒤통수 얻어맞 듯 새해를 맞이하는 것이다. 이런 반복이 지겨워 연말이면 부러 여행을 계획하기도 하고 온갖 송년 모임에 빠짐없이 참석하기도 해보았으나, 몸만 축나고 마음은 여전히 스산했다. 그래서 어느 해부터는 조용히 혼자 전시를 보고 음악회에 참석하고 독서를 하는 것으로 시간을 보내기로 결심했다.

그래서였던 게다. 혼자 허위허위 광화문까지 달려가 강연장 의자에 몸을 깊이 묻고 웅크리고 앉은 내게 풍납토성은 다름 아닌 시간에 대해 속삭여 준 것이다. 한국의 폼페이, 한국의 트로이라 불리는 그곳은 기원전, 후의 아득한 시간을 고스란히 품은 채 인간과 문명이란 파괴자의 발치에서 신음하다가 어느 순간 자신의 찬란한 속살을 살짝 드러낸 것이다. 시간에 대한 견딜성이 없어, 고작 백 년도 안 되는 짧은 생애의 부질없음에 흔들리는 내 뺨에 그때 역시 무언가를 먹고 사느라 부산하고, 욕망으로 안달복달하고, 싸우고 사랑하며 살았던 사람들의 숨결이 순간 스치고 지나갔다. 그들은 내가 언젠가 만났던 사람들이다. 그리고 언젠가 영원 속에서 만나게 될 사람들이다.

　백제는 고대사 중에서도 가장 역사적 기록이 빈약하고 연구도 제대로 되지 않은 편이다. 하지만 그러하기에 상상하고 꿈꾸고 기억해 낼 것들이 더 많다. 나의 경우를 보더라도 어쩌면 역사 교육과 발굴 보존의 문제에서 당위보다 더 중요한 것은 그 과거 속에 묻힌 우리의 상상과 꿈과 기억을 환기해 내는 것이 아닐까 싶다. 나와 우리를 꼭 닮은 이천 년 전의 사람들과 그들의 삶을 알고 사랑하게 된다면, 절로 그것을 지키고 보존하며 의미로 삼고파 하지 않을까. 지극한 자기애의 한 방편으로라도.

# 묘지 산책

어린 시절 뒷동산의 나지막한 무덤들은 동네 꼬마들의 즐거운 놀이터였다. 나는 또래 친구들과 어울려 무덤가에서 숨바꼭질을 하거나 소꿉장난을 하며 놀았다. 떼를 입혀 잘 관리한 무덤들은 햇볕 아래서 꼭 그 주인들이 생전에 살던 소박한 초가집처럼 따뜻하고 포근했다. 묏등을 타고 미끄럼질을 하고 무덤 사이를 들뛰며 술래잡기를 하는 우리 곁에선 새가 울고 꽃이 피었다 졌다. 동물원이나 식물원에서 보는 관상용이 아니었기에 그것들은 이름 모를 새이거나 이름 모를 꽃이라도 상관없었다. 마찬가지로 우리에게 놀이터를 빌려 준 사자死者가 누구인지도 아랑곳없었다. 그들은 충분히 넉넉하고 다정했다.

그때의 추억 때문인지 나는 지금도 묘지를 찾는 일을 즐긴다. 동작동 국립묘지나 수유리 사일구묘지, 합정동 외국인묘지는 별다른 볼일 없이도 자주 찾는 곳이다. 파리 여행은 발자크와 쇼팽과 이사도라 던컨과 오스카 와일드가 묻힌 페르라쉐즈 묘지와 사르트르와 보봐르, 모파상과 보들레르가 묻힌 몽파르나스 묘지에 대한 기억으로 오롯하다. 인도의 타지마할도 알고 보면 무굴제국의 영화를 보여 주는 죽은 자의 집이고, 세계 7대 불가사의 중의 하나인 마우솔레움 역시 무덤 기념물이다.

특별한 행사나 명절이 아니라면 묘지만큼 조용하고 호젓한 곳이 다시 없다. 꽃놀이를 한다 무얼 한다 사람에 치일 필요도 없고, 사람들끼리 부대껴 빚어내는 소음이나 사고 따위도 없다. 산 사람들보다 죽은 영혼들과 어울리는 편이 훨씬 안전하고 편안하다. 꺼림칙할 것도 무서울 것도 없다. 죽음을 지나치게 두려워하거나 경건하게 생각하여 미화하거나 동정하지 않는다면 말이다. 나는 천천히 묘지를 산책하며 두런두런 유령들과 대화를 나누기도 한다. 당신들은 이미 죽었고 나는 아직 살아있다고 쓸데없는 우월감을 갖지 않기에, 그들은 함께 산책하기에 더없이 혼연한 벗이다.

나는 한동안 북아메리카의 작은 도시에 머물렀다. 그곳의 봄은 수선화와 튤립과 함께 시작된다. 매일 아침 산책길에 집에서 미지잖은 공동묘지를 한 바퀴 돌았다. 비는 부슬부슬 내리고, 시든 꽃을 수거하는 미화원 말고는 참배객이라곤 없었다. 누군가의 장례식이 있는지 초록색 벨벳을 씌운 의자 여덟 개가 천막을 씌운 구덩이 앞에 얌전히 놓여 있었다. 붉고 노란 꽃들이 만발한 묘지를 비석들을 하나하나 읽어 가며 걸었다. 그 중에서 가장 인상적인 것은 헬멧에 흙을 부어 꽃을 심고, 묘비 위에 오토바이를 타고 찍은 사진과 음악 CD까지 붙여 놓은 어느 멋들어진 아저씨의 것이었다. 그는 웃음과 맥주, 그리고 블루스 음악을 사랑했다고 했다. 가만히 속삭였다.

"즐거운 삶이었고, 멋진 죽음이네요. 부러워요⋯⋯."

나는 아직도 님비 현상을 빚어내는 '혐오 시설' 중에 왜 납골당이나 장례식장이 포함되어 있는지 알 수 없다. 그것이 동네에 들어서면 왜 집값이 떨어진다는 것인지, 필요성은 인정하지만 내 뒷마당에만은 안 된다는 이기심을 드러내는 일이 어찌 그리도 당당한지 이해하기 힘들다.

그곳에서 내 아이가 다니던 학교 맞은편에는 병원과 요양시설이 있었다. 무심히 지나다니다 어느 날 자세히 살펴보니 말기 암환자와 불치병 환자들을 위한 호스피스 병동이었다. 공동묘지, 그것도 애총 근처에는 또 다른 초등학교가 있었다. 교실에서는 무덤 위에 꽂혀 돌아가는 바람개비도 보일 것이다. 그래도 그걸 두고 '아이들에게 좋지 않은 환경' 운운하는 소리는 단 한번도 들어보지 못했다.

삶이 본능이라면 죽음도 본능이다. 누구도 그 지당한 자연의 이치로부터 벗어날 수 없다. 모두가 언젠가 홀로 돌아갈 그곳을 생각하면 악다구니치는 일상의 복마전도 조금은 시시해지고, 조금은 견딜만하다. 죽음이라는 또 다른 삶의 문제를 기피하지 말아야 할 이유가 여기에 있다.

무엇이 두려운가? 죽음이? 아니면 삶이? 무덤 속의 벗들은 그런 질문 따위조차 소용없다고 한다. 그들의 너그러운 침묵이, 조금은 위로가 된다.

# 책방에서 파랑새를 찾다

오랜만에 서울 도심의 대형 서점에 들렀다. 출판가의 장기 침체가 예사롭지 않다지만, 종합병원에 가면 어쩌면 아픈 사람이 이다지도 많은가 새삼 놀라는 것처럼 그래도 서점엔 책을 읽는 사람들이 많다. 서점에서 책을 고르는 일은 도서관의 서가를 거니는 것과 또 다른 재미를 준다. 빳빳한 신간서적과 베스트셀러들, 지금 이 순간의 소용과 필요를 위해 출간된 책들을 뒤적이며 종이 위에 선명하게 인쇄된 타인의 꿈을 엿본다.

하지만 서점을 돌아보는 내 발걸음은 왠지 차츰 무거워진다. 사람들이 몰려 있는 매대에 높다랗게 쌓인 책들이 노골적으로 드러내는 경박한 현실 때문이다. 책을 고르는 사람들의 표정은 자못 심각하다. 눈에 잘 띄고 발길이 닿기 좋은 곳에 아예 따로 판을 벌인 그 책들은 하나같이 날렵한 표지에 번쩍거리는 금박 은박 글자를 달고 있다. 저마다 원조를 내세우는 향토음식 거리처럼 이 책이야말로 '필수'이며 '실전'에 가장 적합한 우리 모두의 '베스트셀러'라고 광고한다. 그들의 제목에 하나같이 박힌 단어는 바로 '부자'. 몇억을 몇 년 만에 버는 법, 몇 살에 몇억대 부자 되는 법, 나는 이렇게 해서 바야흐로 부자가 되었다!

부귀와 영화를 꿈꾸는 것이야말로 인류의 오랜 소원이다. 누구든 세상에 한번 태어나 살면서 가난과 불운에 시달리고 싶지는 않을 것이다. 돈은 사람이 바라는 많은 것을 해결해 줄 수 있는 힘이다. 때로는 하고 싶은 일을 하기 위해 돈이 필요하다기보다, 하고 싶지 않은 일을 하지 않기 위해 돈이 필요하기도 하다. 그래서 어찌 보면 돈은 자유의 도구다. 돈이 없고 돈을 벌 능력을 갖지 못했을 때 사람은 돈 그 자체의 노예로 예속될 수밖에 없다.

그런데 그게 전부일까? 나는 부자가 될 의지도 능력도 없는 사람이지만, 남의 우물에 진흙 풀 듯 내가 원치 않는 소원이라고 남의 뜻을 폄하하거나 훼손할 생각은 없다. 사실 나는 서점 매대에 매달려 부자가 되는 비법을 허술한 책 몇 권에서 찾는 소박한 사람들이 모두 부자가 되길 진심으로 바란다. 하지만 그렇게 될 수 없음은 그 책들의 마지막 장을 덮을 때 그들조차 번연히 알게 될 것이다. 어디에도 '비법'이란 없고 '실전'은 오로지 공짜라곤 없는 세상 속에서 스스로 몸을 부딪쳐 치러내야만 한다는 것에 대해 말이다. 그리고 '부자'에 관해 써서 베스트셀러를 만든 저자들은 실제로 자신이 부자이기보다 그 책을 팔아 부자가 되는 경우가 훨씬 많다는 사실도.

나는 지금도 낱장마다 글자가 빽빽하게 박힌 두꺼운 책을 좋아한다. 말초적인 감각을 자극하기보다는 지루하고 따분하나마 마지막 책장을 덮을 때 둔중한 감동을 주는 고전을 사랑한다. 그것들이 진열된 서가는 해가 바뀔수록 점점 구석으로 몰리고 장소도 협소해진다. 그나마 입시생들의 '필독서'가 아니라면 번역되어 출판되지 못한 불후의 명작들도 수두룩하다. 발자크와 토마스 만과 에밀 졸라가 어떻게 잘 먹고 잘사는 법을 가르치겠는가. 그들이 엿본 세계와 삶의 비의가 어떻게 명문 대학의 간판을 따는데 도움을 주겠는가. 오로지 그 천잡한 이유만으로, 그들의 작품은 서서히 도태된다. 초판도 제대로 소화해 내지 못한 책은 절판되어 헌책방에서도 찾기가 쉽지 않다.

하지만 나는 여전히 대형 서점 귀퉁이 서가에 등을 기대고 앉아 가슴 두근거리며 그것들을 읽곤 한다. 모두가 파랑새를 쫓아 동분서주할 때 나는 빈 새장을 부둥켜안고 기다리리라. 나는 아직도 돈이, 물질이 행복의 절대적인 조건이 될 수 없음을 확신하는 시대착오적이고 어리석은 사람이다. 그래서 더욱 진정한 행복을 갈구하는 사람이다.

# 도서관에서 시를 읽다

우리 동네에는 공공 도서관 두 곳이 있다. 나는 이사를 오자마자 서둘러 도서관 열람 카드를 만들었고, 수시로 아이의 책과 내게 필요한 책을 빌리기 위해 도서관을 드나든다. 덕분에 책을 사기 위해 지출하는 비용과 늘어가는 책 때문에 골치를 썩는 일도 줄었다. 둘 곳도 없이 마구잡이로 책 욕심을 내기보다는 필요한 신간을 신청해 기다렸다가 찾아 읽고, 꼭 소장할 가치가 있는 책들만 골라서 구매할 수 있어서 여러 모로 경제적이고 효율적이다.

왜 진작 학교에 다닐 때 이렇게 도서관을 알뜰살뜰 이용하지 못했는지, 엄혹한 시대를 탓하기보다 내 무지와 게으름이 후회스럽다. 교정 한가운데 육중하고 위엄 있게 자리 잡고 있던 도서관은 철야 농성의 장소가 아니면 집회의 배경에 불과했기 때문이다. 그때 내게 도서관은 너무

나 가깝고도 멀었다. 하지만 스무 살의 나는 도서관 밖에서 경망스럽게 들까불고 다녔지만, 마음은 언제나 도서관에 있었던 것 같다. 언젠가 그 속의 책을 다 읽고야 말겠다는 허황된 지적 허영과 과시욕, 순수한 학문의 세계에 대한 열망과 동경으로 어둠 속에서 반짝이는 도서관의 불빛을 하염없이 바라볼 때도 있었다.

세월이 수다하게 흐른 후에야, 그 오래 전에 꾸었던 꿈의 집으로 간다. 도서관에 들어서면 훅 풍겨 오는 책 냄새가 좋다. 신간 책장을 넘길 때 빳빳한 종이의 감촉이 좋고, 오래 묵은 책의 눅진하면서도 구수한 냄새가 좋다. 침묵 사이로 어둑한 구석을 밝힌 은은한 스탠드의 불빛이 좋고, 혹서와 혹한을 피할 수 있는 도서관의 확실한 냉난방도 좋다. 조용조용 낮게 이야기를 나누는 사람들과 서가에서 무언가를 열심히 뒤적여 찾는 사람들, 앞치마를 두른 도서관 직원의 분주하고도 차분한 몸짓이 좋다. 도서관 식당의 맛깔스럽지는 않지만 값싸고 양 많은 백반과 자장면, 동전 두 개면 따뜻하게 미끄러져 빠져나오는 자동판매기의 커피도 좋다. 책을 빌려 돌아 나올 때 배낭 속의 묵직한 무게감과, 그만큼 차분하게 가라앉는 마음도 좋다. 나는 정말 책을 좋아하는지, 도서관을 더 좋아하는 게 아닌지 헷갈리기도 한다.

하지만 방학과 기말고사가 가까워지면서부터 도서관이 붐비기 시작했다. 평소에도 학생들이 새벽부터 줄을 서는 도립 도서관은 물론, 집에서 이십 분쯤 걸어 도착하는 시립 도서관도 아침 일찍 나서지 않으면 자리 잡기가 쉽지 않다. 시립 도서관은 개가식이라 나는 주로 4층 문학예술

서적이 위치한 곳에 자리를 잡는데, 무슨 책이 꽂혀있는가와 상관없이 전망이 좋은 곳에 자리를 잡으려 애쓰는 사람들이 많은 듯하다. 자리를 잡고 앉아서 서가를 한번도 둘러보지 않는 사람들도 숱하다.

사람들은 무얼 저리 열심히 들여다보고 앉았나, 가만가만히 곁눈질을 한다. 옆자리에는 공무원 시험대비문제집, 공인중개사 시험대비문제집, 앞자리에는 수능 총정리문제집, 여기저기 널리고 펼쳐진 토익과 토플 문제집……. 세상에는 온통 풀어야 하는 문제투성이다. 책을 읽으러 도서관에 오는 것이 아니라 공부를 할 수 있는 조용한 장소를 찾아 도서관에 오는 사람들이 더 많다.

이를테면 도서관이 독서실이 되어버린 셈이다. 그러다가 책을 베고 잠들어 버리기도 하고, 친구들끼리 서로 깨워 주는 약속을 하느라 부산을 떨기도 한다. 이런 것이 하루 이틀의 문제도 아니련만, 그들이 열독하는 문제집들을 바라보노라면 공연히 마음이 스산하다.

나 홀로 시험도 없고 문제 풀이도 없는 시집을 펼쳐들고 앉았다. 시집을 주르륵 한번에 읽어 독파하려 하지 마라는 노시인의 말이 뇌리를 스치기는 하지만, 도서관에서 읽는 시의 맛은 유별나다. 시가 잘 읽히지 않는 시대, 밥도 자격증도 되지 않는 문학과 예술에 허비하는 시간을 아까워하는 세태가 도서관에서 시를 읽는 나를 외롭게 한다. 하지만 미적분 문제를 푸느라 얼굴을 찡그리고 앉은 저 학생은 혹시 아는지, 세상의 난제를 풀고 파고를 넘는데 진짜 해답을 가르쳐 줄 수 있는 것은 영혼에 호소하는 시와 음악, 예술이라는 영원뿐이라는 사실을.

✺

세상에는 예상 문제도 없이 풀어야 할 일들이 숱하다. 그나마 해답을 알 수 없는 일이 더 많다. 그래도 끙끙거리며 풀어 헤치고, 매듭을 짓고, 앞으로 낮은 포복하듯 기어나가야 하기에 삶은 지속된다. 그 와중에 머리를 식힐 목적으로, 잠시 기분을 전환하는 차원에서나마 잠깐이라도 시집이나 소설책을 펴들고 앉은 사람들을 보면 절로 입가에 미소가 돈다. 밥만 먹고살 수는 없다. 먹어 본 사람이 더 맛난 것을 찾아 먹을 줄 안다고, 서가에 가득 꽂힌 산해진미를 누구와도 흔연히 나누고프다.

공공 도서관이 더 많이 생겨나고, 더 많은 양서들이 도서관에 구비되고, 더 많은 사람들이 무시로 도서관에 드나들 수 있게 된다 할지라도, 그들이 정작 책을 읽지 않는다면 도서관은 무슨 의미일까? 사람의 손을 타지 않아 베일 듯 날카로운 시집의 낱장을 하나하나 넘기며, 나는 그 속에 보석처럼 숨은 진실을 자꾸만 누군가에게 들키고 싶어진다.

# 대하소설을 읽는 즐거움

자연의 순환 섭리는 참으로 오묘하여, 그 본질이 모든 숨탄것들의 생성과 소멸에 잇닿아 있다. 새로운 생명들이 피어나 약동하는 봄, 그것들이 농익어 이우는 여름, 서서히 스러지며 저장되고 축적되는 가을, 그리고 삭막한 죽음을 연상시키지만 기어코 그것만으로 끝이 아닌 겨울. 그 경계가 명확하여 더욱 아름다운 우리 강산의 사계절은 끝없이 우리에게 영원과 불멸 앞에 숙연해질 것을 호소한다.

여름은 아름다운 계절이다. 또한 혹독하고, 가열하고, 넘치도록 생동하는 계절이다. 더위는 우리의 육신을 혼곤하게 하고, 끝없이 살갗으로 땀을 배설하며 에너지를 소진하게 한다. 그것을 피해 사람들은 여행이며 음식, 색다른 여가에 골몰한다. 하지만 이열치열以熱治熱이라는 말도 있지 않은가. 그 말뜻의 밑바닥에는 '힘에는 힘, 강한 것에는 강한 것'으로 상대한다는 치열한 도전의 정신이 깔려 있다. 이제 그 강한 대립의 전선에서 한 발자국쯤 물러서 바라보고픈 비겁한 나이지만, 이글거리며 들끓는 태양 아래 마냥 피하는 것만이 능사가 아니라는 것을 깨닫는다.

나는 여름에 대하소설을 읽는다. 그것이 나의 피서법이며 이열치열의 한 방편이다. 대하소설이라는 용어를 처음 쓴 프랑스의 앙드레 모루아는, 마치 큰물의 흐름과 같이 줄거리의 전개가 완만하면서도 등장인물이 잡다하며, 첩첩이 돌아 흐르는 물줄기처럼 사건이 연속적으로 중첩된다는 뜻으로 대하소설이라는 말을 만들어 냈다고 한다.

이를테면 한 사건이 책 한 권 안에서 종결되지 않는다. 각자 다른 개성을 가진 수많은 사람들이 등장하여 얽히고설키고, 그 속에서 나고 살고 자손을 남긴 채 죽는다. 그러다보니 대체로 개인의 삶이 완벽하게 개인의 것이 되기보다는 역사와 사회 속에서 함께 움직인다. 서양 작품으로는 로맹 롤랑의 『장 크리스토프』나 톨스토이의 『전쟁과 평화』, 우리 작품으로는 염상섭의 『삼대』나 채만식의 『태평천하』, 그리고 박경리의 『토지』, 황석영의 『장길산』, 조정래의 『태백산맥』 등을 대표적으로 꼽을 수 있다.

요즘 나는 오랜만에 다시 박경리 선생의 『토지』를 읽고 있다. 전에 몇 권 읽다가 중도에 맥을 놓고 잃곤 하였던 작품인데 이제 4부까지 읽었으니 5부의 고지가 그리 멀지 않았다. 고백하자면, 젊은 날의 독서는 얼마간 의무 방어적인 것이었다. 문학을 업으로 삼겠다고 작정했을 때, 고전의 독서는 알리바이적인 성격을 띠지 않을 수 없었다. 고전이라니까 읽고, 유명하다니까 읽고, 읽지 않으면 말하지 말라니까 읽고, 현학적인 허세를 위해서도 읽고. 그런데 솔직하게 말하면 지금 읽는 『토지』는 이십 대에 읽었던 『토지』와 너무 다르다. 그건 비단 『토지』만의 문제가 아니라, 내가 의무적으로 기를 쓰고 읽었던 많은 고전들에 해당되는 것이다.

누군가 소설은 '성인의 도락'이라고 했다. '성인'이란 19세 이상 뭔가 야릇하고 요상한 뉘앙스를 풍기는, 도덕 교육에서 해방된 계층만이 아니다. 진정으로 의식이 성숙하고 인생의 본질을 해독할 수 있는 사람들이 성인이다. 나이를 아무리 먹어도 미성숙한 사람이라면 소설을 기꺼이 즐길 수가 없다. 재미없고 지루하고 따분해서 소설을 못 읽겠다는 사람이 있다면 자신이 진정 성숙한가, 자신이 추구하는 인생의 의미는 무엇인가부터 짚어 봐야 한다. 혹시 휘황찬란하지만 다가설 수 없는 신기루, 떠날 때 단 하나도 지닐 수 없는 물질에 목을 매고 있는 것은 아닌지.

나는 소설을 쓰는 사람이지만, 그 이전에 정말 소설 읽기를 좋아한다. 나는 내 동료 작가들의 열렬한 독자이며 팬이다. 소설만큼 재미있는 것이 없고, 소설만큼 허전하고 쓸쓸한 마음의 위로가 없다. 그것도 두툼한 부피에 글자가 빽빽이 박힌 대하소설, 그 굽이굽이 흘러넘치는 이야기들은 실로 대하 위의 가랑잎 하나에 지나지 않는 부박한 인생을 인정하고 이해하게끔 한다. 나를 긍정하게 하고, 우리를 연민으로 바라보게 한다.

하루가 다르게 변하는 세상, 날로 바뀌는 뉴스와 선정적인 화제들에 지칠 때면 나는 컴퓨터를 끄고 책을 편다. 날씨보다 더 더운 것이 이 경조부박한 세상이다. 격렬한 분노, 비겁, 탐욕, 그리고 지독한 이기심. 이럴 때 나는 무조건 대하소설 속으로 도망친다. 그 속에서 서희와 길상이와 용이와 월선이, 역사책에는 이름 한 자 나오지 않지만 분명 살아서 생동했을 것만 같은 사람들을 만나 노닌다. 사람들은 흔히 얼토당토않고 허황된 이야기를 일컬어 '소설 쓰고 있네!' 라고 말하기도 한다. 하지만 정말 소설을 펼쳐 보라. 어쩌면 현실이 아니지만 현실보다 더 현실에 가까운 이야기들이 거기에 있으리니.

누군가 이런 나를 고루하다고 한다. 영화도 애니메이션도 요즘 대중들의 마음과 몸을 사로잡은 유행도 전혀 모르니 걱정된다고 한다. 하지만 나는 설령 시대의 구습으로 도태될지언정, 나를 그 어떤 유행보다 뜨겁게 끓이는 이 진부하고 고루한 재미를 영영 포기할 수 없을 것만 같다.

# 아름다움은 어디에나 있다

환갑, 고희도 잔치 없이 보낸 것이 아쉽다며 선배가 어머니의 팔순 산수연을 베푼다고 연락을 해왔다. 고요히 살며 책을 읽고 글이나 짓는 처지에 간만의 서울 나들이길이 휘황하다. 시끄럽고 복잡한 와중에 씩씩하게 자기 길을 가는 구름 떼 같은 사람들도 오랜만에 대면하니 일면 정답고 경쾌하다. 다들 참말 열심히도 사는구나, 감탄한다.

그런 객쩍은 생각에 여의도 길을 휘적휘적 걷노라니, 도로 가에 한 무리의 인부들이 작업 도구들을 늘어놓고 앉았다. 그런데 그 도구라는 것이 형형색색의 물감과 붓, 코를 찌르는 휘발성 액체 따위여서 절로 눈길이 잡아끌린다. 무슨 퍼포먼스라도 벌이려는 것일까. 하지만 그러기에 멋들어진 화가 양반은 어디에도 보이지 않고 햇볕에 바싹 탄 늙은 인부들만이 붓을 들고 서성거린다.

그들이 붓을 잡는다. 물감을 듬뿍 찍어 바른다. 아이들이 즐기는 색처럼 빨강, 파랑, 노랑의 원색이 대부분이다. 발걸음을 멈추고 그들이 하는 양을 물끄러미 지켜본다. 땀이 뚝뚝 떨어진다. 작업복은 물감으로 얼룩지고 세밀한 부분을 그리기 위해 미간이 찌푸려진다. 행인 중 누구도 그들의 작업을 유심히 보지 않는다. 창조라든가 예술이라든가 하는 말은 가당치도 않은, 그저 단순한 거리 미화 작업에 지나지 않을지도 모른다. 하지만 그들은 열심이다. 도안을 여러 번 살펴보고 물감을 이리저리 개어 본다. 어떻게 하면 더 잘 그릴 수 있을까, 그 순간 그들은 자신들이 발휘할 수 있는 최고의 미의식을 동원하고 있는 것이다. 그들이 부둥켜안고 있는 멋없는 시멘트 창고가 뭐냐고 물었더니, 계류함이란다. 철골이며 전선 따위가 속에 가득 엉켜 있을 테다.

돌아오는 길에 보니 그 이름 없는 예술가들이 온종일 땡볕 아래서 작업한 그림들이 거리에 펼쳐져 있다. 하얀 돛을 단 범선이며 만개한 꽃이며 상모를 돌리는 농악대 따위들. 비록 조악한 도안에 지나지 않지만 나는 천천히 그것들을 감상한다. 세상이 매기는 가치야 하늘과 땅만큼이나 차이가 진다하여도, 그것을 갈구히는 사람들의 미음 속에, 이름다움은 어디에나 있는 법이다.

# 니가 진짜 원하는 게 뭐야

제목이 너무 도발적이라고 화내지 마시라. 광고 음악으로 쓰여 알려진 메탈밴드 크래쉬의 노래 제목이기도 하다. 그 금속성의 목소리로 반복하여 외쳐대는 '니가 진짜 원하는 게 뭐야?'를 듣다 보면 정말 내가 원하는 게 뭔지, 인생 '전부를 걸어 보고 싶은 것'이 뭔지, 이 '나이를 처먹도록 그걸 하나 몰라'서 새삼 괴로워진다. 내가 진짜 원하는 게, 도대체 뭘까?

요즘 주 5일 근무 때문에 모이면 다들 말이 많다. 남편이 하루 종일 빈둥거리며 방바닥에 엑스레이를 찍는 꼴을 도저히 못 봐주겠다는 주부들, 여유가 생기기는커녕 싸움의 빈도수가 늘어났다는 넋두리, 막상 주어진 시간을 어떻게 하면 더 알뜰히 쓸 수 있을까 고민하다 못해 강박이 생긴다는 직장인, 외식사업과 레저스포츠사업의 번창을 예상하며 발 빠르게 움직이는 사람들까지……

하지만 대부분은 아직도 '진짜 원하는 게' 뭔지 몰라 갈등하는 상태다. 온전히 나 자신을 위해 인생을 '즐기는 것'을 이기심과 낭비로 죄악시하는 풍토가 여전하기 때문이다. 물론 지금도 한때가 아쉽고 바쁜 사람들도 많다. 주 5일 근무가 남의 나라 이야기만 같은 영세 노동자들과 빈곤계층도 존재한다. 하지만 주어진 여유를 잘 쓸 수 있는 것도 기술이다. 삶을 윤택하게 하고 스스로를 풍부하게 하는 재산이다.

내가 아는 분 중에 평생을 다른 직종에 근무하고 뒤늦게 글쓰기를 배우는 분이 계시다. 우연한 기회에 알게 되어 몇 가지 도움을 드리게 되었는데, 오십 대 중반의 그분은 부족한 나를 '담임선생'으로 부르신다.

그분이 써 보낸 서툰 글들을 보면 기분이 참 색다르다. 굳이 '소박한 취미'라고 주장하지만 글쓰기는 어쨌든 고통스러운 작업이다. 그런데도 문학 수업을 처음 시작한 청년처럼 열정과 애정이 애틋하다. 그분의 글에 밑줄을 쫙쫙 긋는 일이 민망하고 죄스럽다. 하지만 한편으로 그분만큼 행복한 사람은 없는 듯하다. 늦게나마 자신이 진짜 하고픈 일을 찾았고, 그것으로 인해 나이와 경력과 고착된 관습의 허울을 훌훌 벗어 던졌으니.

그렇다면, 당신이 진짜 원하는 건 무엇인가요?

# 투덜대지 않기 연습

아무래도 행복하지 않다는 불평불만의 신음과 악다구니에도 불구하고, 나는 한국 사회를 좋아하는 편이었다. 근대화가 가장 먼저 일어난 영국을 기준으로 열두어 세대에 걸쳐 이루어진 '전통'으로부터 '근대'로의 전환을 고작 네댓 세대 안에 소화해낸, 어느 사회학자의 표현대로 지극히 '압축적'인 한국 근현대사의 혼란과 소요를 짐짓 즐겨왔다. 자고 나면 새로운 사건이 기다리고 잠시만 딴전을 팔면 가차 없이 화제로부터 밀려나는 '투 다이나믹 코리아Too dynamic Korea', 그 바쁘고 즐거운 지옥이 작가라는 직업을 가진 이에겐 자연스럽게 고뇌와 반성을 제공하는 최적의 조건이라고 믿어 왔다. 그럭저럭 재미있고 이러구러 박진감이 넘쳤다.

그런데 어느 순간 최면에서 풀려난 듯 그 모두가 견딜 수 없어졌다. 소음과 악취, 넘치는 탐욕과 증오를 감당하기 버거웠다. 세상에서 가장 아름다워 보이던 연인의 얼굴이 천잡한 화장술의 조화에 불과하다는 사실을 문득 깨달았을 때처럼, 그동안의 지극한 사랑 때문에 더욱 당황했다.

사십이 되면

더 이상 투덜대지 않겠다

이제 세상 엉망인 이유에

내 책임도 있으니

나보다 어린 사람들에게

무조건 미안하다

아침이면 목 잘리는 꿈을 깨고

멍하니 생각한다

누가 나를 고발했을까


인천공항을 떠나 밴쿠버로 향하는 밤 비행기 속에서 전윤호 시인의 시 「서른 아홉」을 읽었다. 이제 나도 불혹이라는 사십이 되어가니, 세상이 엉망진창인 이유에는 내 책임도 얼마간 분명히 있을 테다. 누군가에게 고발당한 듯한 배신감 속에는 내가 누군가를 그렇게 고발했다는 환멸도 섞여있을 테다. 더 나빠지기 전에, 더 미워하기 전에, 괴물과 맞서 싸우다가 괴물이 되어버리기 전에, 나는 열 시간 동안 비행하여 한국과 열여섯 시간의 시차가 나는 북아메리카의 넓고도 한적한 도시로 도망쳤다. 마침내 돌아가기 위해 기어이 떠났다.

좌충우돌의 초기 정착 기간을 막 벗어난 후에도, 그곳에서 보내는 시간은 '생활'이라기보다 조금 긴 '여행'처럼 느껴졌다. 나는 이방인이자 방관자인 채로 다른 문화로부터 빚어지는 다른 삶을 조금은 외롭고 나른하게 체험했다. 그러나 여전히 내 몸을 따라 좇지 못한 마음이 떠나온 그곳에 남아 있기에, 나는 시시때때로 사랑했던 사람들을 가만히 데려와 내가 경험하고 있는 낯선 문화와 낯선 삶 속에 놓아 보곤 했다.

매일이다시피 술집에 모여 폭음을 하는 벗들은 술과 담배를 파는 곳이 따로 지정되어 있고 술집 찾기가 하늘에 별 따기인 이곳에서 과연 견딜 수 있을까? 집안의 전등이 고장 나도 팔을 걷어붙이길 차일피일 미루는 사람들은, 집수리와 장식이 일과이자 취미인 이들의 생활 방식을 어떻게 생각할까? 거리마다 넘치는 첨단 유행의 멋쟁이들은 외양 따위에는 신경도 쓰지 않는 맨얼굴의 실용주의자들과 어떻게 어울릴까? '빨리빨리' 습성에 젖은 사람들은 신청한지 열흘째 인터넷 모뎀도 보내 주지 않고 우편물을 기다리라는 말만 반복하는 이곳의 느려터진 서비스에 적응할 수 있을까? 냉정하리만큼 철저한 개인주의는? '목표'를 '성취'하는 것을 지상의 과제로 삼는 사람들은 고인 물처럼 느리고 둔하게 흐르는 시간을 어떻게 이겨낼까?

나는 '고독과 게으름은 상상력을 자극한다.'는 도스토예프스키의 말에 의지하여 내가 선택한 다른 삶과 문화를 견뎌 볼 작정이었다. 그리하여 예정된 날짜에 돌아갈 수 있다면, 서른아홉의 막바지를 또다시 익숙하면서도 낯선 모국에서 맞을 터였다. '도피성 이주'의 목적은 아주 단순했다. 나는 다만 다른 것을 다른 대로 받아들이고 낯선 것을 낯선 만큼 인정하는, 더 이상 투덜대지 않는 삶을 꿈꾸었을 뿐이었다.

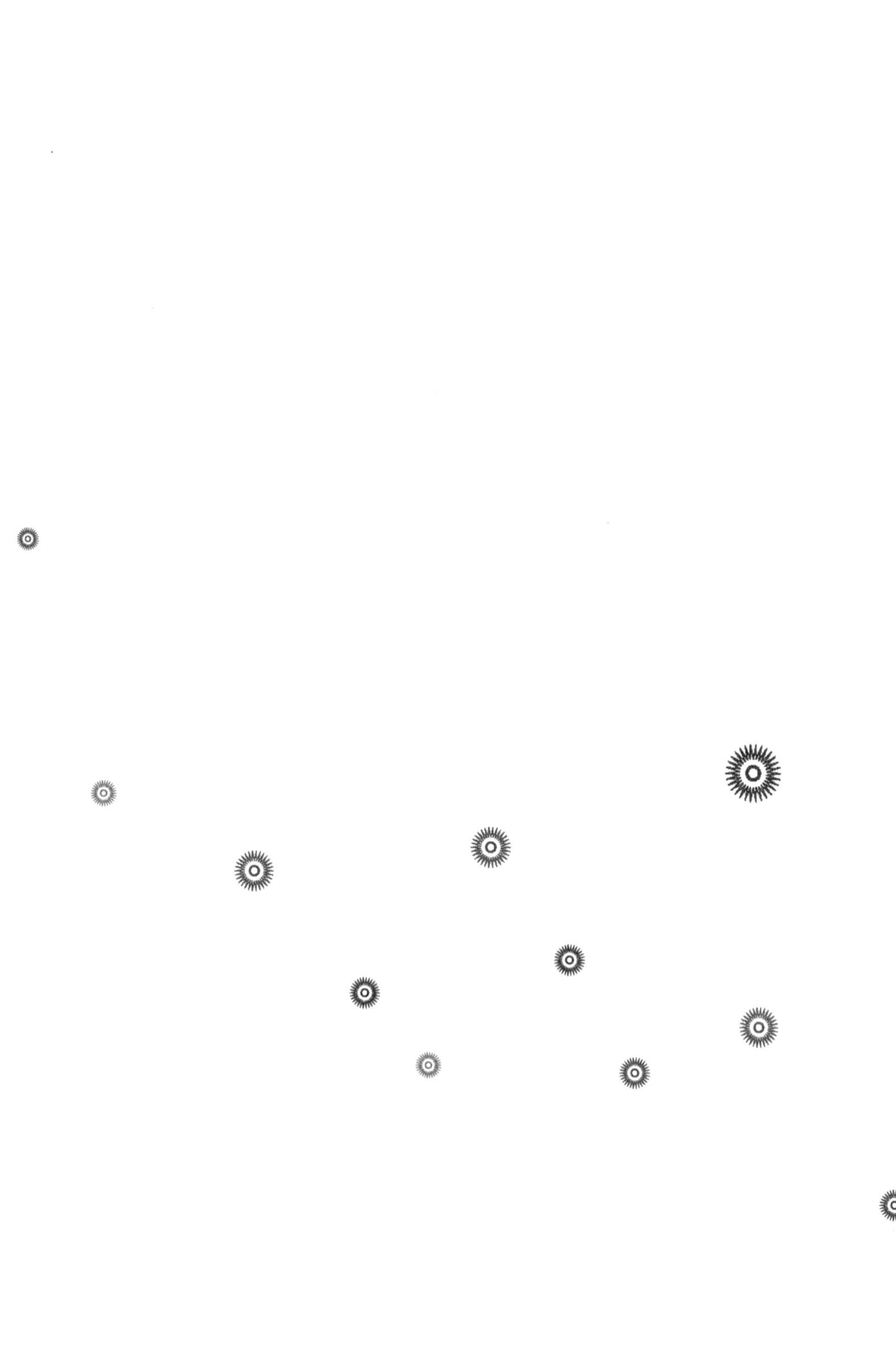

3장 : 배부른 소리를 하다

# 절대량의 방황

성장한다고 모두가 성숙하는 것은 아니다. 실로 인류사에서 근본적인 유아성을 과감히 떨쳐버리고 성숙한 인간 존재로 죽음을 맞이한 사람은 몇 명 되지 않는다. 우리는 그들을 '성인聖人'이라고 부른다. 누추한 인간의 자리를 박차고 나가 신의 발치쯤 닿은 사람들.

나머지는 대개가 미성숙한 상태로 살다가 죽는다. 성숙해 보려고 발버둥을 치지만 희로애락의 그물에서 벗어나기가 쉽지 않다. 불혹의 나이에도 사소한 욕망에 미혹당함은 어쩔 수 없고, 지천명의 나이에도 도무지 하늘의 명이 무엇인지조차 파악하기 쉽지 않다. 그런 것이 인간이다. 들춰보면 너무도 나약하여 연민과 애정이 생기지 않을 수 없는, 그런 존재.

나는 그런 이치를 미처 몰라 어른이 되면 모두가 성숙하는 줄, 성숙해야만 하는 줄 알았다. 그래서 어른들에게 너무 많은 것들을 요구하고, 반항하고, 때로 적대감과 혐오를 드러냈는지도 모른다. 내가 그 혐오스럽던 어른이 된 후에야, 한숨처럼 깨닫는 것이다. 애초에 그들도 그리 굳건하고 안정된 존재가 아니었다…….

나는 방황하는 사람을 좋아한다. 깨끗하고 말쑥하고 정돈된 사람보다는, 아직도 어수룩하고 헤매고 들끓고 스스로를 이길 수 없어 뒤척이는 사람을 좋아한다. 그들에게는 반성이 있다. 배워 익히지 않아도 저절로 몸에 배는 교훈이 있고, 삶의 지리멸렬함을 끝끝내 부정하는 치열함이 있다. 물론 모두가 방황하기만 한다면 세상은 더 어지러울지도 모른다. 하지만 남몰래 생각한다. 어쩌면 한 사람의 생애에는 꼭 치르고 넘어가야 할 절대량의 방황이 있는 것인지도 모른다고. 그것을 통과의례로 치른 후에야 갈 수 있는 평화의 뜰이 있을 거라고.

지금도 여전히 방황하고 있지만, 내 짧은 생애 속 방황기의 정점은 열다섯 살부터 스물두어 살까지가 아니었나 싶다. 사실 나는 남들이 보기에 제법 얌전한 '범생'이었지만, 나 자신을 견디기가 몹시도 버겁고 힘들었다. 정서적으로 불안정했고 도무지 스스로를 긍정할 수 없었다. 친구도 사귀기 힘들었고, 피해의식도 많았다. 실제로 자살에 대해 많이 생각했고, 나를 아는 사람이 하나도 없는 곳으로 도망치고 싶었다. 그때 내가 찾은 유일한 도피처이자 탈출구가 바로 문학이었다.

책을 읽고 글을 쓸 때만은 오롯한 '나'를 느낄 수 있었다. 언제나 부끄럽고 못난 나를 사랑할 수 있었고, 그 못난이의 삶을 소중하게 껴안을 수 있었다. 물론 문학을 알게 되면서 방황은 더 깊어갔다. 부모님과 선생님들을 많이도 배반했다. 하지 말라고 하는 것은 다 하고 싶었고, 소설을 쓰기 위해서는 남들보다 더 많은 '경험'이 필요하다는 말로 자기를 합리화했다. 술도, 담배도, 가출도, 학교의 징계도……모두 방황기의 징검다리처럼 밟고 건넜다.

하지만 다행히도 나는 많은 행운을 가진 사람이었다. 무엇보다 돌아올 곳이 있었고 지탱할 것이 있었기 때문이다. 지금은 부모님이 누구보다 큰 나의 후원자이며 지지자이다. 그때 방황하는 나를 내치고 질책하기만 했다면 나는 더 멀리 도망쳤을지도 모른다.

하지만 엄마는 가출한 나를 찾아 일주일 내내 교문 앞에서 울며 지켜 서 있었다. 아버지는 내게 밥상을 날리기도 했지만 나를 위해 문학잡지의 정기구독을 신청해 주었다. 그래서 나는 지금 방황하는 어린 친구들에게 무엇보다 필요한 것이 돌아올 둥지라고 생각한다. 돌아와서 쓰러지듯 널브러져 한잠 푹 자고 나면 그간의 피로와 상처 따위는 말끔히 사라지는, 그런 따뜻한 둥지.

그리고 내가 일생을 걸고 싶었던, 목을 매고 죽어도 좋을 나무라고 생각했던 문학이 있다. 나는 그 속에서 여전히 분주하고 곤한 방황이 지속되어야 할 이유와 방향을 찾는다. 항상 새로워져야 할 까닭과, 나의 말과 행동이 나의 삶의 족쇄가 되지 않도록 반성하는 힘을 얻는다. 그것이 무엇이든 간에, 표류할 때에도 자신의 몸을 맬 뗏목 하나는 놓치지 말아야 한다. 그러지 않으면 삶의 급류 속에 가뭇없이 쓸려가 버릴 수 있다. 우리는 생각보다 훨씬 강하지만, 훨씬 약하기도 하다.

부디 행복한 방황을! 그리고 다시 돌아와 추억처럼 그것을 곱씹으며 웃게 되기를…….

# 코미디를 보다

텔레비전과 그다지 친하지 않은 내게도 부러 편성표를 확인하여 챙겨 보는 몇몇 프로그램들이 있다. 우아한 공연 녹화도 아니고 진지한 다큐멘터리도 아니다. 그런 영양가 있는 프로그램들은 어김없이 한밤중 꼭두새벽에 편성되어 있기에 보고 싶어도 쉽게 챙겨 볼 수 없다. 그렇다고 중독성 있는 드라마에 마냥 코를 빠뜨릴 처지도 아니다. 나는 다만 보통 사람들과 마찬가지로 바싹 옥죄인 현실의 긴장을 풀고 잠시나마 느즈러지고 싶을 뿐이다.

내가 꼬박꼬박 챙겨 보는 프로그램은 다름 아닌 방송 3사의 코미디 쇼다. 반복되는 가파른 일상의 시작을 목전에 둔 일요일 저녁, 분주하게 지나온 한 주가 잠시 숨을 고르는 목요일 밤, 나는 텔레비전 앞에 앉아 소리 내어 웃고 박수를 치고, 가끔은 '초딩'인 아들과 같은 수준으로 배를 잡고 뒹군다. 이렇게 노력해서라도 웃지 않으면 좀처럼 웃을 일이 생겨 주지 않을 것 같다. 싸늘한 냉소의 표정으로 얼굴이 굳어져 버릴 것만 같다. 그러하기에 어쩌면 코미디가 재미있어서 웃는다기보다 웃기 위해 코미디를 본다고 말하는 편이 옳을 것이다.

눈물의 원인이야 무수히 다양하다. 슬퍼서도 울지만 억울해서도 울고, 아파서도 울고, 떼를 쓰기 위해서도 울고, 외롭고 고달프고 힘겨워서도 운다. 하지만 웃음의 원인은 지극히 간명하다. 허탈한 실소와 차가운 비웃음이 아니라면 웃음은 그저 재채기처럼 단순하고 명쾌하게 터져 나온다. 현실에서 잠시 벗어나 엉뚱한 상황에 재미와 즐거움을 느끼며 얼굴 근육을 흐트러뜨리고 웃는다. 내용이야 어찌됐든 열심히 웃다 보면 눈물이 찔끔 흐르기도 한다. 가슴 밑바닥을 서늘히 훑는 아련한 삶의 비애를 느끼기도 한다. 웃음과 눈물은 고작 한 뼘의 간격을 두고 잇닿아 있다.

코미디의 전설, 웃음의 황제인 배우 찰리 채플린은 웃음이란 반항 정신을 의미한다고 했다. 거대한 자연의 힘 앞에서, 감당하기 버거운 슬픔과 절망 앞에서 인간은 자기의 무기력함에 웃을 수밖에 없다고 했다. 빈민 구호소에서 어린 시절을 보내고 어머니를 영양실조로 인한 정신병으로 잃어야 했던 채플린은 누구보다 인생의 잔혹함을 절실히 깨달았다. 하지만 채플린은 끔찍한 상황을 견뎌내기 위해서 울기보다는 웃었다. 미치지 않기 위해, 더 비참해지지 않기 위해.

한국에도 '웃음학회'라는 모임이 생기고 웃음의 경제학적 가치와 보건의 중요성을 연구하는 사람들이 늘어나고 있다고 한다. 한 번 웃을 때마다 이백만 원 어치씩 나온다는 엔도르핀과 장수의 지름길이며 만병통치약인 웃음을 환자들에게 적용한 '웃음치료' 등이 웃음의 효용성을 실질적으로 밝히고 있다. 웃으면 복이 자연히 굴러 들어온다는 '소문만복래笑門萬福來'며, 한 번 웃으면 한 번 젊어지고 한 번 화내면 한 번 늙어진다는 '일소일소 일노일노一笑一少 一怒一老'의 말씀을 남기신 조상님들은 과연 대단한 생활과학자였다. 열심히 웃기만 해도 스트레스 호르몬이 줄고 고혈압 등의 성인병과 암 같은 난치병이 치료되며 불면증과 혈액순환과 심장병 등이 개선된다고 한다. 그래서 선진국의 의료계에서는 실제로 '코미디 치료단' 과 '유머치료' 등이 도입되어 있단다. 일주일에 한 번씩 어릿광대를 불러 환자들을 웃기는 병원, 그 자체가 유쾌하지 않은가.

그런데 그냥 건강도 안녕도 아닌 '웰빙'을 위해서라면 아무리 값비싸고 번거로운 수고라도 마땅히 감수하는 한국인들이 유독 웃음에만 인색하다는 것은 아이러니컬한 일이 아닐 수 없다. 별일 없이 웃으면 '허파에 바람이 들어갔냐?'고 한다. 방긋방긋 웃고 있으면 '헤프다'고 한다. 공연히 실없고 가벼운 사람 취급을 받지 않기 위해서는 어금니를 악물고 딱딱한 표정을 짓고 있어야 한다. 함부로 대해도 무방한 속없는 사람대접을 피하기 위해서는 눈을 부릅뜨고 호락호락하지 않다는 인상을 주어야 한다. 어린아이들의 놀이처럼 끝까지 웃지 않는 사람이 이기는 것이다. 먼저 웃는 사람이 지는 것이다. 아, 얼마나 더 '만만치 않음'을 보여 줘야 한단 말인가?

그런가하면 누군가는 도대체 웃을 일이 무엇이 있느냐고 한다. 먹고

살기 힘들어 죽겠는데 배부른 소리 그만하라고, 웃음도 여유가 있고 먹고살 만해야 나오는 게 아니냐고 한다. 그분들이야말로 웃음을 오해한 것이다. 웃음은 여유가 있어야만 부을 수 있는 어떤 적금 같은 것이 아니라 각박한 현실에서 여유를 찾기 위해 반드시 자아내야만 하는 연민과 위로다.

실제로 나는 우리보다 물질적으로 가난한 나라를 여행할 때에 낯선 이방인을 향해 함박꽃처럼 웃는 사람들을 훨씬 많이 만났다. 지붕으로 하늘을 간신히 가린 집 안에서 헐벗은 채 소박한 끼니로 고단한 하루를 견디면서도, 그들은 잔뜩 신경을 곤두세우고 경계와 의심을 풀지 못하는 내게 허물없이 대화를 청했다. 학원을 다니면서 배울 필요가 없는 만국의 공용어이며 몸과 마음을 동시에 치료하는 명약인 웃음, 그 신비한 삶의 축복으로.

코미디 쇼의 무대에서 희극인들은 시청자를 웃기기 위해 그야말로 필사적이다. 막무가내로 넘어지고 자빠지는 슬랩스틱부터 광고와 인기 드라마의 패러디, 성대모사와 묘기에 가까운 기예까지……. 누군가를 울리기보다 웃기기가 몇 배는 힘든 일임에 분명하다. 그래서 나는 그들의 노고 앞에 아무리 썰렁해도 기를 쓰며 '웃어 주고', 저질이니 말장난이니 선정적이니 하는 비평을 함부로 하지 않으려 한다. 수준 높은 웃음을 요구하기 이전에 일단 웃을 자세가 되어 있어야 한다. 의자에 깊숙이 몸을 묻고 팔짱을 낀 채 '어디 한번 웃겨 봐!' 하고 명령해서는 좀처럼 웃음이 다가오지 않는다. 웃기 위해서는 일단 마음을 열어야 한다. 낮고 따뜻한 시선을 건네야 한다.

나이를 먹을수록, 가져야 하고 가지고 싶은 것이 많아질수록, 마음을 터놓을 친구와 목젖이 드러나도록 하하 호호 깔깔 웃어젖히는 웃음은 줄어든다. 언젠가 문득 바라본 거울 속에서 사납게 일그러진 낯선 얼굴을 마주칠 때에야, 우리는 스스로 얼마나 가난하게 늙어 가는지를 확인한다.

남들이 얕잡아보지 못하도록 냉정하고 사무적인 표정을 짓는 동안 마음은 황무지가 되어간다. 남들에게 행여 '우습게 보여서' 한 치라도 손해를 볼까 전전긍긍하는 사이 누구의 입가에도 빙그레 미소를 떠올리게 만들 수 없는 삭막한 사람이 되어간다.

지나치게 순진한 소리로 들릴 지도 모르지만, 그래도 여전히 웃음은 사람과 사람 사이에 존재하는 가장 부드러운 무기다. 유머는 비판과 비난을 판가름하며, 냉철한 이성은 촌철살인의 한마디 유머를 통해 더욱 빛난다. 많이 웃을수록, 남을 많이 웃게 만들수록 부자다. 나는 도둑을 염려하지 않는, 이런 부자가 되고 싶다.

# 상식의 폭력

지극히 순진하고 소박했던 한 시절 내가 간절히 꿈꾼 것은 '상식이 통하는 사회'였다. 사전적 의미로 '상식'이란 '보통 사람으로서 으레 가지고 있을 일반적인 지식이나 판단력'이고, 내가 바라는 바 역시 더도 덜도 아닌 딱 그만큼이었다. 세상이 거짓과 협잡과 투기와 음해의 수레바퀴로 굴러가지 않기를, 조금은 더 투명하고 공정하고 다정해지기를.

물론 그 '이상'은 지금도 유효하다. 그런데 조금은(사실은 많이) 널 순진하고 덜 소박해진 지금의 나는 슬금슬금 내가 소망하던 것에 대해 의구심을 품곤 한다. '보통 사람'이 대체 어떤 기준으로 정해진 집단인지, 그들이 '으레' 가지고 있을 것들이 무엇인지를 알 수 없게 되어버린 것이다. 정체가 명확한 대상과 맞서면 싸움의 승산을 저울질할 수 있고, 그래서 한번 붙어 보자며 웃통을 걷어 부치거나 급하면 줄행랑이라도 칠 수 있다. 하지만 정체를 알 수 없는 대상과 맞서면 누구나 싸움을 시작하기도 전에 공포부터 느끼기 마련이다. 짐짓 선량한 얼굴을 하고 있는 '상식'이 때로 폭력적으로 다가오는 것도 그런 이치다.

'상식의 폭력'은 언제 어디서나 접할 수 있지만 그 노골적인 속성이 가장 적나라하게 드러나는 공간은 다름 아닌 인터넷이다. 인터넷 이용자 삼천만 시대에 더 이상 누가 네티즌이고 아닌가를 구분하는 것은 의미가 없다. 그 놀라운 정보 전달의 속도와 파급력으로 볼 때 전 국민이 마우스를 움켜잡고 뚫어져라 모니터를 들여다보고 있다고 봐도 무방하다. 그런데 이 정보통신강국에 살며 운신하기란 여간 어려운 일이 아니다. 누군가는 지하철에서 남의 카메라에 찍혀서, 누군가는 집요한 기자와의 인터뷰 도중에 말실수로, 또 누구는 교제하던 연인을 모질게 찼다가, 그런가 하면 누군가는 아무 짓도 하지 않았는데 직업이나 외모만으로 익명의 감시자들에게 집중포화를 당한다. 인터넷 댓글을 읽노라면 한국어가 여간 그악하고 잔인한 언어가 아니라는 생각까지 하게 된다. 어지간히 강심장이거나 학대당하며 즐거워하는 메저키스트 성향을 가진 사람이 아니라면 순간을 모면하고 외면하는 것만이 상책이라는 생각을 할지도 모른다.

하지만 나는 사형 집행을 참관한 작가 디킨스가 기술한 평범한 민인들의 '사악함과 경박함' 보다는, 자신이 누군가의 인권을 침해했다는 생각을 전혀 하지 못한(않은) 채 당당하게 옳은 일을 했노라고 말하는 사람들이 더 무섭다. 공중도덕을 지키지 않는 것은 나쁜 짓이기 때문에, 늙은 남자가 젊은 여자를 사랑한다고 고백하는 일은 추한 짓이기 때문에, 배신은 돌로 쳐야 할 짓이기에, 잘난 척하거나 있는 척하거나 아는 척하는 꼴은 봐줄 수가 없기에…… 나는 정의의 편이고 그들은 응징되어 마땅하다!

'상식적으로' 옳을지도 모른다. 하지만 그래서 더 위험하다. 확신에 찬 그들에게 인권의 가장 중요한 이념이 바로 상황의 '차이 없이' 보호되어야 한다는 것이라는 이치를 설명하기란, 철학자 슐라이허르트의 견해대로 관용은 호감으로부터 비롯된다기보다 상대를 향한 거부감과 역겨움을 참고 견디는 것이라는 사실을 이해시키기란 너무 어렵기 때문이다.

그런데 도대체 왜 보통사람이 으레 갖고 있는 상궤에서 벗어나는 일까지 옹호해야 하는데? 이유는 정말 '상식적'이다. 그것은 당신이 지켜야 할 것이라고 믿는 어떤 것을 지킬 수 없는 누군가를 위한 일임과 동시에, 공장에서 찍어 낸 물건이 아닌 한 타인에 대해 반드시 특별할 수밖에 없는 우리 모두를 보호하는 길이기 때문이다.

# 배부른 소리를 하다

나는 아직도 몇 해 전 그 밤을 잊지 못한다. 나뭇가지에 새움이 돋고 꽃망울이 툭툭 터지는 소리가 들릴 듯하던 고요하고 향기로운 봄밤. 그러나 나는 텔레비전 앞에 쪼그리고 앉아 부들부들 떨고 있었다. 그토록 노골적인 작전명만큼이나 충격과 공포가 전 세계를 지배하던 밤, 좀처럼 잠이 오지 않았다. 지하실 방공호에 웅크린 채 공중에서 떠도는 망령 같은 폭격기의 포탄 세례에 시달릴 무고한 민인들은 물론이려니와, 나를 더욱 경악과 분노에 떨게 한 것은 메소포타미아문명의 가장 오래된 도시 바그다드가 바로 지금 무방비로 노출된 채 파괴되고 있다는 사실이었다.

바그다드, 그 하늘 어디쯤 아직도 알라딘의 마법 양탄자가 날아다니고, 천 일을 밤새워도 다할 수 없는 신비로운 이야기가 거리마다 묻혀있을 것만 같은 도시. 그곳에 어떤 독재자가 어떻게 원유 탱크를 끌어안고 버티는가는 두 번째 문제였다. 자국의 이익을 위해서라면 인류의 공동 재산인 문화유적쯤은 어찌 되어도 좋다는 포악한 침략자가 그보다 훨씬 위험했다.

그들은 오천여 년 전 자연과의 투쟁에서 살아남기 위해 모래바람에 시달리며 황무지를 일구던 인류의 조상을, 캄캄한 어둠 속에서 빛을 발견하듯 최초로 고물고물한 쐐기문자를 만들어 서로 소통했을 때의 환희를 알고 있을까? 상상할 수나 있을까?

그런데 이런 식의 반달리즘이 비단 이라크에만 존재하는 것은 아니다. 포격에 구멍이 뻥 뚫린 바그다드 박물관의 사진을 바라보며, 나는 굴삭기에 밀려 초토화된 백제의 돌무지무덤과 굴착기로 파헤쳐진 풍납토성 경당지구를 생각한다. 지금도 어딘가에서 유물 발견 신고를 하면 즉각 공사가 중지되고 발굴에 들어가야 할 것이 두려워 쉬쉬하며 쓸어내고 있을 수많은 토기와 인골을 생각한다. 특정한 학맥이나 관할 지방 자치단체의 지원이 없으면 냉대 속에 방치된 채 사라져버리는 우리 고대사의 숱한 비밀들을 생각한다.

불신이 지배하는 세상이다. 돈은 무엇과도 경쟁할 수 없는 절대 권력이다. 그러하기에 돈을 칭송하고 숭배하지 않는 자들의 이야기는 무조건 '배부른 소리'가 되어버린다. 문화재의 보존이 곧 재건축 불가일 때에, 유물 발굴 때문에 고층 아파트 지하 주차장 공사를 포기해야 할 때에, 문화 예술이 '산업'이 되어 부가가치를 생산하지 못할 때에, 우리는 끝없이 배고픈 자본주의의 논리에 밀려 배부른 소리나 지껄이는 팔자 좋은 궁도

령이 되어버린다. 그런데 최첨단 아파트에 살며 미끈한 도로 위를 달리는 것만이 우리가 꿈꾸는 미래의 전부일까?

일본 교과서 '개악'의 주요내용은 실상 그다지 새롭지 않다. 야마토 시대 한반도가 일본의 속국이었다느니, 다케시마를 한국이 불법점거하고 있다느니, 고대 일본이 한반도 남부 어딘가에 임나일본부를 설치하고 지배했다느니 하는 것은 그들이 오랫동안 공들여 써 온 허구의 이야기다. 그런데 문제는 정작 그 거짓의 피해자이며 진실의 증언자여야 할 우리가 스스로를 알고 지키지 못 해왔다는 사실이다. 일본이 고대사를 말살 조작하기 위해 『삼국사기』를 부정하고 조작에 다름 아닌 『일본서기』의 초기 기록마저 정사로 주장할 때, 우리는 식민사관과 역사 낭만주의에 사로잡힌 채 교과서의 연대표나 달달 외우며 개발 논리 속에 문화 유적유물의 파괴를 방관해 왔다.

일본에서는 고대 유적인 저수지 둑이 하나 발견되면 그 자리에 박물관이 만들어진다고 한다. 그 반면 우리는? 고고학자들이 아파트 조합원들과 드잡이를 하며 조각난 유물들을 주워 담기에 바쁜 형편이다. 조상님들께 부끄러운 일이다. '독도는 우리 땅' 노래나 불러서 해결될 일이 아니다.

돈이 되지 않는 역사를, 돈이 되지 않는 문화와 예술을, 돈이 되지 않는 가련한 가치를 생각한다. 그들을 지켜내지 않고서야 미래는 결코 있을 수 없다고, 땅덩이보다 더 소중한 무언가를 빼앗길 수밖에 없다고, 나는 또다시 배부른 소리를 한다.

# 사랑하는 우리의 밸런타인

이유가 무엇이던 간에, 기분이 울적하고 심란할 때는 달거나 매운 음식이 위로가 된다. 속이 쓰리도록 달콤한 것들을 우걱우걱 씹어 삼키고, 혀가 얼얼하도록 맵고 뜨거운 것들을 훌훌 떠 마시고 나면 상황이야 하등 달라질 것이 없다 하여도 얼마간 견디고 버텨 낼 힘이 생겨나는 듯하다.

일 년 중에 가장 달콤한 날이라면 낭만적인 사랑의 이벤트가 넘치는 밸런타인데이를 떠올리게 된다. 그렇지만 나는 새삼스레 도덕 교과서의 논지를 들고 나서서, 우리에게는 우리의 문화가 있으니 서양 문화를 비판 없이 함부로 받아들여서는 곤란하다는 주장을 펼칠 생각은 없다. 초중고 해외 조기 유학생만 이만 명이 넘고 해마다 언어 연수를 떠나는 사람만 삼천 명이 넘어가는 현실에서는 진지하게 너무나 진지하게 민족문화를 말하는 일마저 '오랑캐'를 향해 핏대를 세우던 개화기의 위정척사

파처럼 공허하게 느껴진다. 문화는 물처럼 높은 곳에서 낮은 곳으로 흐르나니, 그것은 수준의 문제를 떠나 그 시대를 사는 사람들의 마음의 골을 타고 흐르는 취향과 가치의 문제일 테다. 그렇다고 얄팍한 상술에 의해 주도되는 '무슨무슨데이'의 조악함에 울분을 터뜨리기에도 이미 지쳤다. 우아하든 조악하든 두텁든 얄팍하든 상품의 논리에 지배당하지 않고 자본주의 사회를 사는 방법이 있다면 가르쳐 달라. 'X-파일'의 근거 없는 소문보다도 '우리를 상품으로 보지 말라'고 외치는 연예인들이 더 황당하게 느껴지는 현실이 아닌가.

그 모든 정당하고 진지한 비판의 근거를 뒤로 젖혀 두고, 나는 다만 얼마 전 백화점 식품 매장을 어슬렁거리며 느꼈던 아주 사소한 비애를 말하고 싶다. 때마침 한 공간 안에 분리된 매장 한쪽에는 설 제수용품을 준비하는 주부들이 잔뜩 몰려 있고, 다른 한쪽에는 밸런타인데이 초콜릿을 고르는 젊은 여성들이 가득했다. 어느 민속연구자의 말대로 축제가 '제의와 유희라는 두 축으로 움직이는 수레'라면, 지금 우리의 축제는 제의 따로, 유희 따로 굴러가는 외바퀴수레에 다름 아니다. 자연의 은혜에 감사하며 죽음을 위로하고 삶을 축복하는 순정한 제의, 웃음과 땀으로 화합하는 질펀한 공동체의 오락, 사회적 차별과 규제로부터 일시적으로 벗어나 광장의 평등을 누리는 해방의 놀이판, 우리에게 과연 그런 축제가 있는가?

그 외바퀴 수레의 위태로운 행보 한가운데 명절증후군을 앓는 주부들과 낭만적인 사랑의 환상에 사로잡힌 젊은 여성들이 있다. 밸런타인데이의 기원이 로마 황제의 결혼금지령에 맞서 몰래 결혼식을 올려주다가 순교한 성 밸런타인 사제에게서 유래된 것이라면, 연인에게 달콤한 초콜릿을 건네는 여성들의 심중에는 사랑의 결실이 곧 결혼이라는 오래된 환상이 자리 잡고 있을 테다. 그리하여 '사랑' 때문에 주부들은 하루 종일 쪼그려 앉아 제물을 마련하고 가족의 화합보다는 갈등이 더욱 선연히 드러나는 괴로운 명절을 묵묵히 견딘다.

가상의 공간 속에 둥지를 틀고 남들과 '일촌'을 맺어서라도 자기를 확인하고픈 젊은 여성들은 포장된 선물로 '사랑'을 약속하려 한다. 그들은 지금 백화점 매대를 사이에 두고 대치해 있지만, 동시에 같은 환상에 사로잡힌 채 자유롭지 못하다. 우리의 밸런타인은 '사랑해서 결혼한다'기보다 여전히 '결혼해서 효도하고' 싶어 한다. 여성들은 사랑 때문에 또다시 불평등해진다.

날로 거창해지고 화려해지는 초콜릿 포장을 보노라니 여성들이 결혼한 이후의 사회적 지위가 낮은 사회일수록 결혼식과 웨딩드레스가 거창하고 화려하다는 속설이 떠오른다. 선물을 건네고픈 상대도 없이 나도 덩달아 쫓긴 듯 홀린 듯 초콜릿 한 박스를 샀다. 중독된 듯한 박스를 나까먹고 나니 속이 쓰리다. 시커먼 초콜릿은 달콤하면서도, 씁쓸하다.

# 어쨌거나 우리는 진보한다

「연극열전」에 선정된 연극 한 편을 보았다. 명동 시대 이후 문학과 음악과 미술과 무용과 연극은 뿔뿔이 각자의 작업실로 흩어져 교류는커녕 조우조차 못하는 형편이지만, 그래도 예술의 어머니 아래 이부형제 같은 그들의 작품을 보노라면 마음이 시큰하다. 돈이 되지 않고 때로 지루해서라도 예술이다. 쌩쌩 휙휙 달려가는 시대의 발아래 그림자처럼 초라하게 밟히지만 예술이다. 그 예술마저 사라진 곳이 바로 지옥의 가장 밑바닥이리라.

연극은 재미있었다. 십오 년간 연장 공연된 대한민국 대표 연극이라는 이름이 무색하지 않았다. 무대에서 배우들이 뿜어내는 긍정적인 에너지에 동화되어 한바탕 난장이 끝날 무렵엔 살고 싶다는 의지가 불끈 치솟을 정도였다. 하지만 연극을 보는 내 마음에 뾰족하게 솟는 가시 하나가 있었으니, 도무지 그 존재의 필연성을 알 수 없는 여성 캐릭터에 대한 의문이었다. 그녀의 직업은 다방 마담, 그러니 찢어진 드레스 사이로 번쩍번쩍 드러나는 희멀건 허벅지와 과장된 엉덩이짓에 박장대소해야 옳을 것인가? 길가에 핀 꽃 노류장화라, 이놈 저놈 아무에게나 이리저리 주물리고 농락당하는 모습을 해학이고 풍류라 말할 것인가?

연극이 끝나고 만원 지하철에 시달리며 집에 돌아오는 내내 나는 그 쓰디쓴 웃음의 뒤끝을 곱씹었다. '파격적인 실험극'으로 십오 년을 장기 공연하면서 시대의 변화에 따라 각색이 되고 인물 설정이 바뀌는 것도 어쩔 수 없었으리라. 텔레비전과 영화, 휘황하게 눈과 귀를 사로잡는 류들과 경쟁을 하자니 선정적인 장면도 불가피했으리라. 하지만 굳이 다방 마담을 성희롱하지 않고도 충분히 재미있고 감동적일 연극을 불쾌한 소극으로 만들고야 만 이유는 어떤 강박 혹은 안일함 때문일까.

나는 한동안 아무도 묻지 않는 질문에 홀로 사로잡혀, 내가 '진보'인가 '보수'인가 심각하게 고민한 적이 있다. 좌파라 불리는 것들이 좌파가 될 수 없고 우파라 불리는 것들이 진짜 우파 근처에도 못 가는 홍길동의 딜레마와 같은 상황에서, 나는 정말 차츰차츰 나아지거나 나아가고 있는지를 확신할 수 없었다. 현실이 될 수 없는 이상과 균열이 생기기 시작한 도덕, 균형을 잃고 절룩거리는 불구의 가치가 스스로를 믿지 못하는 가장 나쁜 상태에까지 나를 몰고 갔다.

그런데 문득 생각한 것이다. 몇 년 전 내가 그 연극을 보았더라면 나는 다방 마담의 요염한 자태 너머 희번덕이는 우리 사회의 음란한 눈을 깨닫지 못했을 테다. 누드보다 포르노보다 더 음탕하고 난잡한 '권력과 지배의 도구'로서의 성性에 나 자신이 농락당하는 모욕감을 느끼지 못했을 테다. 미처 보지 못하고 알지 못했던 것들은 무수히 많다. '학내의 종교 자유를 보장하라.'며 법정투쟁과 단식 시위를 불사한 고등학생이 아니었다면, 8학기 중 4학기 동안 '채플'을 필수과목으로 이수하면서 아무런 문제의식도 갖지 못했던 나를 부끄러워하지 않았을 테다. '민주주의'와 '평화'를 외치면서도 성폭력을 외면하고, 교련 수업 반대 시위를 하면서도 채플은 대리 출석시키기에 바빴던 그때에 비하면, 어쨌거나 나는 진보했다. 비로소 여성이자 비종교인이자 본연의 모습으로 내 권리와 자유를 의식하게 된 것이다.

요가 수행을 시작하면서 새롭게 깨달은 것이 있다. 몸을 함부로 다루고 게으르게 살 때는 어디가 얼마나 아픈지 쉽게 눈치챌 수 없다. 견디다 못한 몸이 마침내 비명을 지를 때에야 허겁지겁 병원에 가 보면 이미 병세는 악화되어 있다. 그런데 매일 돌보고 살핀 몸은 점점 예민해진다. 절기가 어떻게 바뀌는지, 해로운 환경과 스트레스는 어떻게 작용하는지, 자연 속의 작은 자연인 내 몸이 먼저 반응한다.

빨리 아프고 더 날카롭게 아픈 것이 건강한 것이다. 진정한 평화를 위해서라도 쉽게 타협하고 화해하지 말아야 한다. 혼란과 쟁투 속에서도, 어쨌거나 우리는 진보하고 있으니.

# 승부차기를 하다

우아한 배덕자 니체 씨를 거칠게 읽어 보자면, '살아 있다는 것'은 곧 '평가하는 것', '사람'이란 그래서 '평가하는 자'이다. 물론 스스로 가치를 확립하고 결정하기 위한 의지의 '평가'와 아등바등 네가 일 점 덜 받고 내가 일 점 더 받기 위해 아귀다툼하는 '평가'를 같은 저울에 올려 잴 수는 없을 테다.

하지만 우리의 평가가 니체 씨의 그것보다 더 고상하진 못할망정 널 절박한 것만은 아니다. 원하는 학교 담벼락에 엿을 붙이고, 교문 앞에서 징과 북을 울리고, 사찰이나 교회에서 백일기도를 바치는 조악한 기복들이 마냥 우습고 한심할 순 없기 때문이다. 우리 모두 살아가기 위해 평가하고 살아내기 위해 평가 받는다. 그리하여 피할 수 없다면, 과연 기꺼이 즐길 수 있을까?

　　연장전 삼십 분의 추가 시간까지 지나면 심판은 휘슬을 불고 공을 회수한다. 각 팀의 감독과 코치들은 바빠지고 선수들의 얼굴엔 돌연 싸늘한 긴장감이 감돈다. 골문으로부터 약 십일 미터, 십이 야드의 러시안룰렛이라 불리는 축구의 승부차기가 시작된다. 물론 구십 분의 본게임과 삼십 분의 연장전 내에 승패가 판명된다면 지칠 대로 지친 선수들과 슬그머니 귀갓길이 걱정되는 관중들 모두에게 좋은 일이다. 하지만 언제나 산뜻하고 명쾌한 게임만 할 수 있는 건 아니다. 때로는 지리멸렬하고 구태의연하고 맥이 축축 빠지는 시합도 있다. 하지만 어떤 내용의 시합이었대도 끝은 하나다. 이기거나, 혹은 지거나.

　　승부차기가 시작되면 나는 슬그머니 딴전을 피우곤 한다. 선수가 아닌 일개 구경꾼으로서도 극도의 긴장으로 온몸이 굳는 심리전을 감당하기 힘들기 때문이다. 마음이 조여 몸이 굳으면 어이없는 실축도 예사롭다. 골키퍼의 전신반응 속도보다 키커의 슈팅 속도가 빠르다는 것은 과학적으로 증명된 사실이다. 그러므로 힘껏 차기만 하면 아무리 동물적인 감각을 가지고 반사 신경이 뛰어난 골키퍼라도 옆구리로 스치는 공을 막을 수 없다. 공은 들어가게 되어 있다. 하지만 못 넣을 수도 있다. 승부차기에서 가장 중요한 자신감, 그 모호하고도 전격적인 마음의 흐름 탓이다.

　　누군가는 승부차기도 경기의 연장이며 실력이라고 말하고, 잔인한 옛말에는 강한 자가 이기는 것이 아니라 이긴 자가 강하다 한다. 하지만 백이십 분이라는 짧지 않은 시간의 전력 질주, 십이 년의 빛나는 성장기를 저당 잡힌 지루한 수험 준비는 그곳에 없다. 발끝으로 몰고 달린 저마다의 가치에 대해서도 주목하지 않는다.

경기장엔 백인백색의 꿈 대신 승부에 대한 집착만이 횡행한다. 무조건, 어떻게 해서든 이겨야 한다. 이건 협박이다. 그런데 우리는 협박에 너무 익숙하다. 대학에 가지 않으면 낙오자가 된다는 협박의 교육, 남을 짓밟고 오르지 않으면 도태되고 만다는 협박의 문화, 정당한 권리의 주장과 민주주의의 요구마저 소요와 교란으로 치부하는 협박의 정치에 아주 오랫동안 길들여져 왔기 때문이다. 따라서 더 높은 수준의 교육을 받기 위한, 더 자유롭고 평등하고 행복해지기 위한 평가는 없다. 천편일률 규격화된 천국으로 목덜미를 잡혀 질질 끌려간다.

사람은 결코 백지 상태로 태어나지 않는다. 모두가 다른 저마다의 밑그림을 가지고 자기만이 할 수 있고 할 수밖에 없는 시합에 나선다. 팔색조처럼 지치지도 않고 바뀌는 입시 제도에 대해선 말할 깜냥도 기력도 없다. 지금 초등학생인 아들이 평가를 치를 즈음에는 분명 생뚱맞고 낯선 방식이 또다시 기다리고 있을 테니. 변하지 않는 건 이상한파가 아니더라도 차갑게 얼어붙는 수험생과 가족들의 마음, 어쩌면 내가 겪은 이십 년 전과 어느 하나 다를 바 없는 대학입시 전쟁의 살풍경뿐일지도 모른다. 언제쯤 유황불이 돋는 지옥이라도 스스로의 두 발로 뚜벅뚜벅 걸어 들어갈 수 있을까?

아, 그런데 잊지 말아야 할 것이 하나 있다. 마침내 승부차기로 승패가 갈리더라도, 결국 승부차기란 무승부로 기록된다는 사실.

# 연쇄살인보다 더한 공포

지루한 장마의 막바지에 찾아온 연휴, 여름 보양식을 소개하는 텔레비전 요리 프로그램을 보다가 불현듯 속보를 접했다. 희대의 연쇄살인 용의자 검거, 열다섯 차례의 범행에 열아홉 명 살해. 먹먹한 공포가 일상의 식탁을 덮쳤다. 아직 축축한 대기에서 희미한 피비린내가 느껴지는 듯했다. 일순 입맛이 싸늘히 가셨다.

우리가 웰빙이라는 트렌드에 홀려 유기농 식단을 꾸미고 운동으로 근육을 다질 때, 누군가는 선천성 난치병을 비관하며 자신과 타인의 삶을 난자하고 있었다. 주 5일 근무제로 늘어난 여유를 살뜰히 즐기고자 주말 농장과 펜션 하우스의 정보를 수집하고 있을 때, 누군가는 깨어진 가정에 대한 회한으로 다음 희생양을 유인하고 있었다. 세련되고 완벽한 재벌이 주인공으로 등장하는 멜로드라마에 빠져 백일몽을 꾸고 있을 때,

누군가는 빈곤한 자신의 처지에 분통을 터뜨리며 부자 노인들의 집에 불을 지르고 있었다. 지금 사랑하지 않는 사람은 모두 바보, 사랑의 찬미가가 드높은 바야흐로 연애의 시대에, 누군가는 아무에게도 사랑받지 못하고 사랑할 수 없음에 절망하며 토막 낸 시신을 야산에 묻고 있었다.

그는 미치지 않았다. 그는 정신장애에 의해 스스로 쉽게 제압할 수 없는 희생자까지도 마구잡이로 선택하는 '비체계적'인 살인범이 아니다. 그는 분명히 살인을 계획하고 모의하고 실행한 '체계적'인 살인자였다. 인적이 드문 골목의 정원이 넓은 주택을 물색해 노인이 홀로 집을 지키는 시간대를 틈타 침입했고, 신원이 불명확하고 실종이 되어도 가족들이 신속하게 찾지 않는 유흥업소의 여종업원들을 선택했다. 그리고 증거를 남기지 않고자 금품에 손을 대지 않았고 사체의 지문을 도려냈다. 그의 증오와 저주는 치밀하고도 깔끔했다.

그는 대부분의 살인범들이 그러하듯, 다른 사람들의 감정에 아주 민감했던 것이다. 불우한 성장 과정과 단절된 인간관계 속에서 분노와 두려움, 복수와 박해의 심리가 뒤엉킨 채로 아주 오래 전부터 외톨이이거나 국외자였을 것이다. 그래 봤자 겨우 서른세 살, 무엇이라도 새롭게 시삭할 수 있는 젊은 나이에 그는 이미 음험한 환상이 아니고는 도저히 지탱할 수 없는 살아 있는 시체, 좀비였다. 경찰의 수사가 좀처럼 진척되지 않고 짐짓 '완전범죄'가 실현되는 듯한 착각에 빠지면서 쾌감과 공포가 뒤엉킨 그의 환상은 또 다른 환상을 낳았고, 끔찍한 연쇄살인이 벌어졌다.

그가 죽인 것은 노인들만이 아니었다. 아무리 움치고 뛰어도 따라잡을 수 없는 가진 자들의 세상이었다. 그가 죽인 것은 여성들만이 아니었다. 낙오자를 모욕하고 비웃는 냉정한 사회였다. 그는 우리의 고립된 웰빙을, 쿨한 개인주의를, 혐오와 동경의 모순으로 평가되는 부의 가치를, 더없이 가벼운 사랑을 향해 흉기를 휘둘렀다. 그렇지만 그는 제대로 세상에 맞서 싸우는 법은 단 한 번도 배우지 못했음이 분명하다. 그리하여 일그러진 분노의 희생 제물 또한 세상의 약자인 노인과 여성들이었다. 어떤 식으로도 괴물이 되어버린 그를 이해하고 싶지 않지만, 나는 아무래도 그가 낯설지 않다.

한동안 떠들썩하니 숱한 분석과 해설이 난무할 것이다. 사형제 폐지와 종신형 도입의 논란이 가열화될 것이고, 사회 일반의 응보 욕구를 만족시키려는 목소리도 커질 것이다. 하지만 충격은 곧 잊힐 테고, 일상은 언제나 그러했듯 전쟁과 테러, 폭력으로 점철된 채로 안녕할 것이다. 언젠가 인상 깊게 읽었던 한 연쇄살인범의 진술이 떠오른다.

'환상의 끝은 너무 깊어서 나는 아직도 내가 품은 가장 지독한 환상에 접해 보지 못했다.'

우리가 몰이해와 불감증으로 끝내 교훈과 성찰을 얻어내지 못한다면, 복수와 파괴의 환상은 그 끝에 다다르지 못할 것이다. 나는 연쇄살인보다 그것이 더 무섭다.

# 우리의 깨어진 거울

우리에게 폭력은 낯설지 않다. 잔혹의 기억은 말죽거리에만 있는 것이 아니다. 때로는 '통치의 수단'으로, '사랑의 매'로, 서열을 정하기 위한 '나이의 실랑이'로, 폭력은 그 규모의 크고 작음을 떠나 우리의 일상사에 언제나 간여해 왔고 영향을 미쳐 왔다.

우리 모두는 폭력을 증오한다. 누구도 폭력 앞에서 겪은 공포와 수치를 다시 경험하고 싶지 않다. 우리는 폭력을 가한 상대를 오랫동안 기억하며 증오하고 저주한다. 그럼에도 자연스럽게 안방에서 브라운관 위에 펼쳐지는 폭력의 장면을 시청하고, 조직 폭력배들이 점거한 스크린을 보기 위해 영화관을 찾고, 링 위에서 실연되는 공개적인 격투기에 열광한다. 우리는 마침내 폭력을 증오하는 동시에 동경하는 지경에 이른 것이다. 원형경기장에서 맹수와 맞붙어 싸우다 잡아먹히는 노예들을 보고 열광하던 고대인들과 우리는 과연 얼마나 다른가.

　미워하면서 닮아 가는 원리는 우리를 폭력의 피해자인 동시에 가해자로 만든다. 우리는 폭력 앞에서 인간의 존엄을 훼손당했던 기억에 사로잡힌 채 스스로를 위로하고 싶어 한다. 그래서 나보다 더 약한 존재를 찾고 내가 권력이 될 수 있는 방편을 찾는다. 직장에서 상사에게 치도곤을 당한 사람이 집에 돌아와 부인을 때리고, 가족의 굴레에 사로잡혀 허덕이는 어머니가 아이를 때리고, 존중 받고 사랑받지 못한 아이가 자기보다 약한 친구를 때린다.

　이러한 논리로 추리하자면, 작금에 횡횡하는 단서 없는 살인 사건들의 범인들은 삶의 경험 속에서 폭력에 너무도 익숙하되, 가해자이기보다는 피해자의 역할을 더 많이 맡았던 사람들일 것이다. 어쩌면 체포된 그들의 모습은 상상보다 훨씬 왜소하고 나약하며 보잘것없을 것이다. 그러하기에 학교에서 귀가하는 어린 초등학생과 여중생에게, 우유 배달을 나온 여성에게, 중년의 보험설계사에게, 그 모든 사회적 약자에게 무참하게 자기 분노를 표출하고야 마는 것이다. 애초부터 악마로 태어난 인간은 없다. 깨어진 유리 거울에 비추어 보면 누구라도 추악하게 일그러진 얼굴을 하고 있을 수밖에 없다.

　인류의 역사를 살인과 유혈과 폭력의 중단 없는 기록에 불과하다고 규정한 작가 콜린 윌슨은 자신의 저서 『잔혹원제 : A Criminal History of Mankind』을 통해 이렇게 말한다.

　"범죄성이란, 선이 아닌 악으로만 달리는 이상한 성향은 아니다. 그것은 지름길을 택하려는 인간의 아주 유치한 성향이다. 어떤 범죄에도 '진열창을 때려 부수어 귀중품을 약탈'하려는 성격이 있다. 절도범은 갖고 싶은 것을 노동에 의해서 손에 넣는 것이 아니라, 그것을 훔친다. 강간범은 여자를 설득하여 뜻에 따르게 하는 것이 아니라, 억지로 능욕한다."

이미 서구에서는 1980년대 살인의 25퍼센트가 범인이 희생자를 사실상 알지 못하는 '불면식不面識 살인'이었다. 비인간적이고 미래를 예측할 수 없으며 폭력과 성적인 이미지가 넘쳐흐르는 사회는 끝없이 살인범과 폭력의 희생양을 양산한다. 과연 흉악 범죄자들을 제어하는데 더 강력한 법률과 통제의 조치가 유효할 것인가. 우리 속에서 여전히 들끓는 폭력에 대한 증오와 분노, 동경과 의존은 어떻게 해결할 것인가. 우리의 깨어진 거울은, 과연 어찌할 것인가.

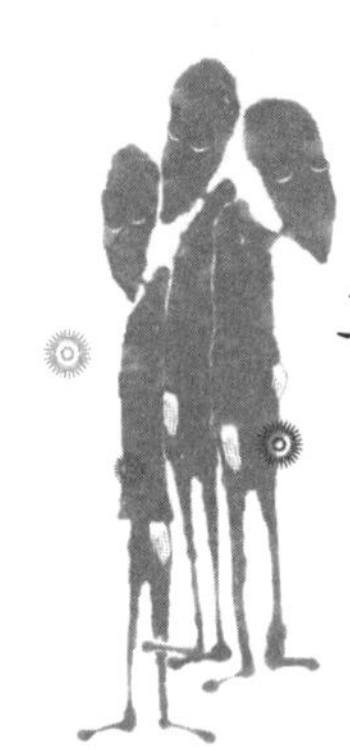

# 부자 권하는 사회

돈으로 행복을 살 수 없다고 생각한다면, 당신은 돈을 충분히 가지고 있지 않은 사람이다.

책을 읽다가 우연히 만난 이 구절 앞에서 나는 얼어붙었다. 미국 구인 광고의 한 문구라고 했다. 소름이 와삭 돋았다. 마치 물신物神의 적자嫡子가 자기 가문의 영광을 드높여 칭송하는 소리 같았다. 이보다 더 노골적이고 더 우울할 수는 없다. 지금까지 신화이자 전설처럼 전해오던 '행복은 결코 돈으로 살 수 없다'는 고금의 진리를 향해 제대로 한 방 날리는, 세계 최고 부국의 영혼들이 벌이는 누드쇼에 다름 아니다. 보라, 얼마나 자극적인가! 흥분하여 숨을 쉬기 어려울 정도다.

돈으로 행복을 살 수 있다고 한다. 돈이 충분하다면 지금 느끼는 어떤 불행은 연기처럼 사라져버린다고 한다. 그 역으로 돈이 없다면 불행하다. 필요만큼 주어지지 않은 부족분을 기껏해야 행복 운운하는 넋두리로 채우려는 것뿐이다. 그야말로 패배자의 시기요 강짜요 질투에 불과하다. 돈만 충분히 주어진다면 그 역시 쓸데없이 놀리던 입을 꾹 다물 것이다. 입을 열면 행복의 볼모인 돈이 향기나마 날아갈까 봐, 입 닥치고 묵묵히 행복하기에 진력을 다할 것이다. 침묵 속에 행복이 부글부글 끓어 넘칠 것이다. 오오, 이토록 비싼 행복!

시집이나 소설책이 팔리지 않은 지 오래되었다. 새벽녘 풀잎에 달린 이슬만 먹고살 수 없는 시인과 소설가들도 조금씩 지상에서 자취를 감추기 시작했다. 그깟 것들 사라져도 별로 흔적도 남지 않고 내 생활에 대단한 영향도 주지 않으니 아무래도 상관없다고 생각하는 사람들도 많아졌다. 한때 격렬한 역사의 변동기 한가운데에서 인문학과 사회과학 서적을 들고 다니며 영혼을 살찌우거나, 그도 못하면 팔뚝 힘이라도 기르던 사람들조차 먹고살기 바쁘다는 핑계로 책을 멀리한 지 오래다.

그런데도 병원에 가면 세상이 온통 아픈 사람들 천지이고 서점에 가면 책을 읽는 사람들이 꽤 많은 것 같다. 하지만 병원과 서점이 다른 점도 있나. 사람의 육체는 사지육신 오장육부 고루고루 돌아가며 탈이 나기에 진료 과목이 갖가지로 구비되어 있지 않으면 당장 곤란한 지경에 이르지만, 영혼은 배를 곯리고 유기에 모자라 학대까지 한다 해도 죽을 만큼 위중한 질병으로 쉽게 드러나지 않는다는 것이다. 그래서 사람들은 반찬은 골고루 먹으면서도 영혼의 굶주림은 채울 줄 모른다. 그 결핍이 때로 삶에 얼마나 치명적인 위해를 가하는지도 잊고.

사람들이 잔뜩 모여들어 심각한 표정으로 살피고 고르는 진열대의 책들에는 하나같이 '부자'라는 단어가 박혀 있다. 예쁜 여배우는 아무나 향해 생긋 웃으며 '부자 되세요!'라고 외친다. 덩달아 과외 과목이 하나 더 늘어난 아이들은 '부자'가 되기 위한 교육을 받기 위해 굽 낮은 낡은 단화를 신은 선생님을 기다린다. 이처럼 거리거리에 '부자' 물결이 넘실대니, 누구나 부자가 될 수 있는 듯싶다. 아니, 누구라도 꼭 부자가 되어야만 하는 듯하다.

실로 한국 사회엔 지금껏 제대로 된 부자, 존경 받는 부자, 떳떳하게 내세울만한 부자가 거의 없었던 것이 사실이다. 그리고 그들이 정말로 궁극의 행복을 누리는 모습을 본 일도 없었다. 지금까지 한국 사회의 부자는 지독한 자린고비로 살면서 땅 투기를 하거나, 안면몰수하고 편법과 부정을 저지르거나, 누구에겐가 아부하고 누군가를 착취하거나, 그 어떤 아름답지 않은 방법을 동원하지 않으면 좀처럼 되기 힘든 존재였다. 아무리 정당한 방법으로 재산을 모았다고 주장한대도 불안정한 경제 정책과 몇 년 사이 몇십 배로 뛰어오른 부동산 덕을 보지 않은 사람은 거의 없다고 봐도 좋을 것이다. 그래서 한국 사회의 부자들은 종종 푸른 옷에 은 팔찌를 차고 추악한 스캔들로 물의를 일으킬 때에만 보통 사람들 앞에 모습을 드러내는지도 모른다. 그럼에도 그들을 진심으로 부러워하는 사람이 있다면, 어쩔 수 없다. 기어코 부자가 되는데 이 짧은 한생을 탕진하는 수밖에.

나는 너무도 진부하고 너절하게 주장한다. 행복은 돈으로 살 수 없다. 나는 너무도 소박하고 누추하게 주장한다. 돈이 충분하지 않더라도 충분히 행복할 수 있다. 이처럼 초라한 오늘도 언젠가 우리가 간절히 꿈꾸며 이런저런 희망과 포부로 그려 보던 미래였다. 나는 더 이상 미래에 배팅하기보다는 오늘, 현재에 배팅하는 편을 택하고 싶다. 그것이 훨씬 이문이 많이 남는 일이고, 부자가 되기 이전에도 부자로 살 수 있는 방법이라고 생각한다.

아마도 사람들은 믿지 못하겠지만, 이미 많은 사람들이 부자다. 지금 이렇게 살아 있고, 누군가 함께 살고픈 사람을 갖고 있다면. 우리는 다만 자신이 가진 부에 만족하지 못할 뿐이다. 만족하지 못하는 자, 그 영혼은 영원히 가난하리라.

# 행운을 믿지 않는 나는 행복하다

지방이 고향인 나는 대학 입학과 동시에 상경하여 서울 생활을 시작했다. 도심 번화가에 나가면 백 미터 가다 한 명씩 아버지 친구, 엄마 친구, 사돈에 팔촌을 만나야 했던 좁아터진 고향을 떠나 서울에 오니 일단은 숨통이 트였다. 하지만 익명성에 의한 해방감도 잠시, 윤리 교과서에서 배운 군중 속의 고독이란 걸 몸으로 절감하게 되었다. 새로운 환경에서 새로운 생활을 시작하는 게 버겁고 피곤했다. 텅 빈 자취방에 혼자 누우면 귓가에 자꾸만 파도 소리가 들렸다. 자연스럽게 주말만 되면 고향으로 가는 고속버스를 탔다. 식구들 곁에서 하룻밤 자고 오면 얼마간은 또 버틸만한 힘이 생겨 주곤 했다.

그 당시 고속버스 터미널에는 거동이 수상한 사람들이 꽤 많았다. 출발하기 직전 운전사의 눈치를 보며 시동이 걸린 버스에 잽싸게 올라서 일단 번호표부터 돌렸다. 얼결에 접힌 쪽지를 펴 보면 숫자가 쓰여 있었는데, 이걸 받겠다거나 거부하겠다거나 어떤 의지도 밝힐 겨를을 주지 않고 표를 뿌린 사람은 암수표 같은 숫자 몇 개를 앞뒤 없이 나열하는 것이었다.

"축하합니다! 8번, 27번, 16번, 39번 손님 당첨되셨습니다!"

그러면서 먼눈으로 보기엔 제법 그럴싸해 보이는 카메라의 셔터를 찰칵찰칵 눌러 보이며 세금과 관련된 얼마간의 수수료만 내면 카메라를 공짜로 양도하겠다고 했다. 그런데 그 수수료란 것이 묘하게도 카메라에 비하면 턱없이 적은 듯, 그러면서도 결코 만만치 않은 액수였다. 놀라운 것은 그때마다 '당첨'된 사람들이 몇몇을 제외하고는 횡재라도 한듯 그것을 덥석 받아든다는 것이었다.

나도 그때 딱 한 번, 얼결에 당첨 번호를 갖게 된 적이 있었다. 하지만 난 두 번도 생각하지 않고 내 '행운'을 포기했다. 나중에 들어 알게 된 그 카메라가 함부로 만들어진 싸구려라는 사실과 관계없이, 난 애초에 '행운'이란 내 몫이 아님을 그때부터 감지하며 받아들이고 있었던 게다.

아무튼 나는 행운과 별로 관계도 없고 특별히 관계를 맺고 싶시도 않다. 숱한 경품 행사나 이벤트에도 교묘하게 당첨 대상에서 빠져 나왔으며, 얼결에 갔던 내국인 카지노에서도 단 한 번 맞아 걸리지 않기를 당연하게 여겼다. 평일 대낮임에도 휘황한 조명으로 어둠을 밝힌 카지노는 남녀노소를 가리지 않은 사람들로 발 디딜 틈이 없었다. 나는 게임에 몰두한 사람들의 핏발 선 눈에서 불구덩이로 뛰어드는 불나방 같은 자멸의 충동을 읽었다.

인생은 도박이 아니다. 아무리 한번 살고 끝내는 인생, 노력과 의지보다 때로 운과 타고난 배경이 더 많이 성패를 좌우하는 애초에 울퉁불퉁 불평등한 인생이라도, 그것을 걸고 베팅을 해서는 안 된다고 생각한다. 사람들은 재미를 이야기한다. 판도라의 상자 맨 밑바닥에 깔려 그나마 살아남았던 비루한 '희망'에 대해 이야기한다. 그렇다. 도박의 충동 또한 인간의 본능 중 하나일 수 있다. 우리는 모두 모체에 수정될 때부터 삼억 대 일, 사억 대 일의 경쟁률을 뚫고 운 좋게 살아남은 정자의 후예가 아니던가.

한때 그야말로 '광풍'으로 불릴만한 로또의 열기가 있었다. 우리가 인간으로 잉태되기까지의 경쟁과 행운에 비하면 로또 복권의 일등 '잭팟 jackpot'으로 당첨될 확률은 아주 높은 편이다. 하지만 순전히 재미를 위해 '혹시나' 한다는 사람들의 줄이 은행 업무에 피해를 줄 정도로 이어지는 모습을 보면 단순히 재미있고 즐거울 수가 없었다.

이제 한국 사회는 복권의 당첨을 통해서만 인생을 역전시킬 수 있는 사회인 것이다. 까마득한 행운에 희망의 동아줄을 걸어서만이 자신의 삶을 바꿀 수 있는 사회다. 삶은 어떻게 바뀌는가? 오로지 돈, 돈으로.

정작 은행에 줄을 서 복권을 사고 신중하게 번호를 골라 누가 볼세라 적어 넣는 사람들은 우리 사회의 진짜 '행운'과는 관련이 없는 사람들이다. 십 년 동안 꼬박 월급을 모아서야 소형 아파트 한 채를 겨우 사는 사람들이 대부분이다. 월급봉투는 유리처럼 투명해 한 푼의 세금도 떼어먹지 못하는 정직할 수밖에 없는 사람들이다.

나는 한국 사회에 태어나 사는 것에 큰 불만이 없는 사람이다. 지금 현실에 염증을 내며 이민을 갈 생각도 없다. 더할 수 없이 다이나믹한 한국 사회의 재미와 활기를 즐기는 편이다. 그렇지만 이처럼 멀쩡한 사람들을 바보로 만드는 도박판을 정부 주도로 벌인다는 건 아무래도 봐주기 껄끄럽다. 진정 국민 개개인의 아름다운 인생을 바라는 정부라면 허황된 '행운'이 아니라 정당한 '희망'을 제시해 주어야 하는 것 아닌가.

운도 없고 복도 없고 그럴 의지도 없는 내가, 이럴 땐 참 행복한 사람이라고 느껴진다.

# 부드럽고 따뜻한 잔혹

인류가 오스트랄로피테쿠스의 상태일 때 그의 전신에는 모피 동물에 부럽지 않은 털이 무성했다고 한다. 하지만 그들이 진화를 거듭하며 전 세계로 이동하게 되면서, 도처의 사막에서 그 뜨거운 날씨를 이기기 위해 땀샘을 발달시키고자 털을 벗어던질 수밖에 없었다고 한다.

이에 대한 보상의 심리일까. 혹은 단순한 향수일까, 그도 아니면 또 다른 욕망의 변형인가. 날씨가 쌀쌀해지면서 의류 매장에는 자연스럽게 피혁과 모피를 소재로 한 옷들이 어김없이 등장한다. 그것을 바라보는 여성들의 눈에 소유하고픈 욕망의 빛이 반짝이고, 바라보기만 해도 계절감을 느낄 수 있는 그것들에 자연스럽게 손이 가고 지갑이 열린다.

가죽이 얇고 털이 보기 좋은 토끼, 야생으로 가장 많으며 원래 털의 색깔은 담황색 혹은 붉은 기운이 도는 다갈색이지만 흑갈색으로 염색을 하면 밍크와 비슷한 광택과 색이 나고 털의 질이 좋아 밍크의 대용품으로 사용되는 족제비, 털이 단단한 너구리, 털이 길고 호화스러운 느낌을 주며 비교적 값이 싸 널리 사용되는 여우, 주로 사육하여 두툼한 깔개로 쓰이는 양, 털의 빛깔이 아름답고 길이도 적당하며 여러 빛깔의 모피를 얻을 수 있고 튼튼하므로 최고급품으로 취급되는 밍크, 그 외에도 수많은 동물들의 털이 인간의 도태된 원시성을 자극한다.

이를테면 모피란 사전적인 의미에서 포유동물의 피부를 벗겨 털이 붙은 채 무두질하여 의복에 사용할 수 있게 한 것이다. 모피의 일차적인 장점은 물론 탁월한 방한성에 있다. 하지만 날로 증강되는 난방 시설과 자동차의 보급 등으로 모피의 근본적인 필요성은 어느 정도 사라진 것이 사실이다. 또한 유명 디자이너들의 겨울 컬렉션마다 단골손님으로 등장하여 알몸 시위를 불사하는 PETA People for the Ethical Treatment of Animals로 대표되는 동물보호단체 회원들의 비난과 저항도 만만치 않다. 그들이 모피와 밀렵을 반대하는 이유는 '동물권'의 보호와 모피 동물의 사육 혹은 사냥이 생태계 파괴와 환경오염을 부추긴다는 것이다. 마침내 의복의 실용적 의미를 넘어서 도덕적 의미로까지 확대된 모피 의류 착용! 하지만 눈물겨운 것은, 이 모든 논란과 대의명분에도 불구하고 대다수의 여성들은 여전히 어떤 이유에서든 모피를 입고 싶어 한다는 사실이다.

솔직히 말하면 나는 누가 어떤 옷을 입든 그 자체로 비난할 생각이 없다. 자신의 스타일을 갖지 못하고 유행에 목을 매거나, 너무 무신경하거나 관심이 과다하거나, 상황에 적절치 못한 의상을 입은 사람에게 냉소

할 때는 있지만 의복 자체로 인간을 판단해서는 안 된다는 생각이다. 따라서 모든 모피 구매자들이 허영심과 부유함을 과시하려는 욕망에 들끓는 속물이라고 단정 짓고 싶지 않다. 하지만 '명품'이 더 이상 '명품'이 아닌 이상 상태, 정신적 공허와 문화적 공황을 '명품'으로 통칭되는 고가품에 의지하여 도피하려는 세태에 '모피 취향'이 한몫한다면, 그 또한 가슴 아픈 일이라 하지 않을 수 없다.

남들이 다 갖고 있는 것이니까 혹은 남들이 갖지 못한 것이니까, 그래서 자신도 갖고자 하는 것이라면, 취향과 처지마저 넘어서 우겨 갖고야 말았다면, 나는 모피로 몸을 친친 감고 나온 친구에게 이렇게 말할 것만 같다.

"얘, 제발 그 비싼 털가죽에서 빠져나와 널 보여 보렴. 그게 얼마나 비싼지 알 수 없는 내 눈에는 한 마리 털북숭이 짐승만 보일 뿐, 아무래도 아름다운 네 모습이 보이지 않는 걸."

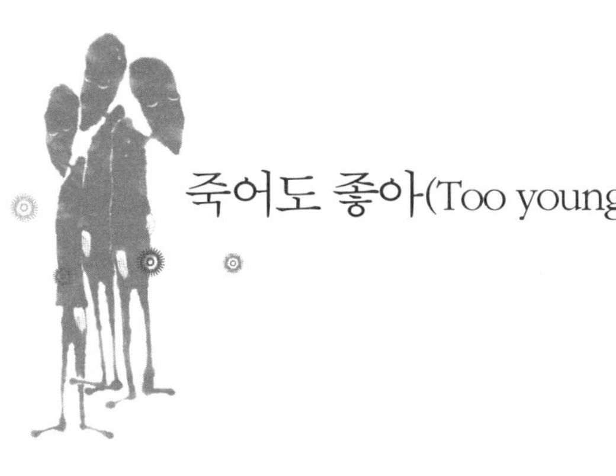

# 죽어도 좋아(Too young to die)

'노인'이라는 계층에 대해 우리는 일반적으로 어떤 생각 혹은 이미지를 갖고 있는가?

희끗희끗한 백발의 지혜와 연륜을 가진 존경스런 어른들? 공경과 봉양과 입신양명으로 효행을 다해야 할 대상? 혹은 경제활동인구에 부담을 주는 비경제활동인구? 그도 아니라면 잔혹하게도, 사회의 중심과 관심에서 벗어나 생의 활기를 잃고 다만 죽음만을 기다리는 잉여계층?

언젠가 화제가 되었던 한 편의 영화가 있다. 제목은 「죽어도 좋아」. 그런데 그 영화는 영상물등급위원회에서 '제한상영가' 등급을 받아 실제로 제한상영관이 없는 한국의 극장에서 상영할 수 없는 상황에 이르고야 말았다. 그것이 6밀리 캠코더로 찍은 영화이며, 감독이 CF 감독 출신의 신인이라는 것은 논외로 치자. 영화사 측은 재심의를 신청했고, 영화 단

체뿐 아니라 시민 단체들은 시사회와 토론회를 열어 영등위의 판정을 비난했다. '제한상영가' 등급은 결국 포르노란 이야기다. 그리고 실제로 영상물등급위원회는 영화의 성기 노출 장면과 구강성교 장면을 이유로 들어 등급 판정을 내렸다.

그런데 문제는 영화의 주인공들이 원조교제를 하는 것도 아니고 불륜을 저지르는 것도 아니라는 점이다. 그들은 칠십 대 노인들이다. 그들은 연애를 하고, 사랑을 하고, 늦은 결혼을 하고, 부부 생활을 한다. 영화를 본 사람들은 그 영화의 장르를 '로맨틱 멜로' 쯤으로 말한다. 그런데도 문제다. 그것이 '외설'이고 보는 사람들에게 '불쾌감'을 준다 한다. '죽겠다'고 신음을 하면서도 끝끝내 사랑의 의식을 치르는 노인들을 보면서.

한국 사회도 바야흐로 노령화 사회를 목전에 두면서 노인 계층에 대한 관심이 커지고 있다. 누구나 노인이 되는 걸 피할 수 없다는 것은 누구에게나 죽음이 공평하다는 뜻과 같다. 시간은 성별, 계급, 그 각각의 삶의 가치와 무관하게 모두의 등을 떠민다. 우리는 밀려가고 있다. 원치 않아도, 아무리 막으려 발버둥 쳐도 마찬가지다. 대저 '불쾌감'의 근원을 가만히 짚어보라. 노인을 욕망의 인간으로 보는 것이 무어 그리 두려운가. 그들이 몇 살인가와 상관없이, 살아 있는 이상 죽기에 너무 젊기는 마찬가지인데!

# 45분의 6의 인생

20세기 말을 살아 낸 인간에게 너무 친숙해져 버린 프로이드 씨가 한 이야기 중에 '쾌락원칙'이라는 것이 있다. 어린아이는 자기 눈앞에서 원하는 것이 즉각 실현되기를 바란다. 결코 숙고하며 기다리지 않는다. 그것을 이루기 위해 스스로 노력한다는 건 생각하지도 못한다. 그저 만족할 때까지 참지 못하고 울거나 떼를 쓴다. 막무가내, 오로지 자기가 원하는 그것만을 생각한다. '쾌락원칙'이란 그처럼 현실이 어떻든 간에 자신의 만족만을 추구하는 심리이다.

하지만 언제까지 어린아이로 살 수 있을까. 갖은 제도와 규율, 감화를 추동하는 잠언과 도덕이 대부분의 인간을 길들여 '어른'으로 만든다. 어른이 된다는 건 때로 불편을 감내하면서 참아 내고 견딘다는 것이다. 아무리 간절히 원해도 할 수 없는 일과 하지 않아야 하는 일에 대해 알고,

포기하거나 이해하고, 스스로 위무할 줄 알아야 한다. 그것은 바로 '현실원칙'에 따르는 것이다.

그러나 시간만이 가르쳐 주는 삶의 교훈이 있는가 하면, 아무리 시간이 가도 그 삶의 교훈을 깨닫지 못하는 사람도 있다. 그것은 선악의 문제가 아니라 차라리 유아성의 문제다. 외피만 어른으로 성장했지 정작 성숙하지 못한 인간의 문제인 것이다. 미성숙은 그들을 현실의 작은 좌절 앞에 너무 큰 절망으로 반응하게 한다. 문제의 실마리를 자신의 현실적 조건과 처지에서 찾기보다는 무작정 타인의 책임으로 전가하려 한다. 그토록 남들에 대해 불평과 불만을 터뜨리는 이들이 '남들'이 쳐 놓은 덫, 쉽게 그 모두를 보상 받을 수 있다는 감언이설에 그리 쉽게 속아 넘어가는 것은 경이롭기까지 하다.

도박의 심리, 사행심의 기저에는 그와 같은 어린아이의 심성이 놓여 있다. 어떤 말을 동원한다 해도 결론은 하나다. 빨리 가고 싶다. 그리고 쉽게 얻고 싶다. '45분의 6이 인생을 역전시켜 줍니다!'고 외치는 광고는 마치 인생을 역전시킬 확률이 그만큼이나 되는 것처럼 느끼게 한다. 그 광고의 배우가 영화에서 '반칙왕' 역을 했다는 것이 의미심장하다. 실제로 2003년 한반도를 강타한 로또복권의 일등 '잭팟'에 당첨될 확률은 860만분의 1 정도이다. 어느 유머에서처럼 '골프장에서 벼락을 맞고 교통사고를 두 번 연거푸 당할 확률'에 가까운 것이다. 나쁜 쪽으로라면 일어날 수도 없고 일어나서도 안 되는 일이다. 그런데도 사람들은 그 어처구니없는 확률을 자신의 것으로 믿고 오늘도 은행 판매대에 길게길게 늘어서 있다.

　물론 그것을 삶의 활력소라고 말하는 사람도 있다. 어떤 설문에서는 응답자의 반수에 조금 못 미치는 수가 복권을 '희망과 재미를 주는 레저 행위'라고 말했다. 십시일반으로 쌀 한 되 씩 모아 만석지기 만들어 주는데, 이천 원으로 일주일을 즐겁게 보내며 지인들과 흥겨운 대화를 나누는데, 그게 무슨 문제냐고 반문하는 이들도 있다. 서민들이 그런 재미라도 있어야지, 안 그러면 이 팍팍한 현실을 어떻게 견디느냐고 얼마간 항의를 하기도 한다.

　하지만 '반칙왕' 배우가 말하는 '인생역전'은 너무도 아이러니컬하게만 느껴진다. 한동안 모두가 대박의 꿈에 도취해 있을 때 전 세계의 전쟁 분위기는 고조되어 한반도까지 압박해 왔고, 분지의 더운 도시에서는 어처구니없는 '사람의 재앙'으로 숱한 귀한 목숨들이 억울하게 스러져갔다. 언젠가 인터넷을 떠돌던 '일등에 당첨되었을 때의 행동 수칙'에서처럼 이 땅을 무조건 떠나야만 하는 것일까. 그 뜻밖의 행운에 벌떼같이 몰려들 친척들이며 자선단체를 떼어내기 위해, 신변이 노출되는 위험으로부터 벗어나 익명성의 자유를 보장받기 위해, 우선은 돈을 챙겨 튀는 것이 최선일까. 그럼 한 사람의 만석꾼을 위해 십시일반했던 나머지 사람들의 인생은 핵우산을 쓰든 열리지 않는 문을 긁다가 쓰러져 가든 상관없단 말인가. 이 모두가 보통 사람의 소박한 재미도 눈꼴시어 두고 보지 못하는 시니컬함일 뿐인가.

　그곳에 '인생'은 없고 '돈'만 있다. 진정한 인생의 역전 혹은 반전에 대한 고민보다는, 돈으로 행복과 불행이 갈라지는 진짜 불행이 있다. 새삼스레 동시대인들의 가치를 비난할 생각은 없다. 그것은 아주 오랫동안 존재했던 해법이다. 존경 받을 만한 부자가 없는 사회, 노력한 만큼의 대가가 정당하게 분배되지 않는 사회, 편법과 부정으로 부를 축적하고 그것을 부끄러워하지 않는 사회, 그것을 '발전'이란 이름으로 정당화해 준 개발 독재에 지배당하던 사회의 산물일 뿐이다. 따지고 보면 지금 누구든 억울하지 않은 사람이 없다. '운'이 없어서 이 모양 이 꼴인 것이다.

모두가 자기 앞의 삶에 애면글면하지만, 정작 죽음과 강 하나를 사이에 두고 이웃하는 삶의 꼴을 되짚어 보면 모든 집착이 애처롭다. '광풍'으로까지 불리던 로또의 열기가 대구 지하철 참사를 기점으로 일시적일지는 모르나 싸늘하게 잦아든 것을 보면 말이다.

고백하자면 나는 지금껏 단 한 장의 복권도 내 손으로 사 본 적이 없다. 나는 내게 올 대단한 행운을 단 한번도 믿어 본 적 없기 때문이다. 그리고 남들과 비교하거나 괜한 생심을 부리지만 않는다면, 아주 면밀히 살펴보아도 지금의 인생이 그리 나쁘지 않기 때문이다.

# 낯선 것들에게 감사하다

내가 붙잡고 있는 것은 본디 익숙해지지 않는 일이다. 문학은 언제까지고 숙련되지 않는 노동이다. 언제나 새로워져야만 하는 일이고, 새롭지 못하면 아무리 열성으로 매달려도 무의미한 일이다. 그래서 늘 새롭게 고통스럽다. 낭떠러지에 사지를 붙잡혀 묶인 채 날마다 돋아나는 심장을 독수리에게 뜯어 먹히는 프로메테우스처럼. 그러나 나는 단 한번이라도 불멸의 프로메테우스처럼 누군가에게 구원이 될 수 있을 것인가. 용기, 열정, 재능 모두가 턱없이 부족하다는 생각 때문에 심장이 쥐어뜯기는 것처럼 쓰리고 아프기도 하다.

하지만 여전히 낯선 내 이름, 내 나이, 내 일과 존재가 때로는 뭉근한 위로가 된다. 나와는 정반대로 너무 익숙한 것들 때문에 고통을 받는 사람들도 있다. 현대인의 독약이라는 권태에 감염된 채 어떤 자극에도 새로워질 수 없는 사람들.

사법 고시를 패스하고 검사가 된 친구는 매일 만나는 폭력범과 사기꾼들에 시달린다. 몇 대를 때렸나, 누가 먼저 때렸나, 무엇을 속였나, 얼마나 갈취했나……. 똑같은 질문과 똑같은 대답에 반복적으로 시달려야 하는 그는 매일 저녁 세면대의 거울 속에 비친 자기 모습을 보며 자신의 영혼이 얼마나 황폐해졌는가를 확인한다고 했다.

불안정한 직장 생활이 싫어 뒤늦게 전공을 바꾸어 약사가 된 친구는 하루 종일 약국에 갇혀 구멍가게 주인 노릇을 하는 자신을 견디지 못한다. 두통약, 수면제, 소화제, 감기약……. 정제된 알약처럼 규칙적인 생활 속에서 흰 분말처럼 분분히 흩어지는 젊음을 본다고 했다.

정작 필요한 것은 부와 지위와 명예와 권력이 아니었다. 그들에게 간절한 것은 다만 생에 대한 호기심, 그리고 좀처럼 익숙해지지 않는 세계와 인간과 자기에 대한 낯선 설렘이었다.

낯선 것을 두려워하고 꺼리는 순간부터 인간은 늙는다. 안정과 조화, 균형과 휴식의 가치는 영원히 아름답지만, 실로 그보다 더 아름다운 순간은 그 낯선 세계에 도달하기 위해 달음질치는 불안정한 때에 있다. 누군가의 말대로 우리가 다만 지구 행성에 잠시 다니러 온 여행자에 불과하다면, 여행지는 낯선 것이 당연하다. 익숙해지도록 너무 마음을 부리는 것도 좋지 않다. 여행지에 익숙해질수록 본래 떠나온 그곳으로 돌아가기만 힘들어진다.

머무르지 않는 자만이 젊다. 조금 겸연쩍고 쑥스럽긴 하지만, 아마도 나는 아직 새파란 청춘인가 보다.

# 혼자 울게 하소서

나는 혼자 있는 것을 좋아한다. 혼자 있으면 쓸데없는 말을 지껄여 내뱉지 않을 수 있다. 실수를 해도 남몰래 말끔히 처리할 수 있다. 그러나 나는 동시에 혼자 있는 것을 몹시 두려워한다. 혼자 있으면 나 자신에게 비밀을 숨길 수가 없다. 예의 혹은 위선으로 포장되지 않은 적나라한 내 모습을 들여다보게 된다. 나는 그렇게 맨얼굴과 맨 마음을 사랑하면서도 때로 외면하고프다.

혹서를 피해 떠나와 서늘한 고원의 도시에 홀로 있다. 내가 떠나온 곳은 더위와 소음, 지독한 분진으로 들끓고 있었다. 매일 새로운 뉴스가 전해지고, 그 대부분은 짜증스럽거나 충격적이거나 자극적인 것이었다. 누군가 누구를 죽이고, 누군가 누구를 때리고, 누군가 누구를 음해하고, 누군가 살아남기 위해 다시 누군가의 뒤통수를 치는. 그것에 진력을 내면서도 매일 인터넷에 접속해서 선정적인 오늘의 뉴스를 확인하고야 마는 내가 지겹고 싫었다. 그 따위를 새 소식이라고 보고 듣는 일에 혹사당하는 내 눈과 귀가 가여웠다.

한동안 내가 사는 동네는 그린벨트 지역에 군 시설이 들어서는 문제로 시끄러웠다. 지하철역 앞에서는 빳빳하게 구호가 인쇄된 띠를 두른 사람들이 확성기에 대고 반대 서명을 하라고 소리치고, 도서관에 가는 길목마다 함부로 써 갈긴 플랜카드들이 어지러이 나부꼈다. 물론 그들의 애향심인지 생태주의인지 뭔지 모를 열심을 폄하하고 싶은 생각은 없다. 자연이 보호되고 집값까지 떨어지지 않는다면 더 좋을 테다. 하지만 정작 나를 괴롭힌 것은 시위의 내용이 아니라 그 내용이 발현되는 형태였다.

'명당자리 차고앉은 군 시설은 천당, 벌판에 내몰린 ○○ 시민은 지옥' 식으로 거칠고 험하게 표현된 문구들이 수십 개씩 거리 곳곳에 나부끼는 데야, 그 아름답고 조용한 도시조차 고스란히 '지옥'이 될 수밖에 없다. 선전 비용을 아끼는 것도 좋지만 형광연두 바탕에 붉은 흘림글씨로 휘갈겨 쓴 플랜카드라니, 눈이 이만저만 피로한 것이 아니었다. 나도 한때 살벌하고 격정적인 언어를 무기로 휘둘러본 시절이 있지만 그래도 이젠 세상을 향해 조금은 세련된 형식으로 낮고 부드러운 언어를 사용해 말할 수는 없을까, 그러면 이 시끄러운 악다구니 속에서 들리지도 않고 묻혀 버리는 것일까, 안타깝고 서글프기 그지없었다. 이것이 더 이상 젊지 않다는 증거일지도 모르겠다. 해가 지날수록 입맛이 자꾸 담백한 것에 끌리고 인공적인 것보다는 자연적인 것에 절로 눈과 발길이 닿아 머무는 것처럼.

그 시끄러운 곳을 떠나와 오로지 혼자 침묵 속에 묻고 답하는 내게 한 권의 책이 벗이 된다. 천오백 년쯤 전, 아니면 그보다 더 먼 옛날 신라 사람들이 빚어낸 슬픔과 기쁨의 토우들이 얇은 책 속에서 꼼지락대고 있다. 그 질박한 흙 인형들을 멍하니 들여다본다.

노인의 얼굴은 밝고 명랑하다. 상투처럼 틀어 올린 머리에 떡 벌어진 복귀, 자그맣고 오뚝한 코에 반달 모양 아래로 처진 두 눈, 합죽한 큰 입, 턱수염과 콧수염이 어지러이 주름투성이 얼굴에서 웃고 있다. 신라의 토우들은 대부분 토기 항아리나 술잔의 장식 혹은 무덤에 넣는 부장품인데, 그들 중에는 유독 웃는 모습과 기뻐하는 인상의 토우들이 많다. 무덤 속의 부장품으로 넣어진 흙배를 젓는 사공들도 모두 나체인데다 한결같이 익살스런 얼굴들이다. 그들은 우는 대신 웃으면서 영혼을 죽음 저편의 세계까지 실어다 주고픈 게다.

그런가하면 통곡하는 남자의 모습도 있다. 찢어진 두 눈과 꾹 찍어 누른 입, 영원한 이별의 슬픔을 견디지 못해 발을 내뻗고 두 손으로 두 다리를 치며 울고 있다. 입술을 깨물고 몸을 흔들며 슬퍼하는 남자의 상도 있다. 두 손을 가슴에 대고 쥐어뜯고, 두 손을 마주하고 무릎을 구부려 엎드려 운다. 그 중에서 가장 슬픈 모습은 단정히 앉아서 두 손으로 무릎을 꾹 눌러 슬픔을 참고 있는 흙 인형이다. 눈시울이 시큰하다. 그는 온몸으로 울고 있다.

천 년, 이천 년 전의 기쁨과 슬픔은 지금과 달랐을까. 아니, 그렇지 않았을 것이다. 다만 지금의 우리는 스스로에게 진실하고 솔직하기 이전에 남에게 기쁨과 슬픔을 전달하고 과시하기에 바빠, 정작 순정한 기쁨과 슬픔과 용기와 분노의 본질을 잊고 있는 것은 아닌지. 순수한 기쁨과 슬픔으로 천 년이 지나도 살아 있는 토기들을 바라보며 울음의 세 가지 종류를 생각한다. 지금 우리의 울음이 눈물 없이 소리만 큰 호號에 가깝다면, 그들의 울음은 눈물과 소리가 함께 있는 곡哭이구나. 그래도 나는 곡도 호도 아닌 소리 없이 눈물만 있는 읍泣이 좋다. 혼자서는 조용히 울 수 있어 더욱 좋다.

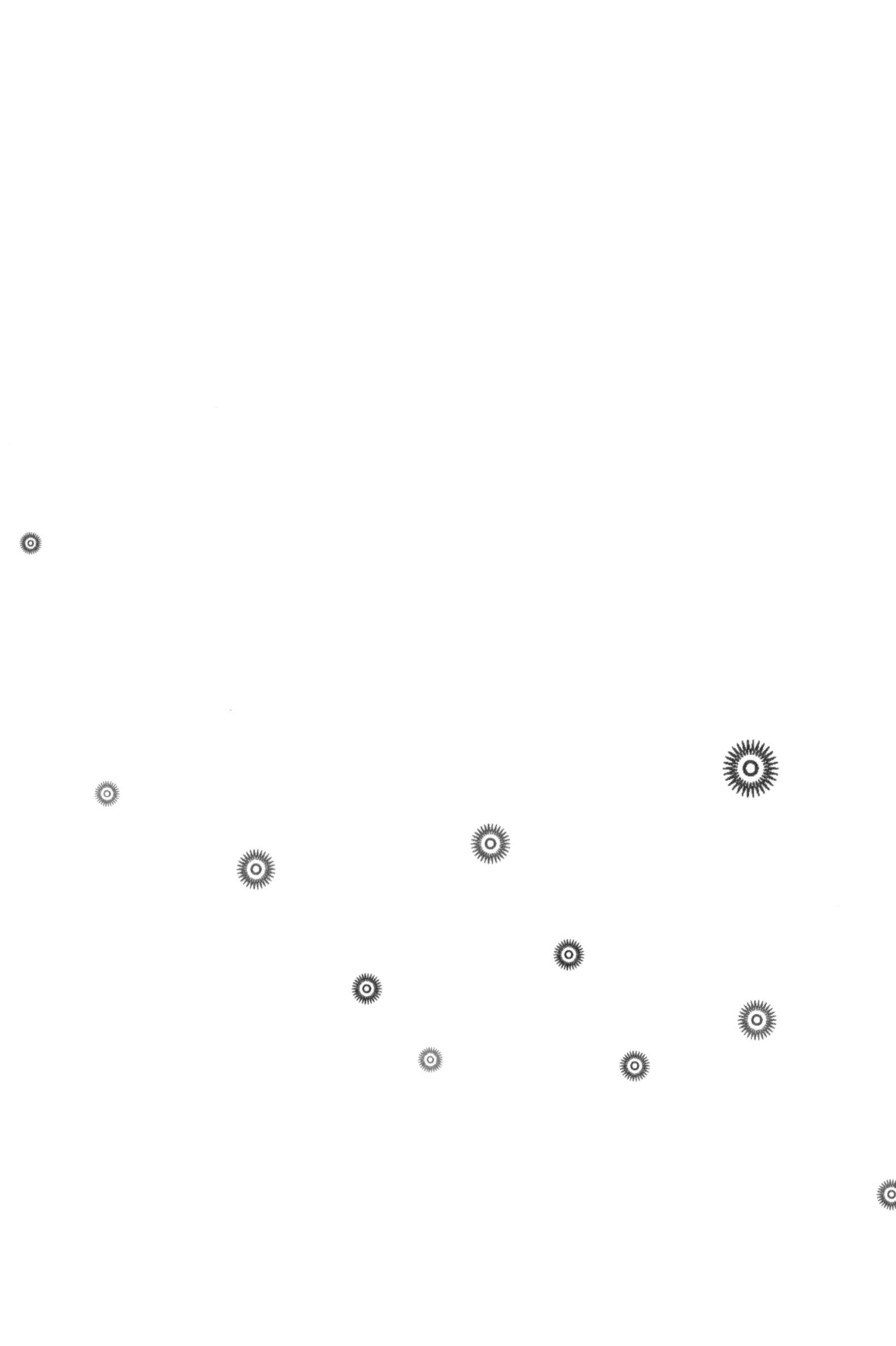

4장 ： 행복한 바보 이야기

# 학교가 문을 닫은 사이

나는 자신을 지극히 한국적인 사람이라고 믿고 있었다. 내 뼛속 깊이 박힌 한국인 고유의 정서와 기질은 한편으로 자랑거리이자 때로 자기혐오에 진저리치게 만드는 요소이기도 했다. 그런 내게 이방에서 겪었던 일련의 사건들은 새삼 스스로를 돌이켜보는 계기가 되었다.

떠나기 전 부친 짐은 밴쿠버항 트럭운송 노조 파업으로 예정일보다 한 달 늦게야 도착했다. 인터넷을 설치하려니 통신회사 노조가 파업 중이라 신청한 지 달포가 지나서야 모뎀이 배송되었다. 천신만고 끝에 겨우 사는 꼴을 갖추니 교사 연맹이 파업을 감행해 하루아침에 모든 공립학교가 문을 닫았다. 초등학교에 다니는 아들도 정부기관에서 운영하던 어학과 정을 듣던 나도 졸지에 할 일과 갈 곳을 잃었다.

지극히 '한국적'인 나는 연거푸 닥쳐온 '불운' 속에서 안절부절 갈팡질팡 할 수밖에 없었다. 학교가 문을 닫다니! 하루 이틀도 아니고 이 주씩이나 교사들이 수업을 거부하다니!

　그곳에서도 공공 부문 노조 파업은 엄격한 법적 통제를 받았다. 브리티시 콜롬비아주 고등법원에서는 교사들의 파업이 불법이라며 교사 연맹에 무거운 벌금을 부과하는 한편 자산 동결 명령을 내려 파업에 필요한 자금 공급을 원천봉쇄했고, 파업에 참여한 교사들에 대한 수사를 특별 검사에 맡기는 초강수를 내놓았다. 하지만 교사 연맹이 제시한 타협안이 받아들여지지 않자 동조 세력의 연대 파업으로 사태는 장기화 조짐을 보이고 있었다.

　이러한 상황이 처음에는 기가 막혔고, 분통이 터졌고, 답답했다. 하지만 더 놀라운 것은 한국에서는 상상도 하지 못한 이런 일들을 바라보는 그곳 사람들의 시선과 태도였다. 그들은 일단 '참는다.' 상황을 인정하고 발언을 자제하며 추이를 주시한다. 학부모회 역시 조속한 타결을 종용하지만 어느 한편을 매도하거나 비난하지 않고 중립적인 태도를 유지한다. 학생들을 '볼모'로 잡았다느니 일단 복귀부터 한 이후 협상을 진행하라느니 하는 여론의 뭇매와 압력도 없다. 언론에서는 '피해자'들의 아우성보다는 고용주인 정부와 교사 연맹의 입장 차이를 분석하는데 더 많은 지면과 시간을 할애한다. 집 근처 초등학교 앞에서 시위하는 교사들을 응원하는 차량들의 경적 소리가 심상찮다 했더니, 주민 과반수 이상이 파업을 지지한다는 여론조사까지 나왔다. 당장에 입은 '피해'와 상관없이 그들은 외부의 압력에 의해 강제로 봉합된 상처는 다시 도질 수밖에 없다는 것을 알고 있고, 언젠가 그들이 자신의 권리를 찾기 위해 실력을 행사할 때 누가 지원군이 될지를 알고 있는 것이다.

이방인의 눈에 경이롭기까지 한 인내심은 그들이 경험 속에서 얻은 교훈인 동시에 문화다. 몇 해 전 버스와 전철이 동시에 두 달간 파업을 했을 때, 그들은 카풀을 하며 당사자들이 충분히 협상을 할 때까지 '견뎠다' 했다. 한 달간 짐이 도착하지 않는 동안 나는 아들과 함께 신문지 밥상과 박스 책상을 만들었고, 인터넷이 불통인 한 달 동안 인터넷 없는 세상의 고요와 평화를 경험했다. 에너지가 넘치는 열 살짜리 아이와 종일 붙어 있는 것이 얼마나 고행에 가까운 일인가는 아는 사람만이 알겠지만, 아이가 있는 엄마들을 철저히 배려하는 직장과 다양한 임시 데이케어는 모든 걸 학교에서만 배우는 건 아니라는 사실을 일깨운다.

불현듯 오래전 읽어 가물가물한 그람시의 말이 떠오른다. '지배'에 의해 유지되는 정치사회와 달리 이성적이고 비강제적인 자유의지에 의한 시민사회는 '합의'를 통하여 작용한다는, 지극히 '한국적'인 나로서는 더없이 부럽고도 낯선 그 진리 말이다.

# 레오와 일리냐

생면부지 이방의 땅에서 삼 년을 살았다. 삼 년 전 나는 무엇이 그리 힘겹고 견딜 수 없었는지, 여고 동창이 산다는 이유만으로 캐나다라는 낯선 나라를 임시 거처로 삼고 훌쩍 떠났다. 작가라는 직업 자체가 고립적인 것이고, 외로워져야만 자유로울 수 있다는 믿음을 품고 있는 나로서는 낯설수록, 외로울수록 더 좋다고 생각한 것이 사실이다. 좁은 땅 위의 너무 주밀한 관계가 버거웠다. 멀리 떨어져 마침내 그리워하게 될 때까지, 나는 스스로를 유배시키기로 하였다.

하지만 사람으로 생겨난 이상 누구도 완전히 고립되어 홀로 살 수 없다. 나 자신도 깜짝 놀랄 정도의 빠른 적응력을 보이며 시작한 이방의 생활도 시간이 흐름에 따라 조금씩 삭막하고 쓸쓸해질 무렵, 나는 어이없는 '사고'에 직면하고 말았다. 아이와 함께 기거하는 원 베드룸 아파트의 전기 공급이 어느 날 갑자기, 거짓말처럼 끊기고 말았던 것! 황당하고 그야말로 '쪽팔려서' 고백하기도 부끄럽지만, 나는 이사 직후 곧장 전기 공급 회사에 신고를 하고 등록을 해야 하는 절차를 까맣게 모르고 있었던 것이다. 그 실수의 이면에는 내가 이사를 들어온 뒤 얼마 지나지 않아 아파트 건물의 주인이 바뀌고 매니저가 교체되어 정확한 정보를 전달 받지 못했다는 사실도 있지만, 어쨌거나 하루아침에 전기 공급을 중단당한 나의 충격은 매우 컸다.

모국, 내 어머니의 나라가 아닌 곳에서의 삶은 그러하다. 아무리 아름답고 평화로운 선진 복지국가의 그것이라도 온전히 내 것이 되기에는 한계가 있다. 아무 문제가 없을 때는 마냥 좋기만하다. 익명성으로부터 주어지는 자유로움 때문이다. 하지만 아주 작은 문제라도 생기는 순간, 그것은 그 문제가 본래 가지는 부피보다 훨씬 큰 괴로움을 느끼게 한다. 어쨌거나 졸지에 전기가 끊겨 깜깜나라에 갇히게 된 나는 새끼 딸린 어미의 강인함에 간신히 의지해 문제를 해결해 보고자 허둥거렸다.

그때 나를 도와준 이들이 바로 레오와 일리냐다. 물론 레오는 우리 아파트의 새 매니저인지라, 특별한 호의로 나를 도와주었다기보다 자신의 일에 충실했다고 할 수도 있을 것이다. 하지만 당황한 나를 달래며 전기 회사에 직접 전화를 걸어 준 레오와 그의 아내 일리냐는 내가 캐나다에서 제일 먼저 사귄 이웃이자 친구가 되었다.

개방적인 이민정책으로 '다문화주의'를 표방하는 캐나다에는 그야말로 세계 각국에서 온 이민자들이 살고 있다. 여름날 창문을 열어 두고 있으면 중국어, 인도어, 러시아어, 타갈로그어 등등이 영어보다 훨씬 더 자연스럽게 들려온다. 저마다 더 나은 삶을 꿈꾸며 떠나왔기에 이민자들은 대부분 가난하면서도 부지런하다. 또한 철저히 타인의 문화를 존중하지 않으면 공존 자체가 불가능하기에, 각자의 커뮤니티 안에서 무심한 듯 개별적으로 산다. 하지만 뭐니 뭐니 해도 그들과의 사이에 가장 큰 장벽은 언어다. 언어라는 수단으로 나 자신을 다 표현할 수 없고 남의 생각을 다 이해할 수 없다는 것이 이렇게 고통스러운 것인지, 나는 그때까지 까맣게 모르고 살았다.

레오와 일리냐는 러시아에서 온 이민자들이었다. 그러나 나는 고작해야 톨스토이와 도스토예프스키, 볼쇼이 발레단과 차이코프스키를 통해 러시아를 알고 있을 뿐, 러시아 '사람'들은 처음 만났다. 그래서 처음에는 그들의 뚱한 표정과 무뚝뚝한 말투가 좀처럼 익숙해지지 않았다. 더구나 우리는 양쪽 모두 그놈의 영어에 능통하지 못했다. 일상적인 인사말과 신상에 관한 간단한 질문과 대답 외에는 좀처럼 진지한 이야기를 나눌 수가 없었다. 진지한 이야기라 해봤자 대단히 심오한 토론일 리도 없지만, 그래도 내가 정말 나누고 싶은 이야기는 나누지 못한 그 이야기 속에 있지 않을까 하여, 나는 새삼 속상하고 안타까웠다.

그런데 영원히 높고 두터운 장벽인 언어 대신 나와 레오 일리냐 부부를 이어 준 다리는 따로 있었다. 어느 날 중국 식료품점에서 낑낑대며 배추를 사오는 나를 본 레오가 선명하게 '김치'라는 단어를 발음하는 것이었다. 배추로 김치를 담그는 것을 어떻게 알았느냐 물으니 일 때문에 블라

디보스토크에 갔을 때 조선인들의 음식으로 유명한 김치를 먹어 봤다는 것이다. 그 다음날로 당장, 대한민국 아줌마의 최대 강점인 오지랖으로 나는 갓 버무린 김치 한 통을 레오네에 보냈다. 그리고 그때부터 나의 아들놈은 잡채, 불고기, 김밥, 심지어는 떡볶이까지 들고 두 집 사이를 바쁘게 오가게 되었다. 믿거나 말거나 나는 요리하기를 즐기는 편이고, 아무리 분량을 조절해도 아이와 단둘인 식구에게는 언제나 넘치기 마련이다. 그리고 재삼재사 확인하지만, 한국 음식의 경쟁력이야말로 세계적이다.

하지만 처음에 레오와 일리냐의 반응은 고마움보다는 당황에 가까웠다. 이런 문화는 러시아의 것도 아니고 캐나다의 것도 아니다. 철저한 개인주의와 '기브 앤 테이크Give and Take'에 익숙한 그들에겐 부침개 한 조각이라도 울타리 너머 건네던 동방의 작은 나라의 문화가 친근할 리 없다. 하지만 나는 캐나다에 사는 러시아인에게 각별한 호의를 베푼 것이 아니었다. 가까운 곳에 옹기종기 모여 사는 나의 이웃과 사소한 기쁨이나마 함께 나누고자 했던 것뿐이었다. 그 마음이야말로 언어로도 다 소통할 수 없는 것이기에.

그 후로 일리냐는 빵을 굽거나 튀기면 우리 것부터 챙기기 시작했다. 덕분에 달고 시큼한 러시아 빵을 갖가지로 맛보았다. 물론 러시아 음식이 모두 내 입맛에 맞는 것은 아니지만 나와 아이는 맛있게, 고맙게 먹었다. 우리가 레오와 일리냐와 주고받는 것은 다만 음식이 아니라 말로 다 하지 못하는 마음, 세계 공통의 그것이기 때문이었다.

# 바벨탑의 의미

다문화주의multiculturalism를 표방하는 캐나다에 머물며 자주 떠올렸던 이야기 중 하나가 고대 바빌론 사람들이 하늘까지 닿도록 쌓아 올리려다 그 교만과 방자를 징벌하려는 하늘에 의해 무너졌다는 바벨탑의 전설이었다. 그때로부터 인간의 언어는 일흔두 개로 갈라져 달라졌다나. 캐나다의 공식어는 영어와 불어이지만 일상에서는 그보다 훨씬 더 많은 언어들을 접할 수 있다. 중국어, 러시아어, 타갈로그어는 흔하여 익숙할 정도이고, 얼핏 스쳐 들어서는 어느 나라 말인지 도무지 알 수 없는 것들이 숱하다.

그야말로 생존을 위해 영어를 배우며 높고 완강한 언어의 장벽을 절감했다. 이미 이중 언어를 구사하는 것이 불가능해진 나이에 외국어를 해야 한다는 것 자체가 부담이고 고통이었다. 아무래도 내 생각과 감정을 정밀하게 표현하기 어렵다. 본의 아니게 침묵파가 되어 버리고서야 언어를 통해 언어를 뛰어넘은 세계까지 이해할 수 있었던 모국어의 축복을 상기했다. 그때는 감사한 줄도 모르고 함부로 값없는 말을 지껄이고 남의 말을 귓등으로 흘려듣지 않았던가. 그래도 충분히 알아들을 수 있을 줄로 알고, 알아듣고 있는 줄만 알고.

영어 '공부'에 대한 한국인의 집착은 날로 정도를 더해간다. 하지만 막대한 돈과 시간의 투자만큼 한국인들은 영어를 더 잘하게 된 것일까. 아니, 과연 영어를 잘한다는 것이 무슨 의미일까? 애초에 영어는 수많은 외국어 중의 하나로 한국에 들어오지 않았다. 그것은 세계의 최강대국인 영국과 미국의 언어였고, 개화와 신문명과 그를 통해 얻는 새로운 권력의 의미를 지니고 있었다.

그리하여 미국에서 외교활동을 해온 이승만은 김구의 면전에서 "자네는 영어를 모르니까 국제정치가 어떻게 돌아가는지 아무것도 모르는구면. 정치를 운운할 자격이 있나?"라고 쏘아붙였고, 강철의 투사인 백범은 그 모욕 앞에 잠자코 자리에서 일어나는 수밖에 없었다. 그에 대한 반대급부로 안중근 같은 민족아는 "일본말을 배우는 자는 일본의 종놈이 되고, 영어를 배우는 자는 영국의 종놈이 된다…… 만일 우리 한국이 세계에 위력을 떨친다면, 세계 사람들이 한국말을 통용할 것"이라며 당차게 영어 '공부'를 거부하기도 했다. 그런가하면 신채호는 영어 원서를 읽는 일에 열중하면서도 쇠고집을 부려 '네이버<sup>neighbour</sup>'를 끝끝내 '네이그흐바우어'라 발음하고 영어 문장 중간에 우리식으로 '하여슬람'이라는 말을 사용하기까지 했다.

이제 영어는 더 이상 '강대국의 언어'만이 아니라 세계인이 소통하는 '국제어'가 되었기에 좀 더 넓고 자유롭게 살기 위해서는 영어가 필수 도구임을 부인할 수 없다. 하지만 그것이 또 다른 우리 마음의 바벨탑이 되어서는 곤란하다.

영어는 지성의 기준도 학력의 척도도 아닌, 어디까지나 '언어'다. 언어의 기본은 소통이고, 소통은 단순히 말과 글로만 이루어지지 않는다. 영어로든 한국어로든 말이 통하지 않는, 말을 섞기 싫은, 말도 안 되는 말을 하는 사람들은 어디에나 있다. 다만 그 말로 무엇을 어떻게 할 것인가?

어느 날 밴쿠버 시내의 버스 정거장 근처에서 흰 지팡이를 짚고 서성이는 시각장애인을 만났다. 나는 그의 손에 들린 그가 볼 수 없는 쪽지의 주소를 읽고 그를 근처의 목적지까지 안내했다. 그에게는 영어가 모국어이고 내게는 끝끝내 낯선 외국어일 뿐이지만, 몇 개의 단어, 그리고 상대를 향한 열린 마음이 있었기에 소통은 얼마든지 매끄럽게 이루어질 수 있었다.

나는 여전히 영어를 잘하고 싶다. 하지만 그보다 더 자세히 듣고 신중히 말하는 마음의 언어에 능통하고 싶다. 그렇다면 바벨탑이 우리에게 마냥 저주이기만 하겠는가.

# 타인의 취향

거리를 걷다 맞은편에서 오는 사람과 살짝 옷자락이 스친다.

"Sorry!"

"I am sorry!"

우리는 거의 동시에 무슨 큰 죄라도 지은 양 공손하게 말한다. 미안해요. 당신이 원하지 않는데 당신의 영역을 침범했군요. 나의 무례를 용서해 줘요.

문을 밀고 들어서다 뒤편에 오는 사람의 모습이 보이면 걸음을 멈추고 문을 연 채 기다린다. 먼저 이용하셔요. 당신을 도울 수 있다면 나도 기쁘겠어요.

"Thank you!"

"You are welcome!"

내가 머물렀던 곳에선 이처럼 사과와 감사의 말이 빈번했다. 그곳 사람들에겐 그것이 문화고 일상이다. 어느덧 나도 그들에게 익숙해져 갔다. 얼굴에 부드러운 웃음을 머금고 호들갑스러울 정도로 인사말을 남발했다. 그런데, 내가 언제부터 이렇게 친절하고 공손한 사람이었지?

이삼 년간 체류할 예정으로 캐나다를 향해 떠날 때 나는 대단한 목표나 계획 따위를 가지고 있지 않았다. 아이의 유학을 명분으로 삼아 비자를 받긴 했지만 사실 나는 다른 엄마들에 비해 교육 현실에 그다지 심각한 문제의식을 가진 것도 아니었고 아이의 미래는커녕 내 미래에 대해서도 확신을 할 수 없는 청맹과니에 불과했다. 그런데도 대책 없이 막무가내로 도망쳤다. 그저 견딜 수 없었던 것이다. 한국 사회가 주는 압력을, 그걸 견디지 못해 쩔쩔 매는 어리석고 유약한 나 자신을.

어디라고 스트레스가 없을 수는 없다. 낯선 상황은 몇 달간 밤마다 목덜미에 파스를 붙여야 할 만큼 큰 긴장이었다. 모국어로 먹고사는 작가가 외국어의 숲에서 길을 잃었으니 어쩌면 스트레스가 더할 수도 있었다. 미용사와 제대로 의사소통을 하지 못해 순식간에 왕창 깎여 버린 아이의 빡빡머리를 볼 때 나는 심각하게 스스로의 무능을 자책했다. 박정하리만큼 분명한 이들의 계약 문화도, 한국에 비하면 한없이 느러터진 서비스 시스템도 나의 어설픈 도피 생활을 마냥 고요하고 평화롭게 하지 않았다. 엄살을 부리지 않기 위해 어금니를 꽉 깨물고, 새로운 삶을 선택할 때는 그만큼 치러야 할 대가도 크다는 것을 배웠다.

하지만 모든 것이 완전히 좋을 수 없듯 모든 것이 아주 나쁜 것은 아니다. 떠나기 전까지 나는 꿈속에서조차 견딜 수 없다, 견딜 수 없다고 끝없이 뇌까렸지만, 정작 무엇이 나를 견딜 수 없게 하는지를 정확히 알지 못했다. 그런데 멀리 떠나와 그리운 그곳을 바라보니, 내가 그토록 깊은 사랑에도 불구하고 도망치고만 싶었던 까닭이 선명해졌다.

자연 환경이 사람들의 심성과 문화에 지대한 영향을 끼친다는 설에 동조해 말하자면, 일단 대한민국은 너무 좁다. 가뜩이나 크지 않은 땅덩이를 두 동강으로 쪼개어 살아야 하기에 개인이 확보할 수 있는 공간이 너무 작다. 한 사람의 몫으로 주어지는 공간이 작으니 타인과의 거리도 조밀할 수밖에 없다. 너무 가까이 붙어 있기에 타인에게 내 비밀을 들킬 수밖에 없고, 나도 그의 비밀을 속속들이 들여다볼 수밖에 없다. 자연 남의 영역을 거침없이 파고들어 오지랖을 넓히게 된다. 그들이야 넓은 땅덩이에서 서로 어깨를 부딪칠 일이 그리 많지 않으니 스칠 때마다 "Sorry!"를 외칠 수 있을 것이다. 하지만 좁은 공간에서 어떻게든 부대끼며 살아야 하는 우리에겐 언제까지 하염없이 미안하다고 외칠 여력이 없다.

상대에게 깍듯한 만큼 냉정하고 계산적인 그들의 개인주의 문화를 마냥 칭송할 생각은 없다. 하지만 나는 외로울지언정 남의 기준에 맞춰 남을 위해 살고 있는 듯한 기분에 괴로워할 필요가 없기에 평온하고 느긋했다. 그들은 다만 인정한다. 너와 나는 다르다. 피부색도, 국적도, 성별도, 나이도, 문화도, 그리고 생각과 취향도. 그러하기에 이곳이 다문화주의 실연장이 될 수 있는지도 모르겠다.

어쩌면 그곳에도 내가 느끼지 못한 또 다른 갈등이 있겠지만, 최소한

공식화된 기치는 선명하다. 아이가 다니던 학교의 교훈은 'Respect<sup>존중</sup>'
였다. 타인의 문화를, 취향을, 존재 자체를 존중함. 내가 아이에게 진심으
로 배우길 바랐던 것은 유창한 영어가 아니라 바로 그 소중한 가치였다.

# 아름다운 지옥

언젠가 한 쇼핑몰에서 판매한 이민 상품이 내놓자마자 불티나게 팔렸다는 사실이 큰 화제가 되었다. 일정한 수수료를 받고 알선 및 수속 등 이민과 관련된 일체의 과정을 주선하는 프로그램이 바로 그 상품의 내용인데, 그것이 그야말로 '대박'을 터뜨린 것이다. 해외유학과 연수 비용이 사상최대의 수치를 기록하고, 마침내 십억 불을 넘어섰다는 소식도 함께 들려왔다. 모두들 떠나고 싶어 한다. 지금 이 곳에 대한 환멸과 탈출의 욕구가 집단 무의식처럼 떠돈다. 상품을 주문한 고객들의 주요 연령층은 삼십 대와 사십 대로, 그들만을 합쳐 전체의 80퍼센트를 넘어선다. 사회의 중추, 가장 왕성하게 삶을 살아 낼 이들이 떠나고 싶어 들끓는다. 그들은 과연 어디로, 왜 떠나려는 것일까.

모두들 살기 힘들다고 아우성친다. 경기 침체에 따른 불안, 부동산의 폭등 등과 관련된 위화감, 여기에 정치에 대한 불신과 고질적인 교육 문제, 덧붙여 여전히 한반도를 둘러싸고 있는 위태로운 세계정세까지 합치면 아직도 이 땅에 붙어서 살아 내는 사람들이 징그럽게 용하다. 발붙이고 사는 이곳은 정글과도 같다. 약육강식, 적자생존! 타인을 믿지 못하는 사람들은 자기 자신마저 쉽게 긍정해내지 못한다. 내가 진짜 원하는 것, 정말 어떻게 살고 싶은 것인지 쉽게 이야기하지 못한다.

나는 애초에 경제적으로 무능한 직업을 택했다. 남들보다 더 잘 먹고 잘살기를 포기했다. 남들이 비웃는 가치를 여전히 신봉하며, 오래 묵은 경구와 낡은 책 속에서 길을 찾는다. 그러하기에 초라하고 비루해졌지만, 역설적으로 돈으로부터 얼마간 자유로워질 수밖에 없었다. 나의 삶과는 비교할 수도 없는, 세상이 말하는 소위 '성공'한 사람들을 만나기도 했다. 그들의 지극한 속물성에 지치기도 했다. 하지만 때로는 놀랍게도 반면교사인 그들에게서 예기치 않았던 위로를 받기도 했다.

나도 '성공'하고 싶다. 하지만 내가 말하는 성공이란 하고 싶은 일을 모조리 다할 수 있는 상태를 일컫지 않는다. 내가 진정으로 이루고픈 성공이란 바로 하고 싶지 않은 일을 하지 않게 되는 것이다. 하고 싶지 않은 일을 하지 않을 수 있는 권리이자 힘이다. 그런 의미에서라면 어쨌거나 나 역시 어느 정도는 성공한 셈이다. 쓰고 싶지 않은 글, 하고 싶지 않은 일, 섞여 돌아가고 싶지 않은 사람을 만나는 일 따위는 하지 않기로 했으니까. 그런 일이 얼마나 힘든지를 알기에, 내가 그 일을 해서 얻을 수 있는 것들을 포기하자, 포기하자고 누누이 나 자신을 설득하고 있으니까.

그런데 과연 어디로들 떠나려는 것인가? 어디에서 완전한 휴식과 평온을 보장받을 것인가? 나는 지상의 낙원을 믿지 않는다. 아무리 좋은 곳을 여행해도 머무르고 싶은 곳을 찾지 못했다. 나는 방관자이고 이방인이며, 어떤 능력을 발휘한대도 그들의 주류 사회에 녹아들 수 없는 마이너리티다. 그들의 역사는 나의 역사가 될 수 없다. 나의 조상은 그들의 역사와 사회 발전을 위해 아무런 힘도 쓰지 않았다. 그런데 피 한 방울, 땀 한 방울 섞이지 않은 남의 독립기념일, 남의 추수감사절이 내게 무슨 의미인가? 그것을 기어코 내 것이라고 우기기 위해서는 얼마나 많은 자기부정이 필요할 것인가? 더 이상 모국어로 꿈꾸지 않는 아이들은 과연 그로부터 완전히 자유로울 것인가?

1987년 아쿠다가와상을 수상한 일본의 여성작가 무라다 키요코村田喜代子가 쓴 소설 『용비어천가』에는 매우 인상적인 장면이 나온다. 일본으로 건너온 조선인 도공들의 특징은 다름 아닌 '오기'다. 지더라도 패배를 인정하지 않고 굽히더라도 복종하지 않는 독특한 근성이다. 대개 일본인들은 깨끗이 승패를 인정하고 거기에 얽매이지 않는 행동을 아름답게 생각하기 때문에 승부에서 지면 즉시 물러난다. 그래서 조선인과 일본인 사이에 싸움이 일어나 조선인이 지게 되면 거의 반죽음 상태가 될 때까지 참변을 당한다. '졌다'는 것을 인정하지 않아 일본인들이 더욱 심하게 구타했기 때문이다. 일본인들은 그런 조선인들을 '단념할 줄 모르는 녀석들'이라고 욕했다…….

무려 오천여 년이 넘도록, 한민족은 질기디 질긴 자기 보호의 본능과

오기만으로 환란의 역사 한가운데에서 생존해 낸 것인지도 모른다. 어쩌면 우리는 그다지도 조상들과 닮은꼴이란 말인가. 때로 지긋지긋해 하면서도, 지금 우리는 가장 우리다운 모습으로 살고 있다. 아등바등 악다구니를 치며 혼돈의 진창 속으로 한 걸음 한 걸음 다가가면서도, 우리는 아직 무언가를 포기하지 않았기 때문이다. 어쨌든 더 잘살고 싶어서, 더 행복하고 더 평화롭고 싶어서 발버둥을 치고 있기 때문이다. 누군가 '지루한 천국'에 빗대어 우리 사회를 '재미있는 지옥'이라고 말했다. 정말 피눈물 나게 재미있는 지옥이지만, 지금도 우리는 그 지옥과 싸우며 견디고 있다. 언제 끝날지 모르는 싸움이지만, 우리는 결코 쉽게 패배를 인정할 종자들이 아니다.

오늘도 우리는 혼돈을 향하여 한 걸음을 내딛는다. 어쩌면 혼돈 그 너머에 우리가 찾아 헤매던 진정한 유토피아가 기다릴지도 모르니까. 나는 이 아름다운 지옥을 떠나고 싶지 않다.

# 다시 볼테르를 읽다

언젠가 이메일로 받은 한 단체의 소식지에는 피노키오장애인자립생활센터의 활동 간사 박정혁 씨가 쓴 「장애인도 자기 생활에 책임질 줄 압니다」라는 제목의 글이 실려 있었다. 그의 글은 스물일곱 살에 입소하여 칠 년간 머물렀던 장애인 요양원의 '옥살이 아닌 옥살이'에 대한 기억으로부터 시작된다. 강제로 머리를 깎인 채 폭력과 멸시를 감수하며 절망과 체념의 일상 속에 살아야 하는 장애인들……. 뇌성마비 장애인인 박정혁 씨는 서른셋이 되어서야 자립생활센터에 입소하여 처음으로 지하철을 타보고 가게에서 스스로 물건을 샀노라고 했다. 그가 용기와 각성으로 한국 사회에 의지와 욕망을 가진 '인간'의 모습을 드러내기까지는 꼬박 삼십삼 년간의 고통이 필요했던 것이다.

캐나다에 도착한 지 겨우 서너 달 만에, 나는 한국에서 삼십여 년 동안

‘보았던’ 장애인들보다 훨씬 더 많은 수의 장애인들을 ‘만났다’. 그들은 어디에나 있었다. 거리에서, 쇼핑센터에서, 버스에서, 도서관에서, 전동 휠체어를 요령 있게 운전하거나 자원봉사자들의 도움을 받으며 그들은 나와 함께 살아가고 있었다. 장애의 종류가 이마만큼 다양하다는 것도 새롭게 알았다. 뇌성마비와 척수마비, 시각장애와 다운증후군, 왜소증과 거인증과 자폐증과 근무력증 등등…… 나는 어느덧 장애의 종류를 분류하는 헛짓을 포기해버렸다.

아이가 다니던 학교는 청각장애아 학교를 겸하고 있었다. 나의 아이는 장애를 가지고 있지 않지만 수화를 배웠다. 영어도 못하면서 수화부터 배우는 일이 처음에는 기막혔지만, 아이가 손으로 자신의 이름을 말하고 인사를 건네는 모습을 보면서 나는 나 역시 마음에 장애를 가지고 있다는 사실을 깨달았다. 붓다의 사지육신 멀쩡한 자식 이름도 ‘라후라장애’다. 기실 그로부터 자유로운 사람이 단 한 명도 없다는 것을 인정하는 순간, 우리는 육체의 장애를 가진 사람들을 동정과 시혜라는 미명하에 격리 수용해야 할 이유도 권리도 전혀 없다는 사실을 알게 된다.

몇 해 전 한국 사회를 뒤흔들었던 ‘줄기세포 진위 논란’을 지켜보며 착잡한 심정을 금할 수 없었다. 그것은 『과학은 열광이 아니라 성찰을 필요로 한다』는 어느 과학사회학자의 책 제목이 무색하도록 최첨단의 과학에 가장 진부하고 고루한 감정이 개입된 것이었다. 하지만 성인 남녀 85퍼센트가 ‘난치병 치료가 윤리보다 우선이다’고 답했다는 여론조사와, 신화를 전복하려는 ‘악인’들은 ‘격리’해야 한다는 정치인의 선동까지 접하자 착잡함은 공포와 분노의 수준에 다다랐다.

도대체 어떤 난치병 환자들을 위한다는 것인가? 난치와 불치의 장애를 가진 사람들을 죄인 취급하며 이동권조차 보장하지 않는 사회에서 누구의 행복을 위한다는 것인가? 진취적이지도 발전적이지도 않고 그럴 필요도 별로 느끼지 못하는 나는 현재를 저당 잡혀 개척하는 미래를 믿지 않는다. 개별적 진실을 짓밟아 얻는 '국익' 같은 것도 믿지 못한다.

어금니를 물고 볼테르를 읽는다. 그는 종교적 광신에 가장 치열하게 맞선 인물이다. '이 돌림병에 대항하는 수단으로는, 인류의 심성과 도덕을 조금씩 순화시키고 악의 창궐을 예견하는 철학의 정신밖에 없다. 이 악이 일단 번지기 시작하면, 도망가서 공기가 다시 정화되기를 기다리는 수밖에 다른 도리가 없기 때문이다.' 그리고 다시 읽는다. '관용이란 무엇인가? 그것은 인류가 가진 가장 멋진 재능이다. 우리는 모두 약점과 오류 덩어리다. 그러니 우리 모두 서로의 어리석음을 용서하자. 이것이 첫 번째 자연법칙이다.'

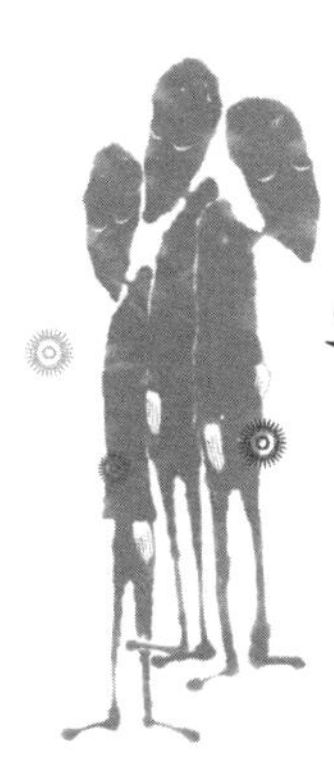

# 외로움은 어디에 있는가

요즘은 초창기의 열기가 한풀 꺾인 듯하지만, 한동안 인터넷 누리꾼들에게는 '미니 홈피'라는 것이 선풍적인 인기를 누렸다. 새것에 민감하고 변화에 발 빠른 특성상 젊은 세대들이 그 열풍의 중심을 이룬 것은 당연했다. 그리하여 그것을 가지고 있는지 그렇지 못한지가 마치 세대를 구분하는 또 다른 기준이 된 듯하였고, 유행이란 것이 본래 그러하듯 적잖은 추종자와 함께 적잖은 소외층을 양산했다.

물론 나는 그런 새롭고 별난 것을 만들 재주도 여유도 없다. 하지만 인터넷 서핑을 하다 보면 자연스럽게 몇몇 미니 홈피를 방문할 기회가 생겨날 수밖에 없고, 그것이 내가 겪지 못한 새로운 세대에 대한 이해를 가져다주기도 한다. '제 미니 홈피를 방문해 주서요.'라고 조심스럽게 소통을 시도해 오는 시도에 이끌려 그 '주소'를 클릭하면, 익명의 누군가를 향해 열어 놓은 한 사람의 은밀한 공간이 단번에 내 눈앞에 펼쳐진다. 어린 시절의 추억으로부터 엊그제 찾았던 레스토랑에서 먹은 음식 메뉴까지, 가까운 친구 동료로부터 우연히 찾아든 익명의 누군가에 이르기까지, 그 공간을 채운 사진들과 방명록의 글귀들이 사뭇 신선하고 아기자기하게 느껴진다.

그 속에는 소소한 일상의 즐거움이 있고, 정보의 바다인 냉랭한 인터넷 속에나마 인간의 온기를 불어넣으려는 애틋한 소통의 시도가 있다. 그래서 얼굴이나 한번 보았을지 알 수 없는 무작위의 누군가와 '일촌'을 맺는 일도 아주 낯설게 느껴지지만은 않는다. 정작 현실의 '일촌'인 부모와는 어제 저녁 잘 자라는 인사나 제대로 나누었는지 알 수 없지만, 그만큼이나 자신을 속속들이 열어 보여 준 누군가가 어쩌면 부모보다 가까운 촌수로 느껴질는지도 모를 일이다.

하지만 그들이 열어 보여 준 은밀하고도 노골적인 공간을 누비는 동안, 나는 어느덧 그들 세대의 숨은 외로움을 엿보고야 만 듯하였다. 디지털 카메라로 찍어 올린 사진첩의 사진들은 하나같이 밝고 즐겁고 예쁜 그림들이다. 그래서 그들은 항상 밝고 즐겁고 예쁘고 풍요롭고, 그리하여 행복하게 살아가는 듯하다. 방명록에 오른 친구들과 서로 안부를 묻는 다정한 인사말과 덕담은 그들이 관심과 사랑을 듬뿍 받으며 사는 사람이라는 느낌을 준다. 그들은 싸우지도 않고 갈등으로 뒤척이지도 않을 듯하다. 그런데 정말 현실에서 그러할까? 그들이 스스로 꾸며 보여 준 그림들만이 진실이라고 말할 수 있을까?

기실 '미니 홈피'의 열풍은 노출증 혹은 과시욕과 관음증이 기묘하게 결합된 한국 사회의 독특한 문화다. 한국 사회는 여전히 개인의 프라이버시가 존중되기 어렵고, 인간관계가 복마전처럼 얽힌 곳이다. 그런 곳에서 스스로 자신의 사적인 부분을 노출한다는 것은 '내가 보여 주는 것만 보아라!'는 일방 소통의 웅변이기도 하다. 웃는 모습만, 즐거워하는 모습만, '잘산다'고 인정받을 수 있는 모습만 보여 주고 싶은 것이다. 그 이면의 슬프고, 괴롭고, 외롭고, 부대끼며 갈등하는 어떤 부분은 철저히 감춰 둔다. 그들은 사진 속에서 화려한 상차림 앞에 활짝 웃고 있지만, 실로 외롭다. 외로워서 더욱 밝게 웃는 것이다.

인간에게는 자기만의 방이 필요한 만큼 타인과 더불어 나눌 광장이 필요하다. 그래서 인터넷에 칸칸이 들어찬 은밀한 공간은 그만큼 우리에게 광장이 없다는 반증이기도 하다. 외로움은 어디에 있을까. 과연 어디에 있는지도 모르는 그것을 치유할 수는 있을까.

# 헨델을 듣다

모든 습속으로부터의 '해방의 달'에 그들은 누추한 삶을 박차고 떠나고 싶었던 걸까. 달의 차고 이지러짐의 절기에 따라 만들어져 덤달, 여벌달, 공달로 불리는 '윤달'에는 유난히 부음이 잦았다. 지인 몇이 부친상 모친상을 당하였고, 느닷없이 꼬리를 무는 부음에 제삼자에 다름 아닌 나까지도 몹시 황망하여 허둥거렸다.

"졸지에 고아가 되셨네, 어쩌나?"

상주와 맞절을 하고 앉아 꺼낸다는 위로의 말이 고작 그런 것이다. 서른 살의 고아, 마흔 살의 고아……. 그들 역시 어미와 아비의 몫을 감당하느라 허덕이는 처지이지만, 나고 자란 둥지를 고스란히 앗겼으니 고아는 고아인 셈이다.

달이 차고 이지러지는 열두 달을 관장하는 신들이 잠시 휴식을 취하는 시기, 인간의 일을 간섭할 귀신이 따로 없는 열세 번째 달에 산 사람들은 서둘러 이사와 집수리, 이장과 산소 단장을 하고 윤달에 마련하면 장수를 한다는 믿음으로 박음질과 실의 매듭을 짓지 않는 가뿐한 수의를 지었던 게다. 그리고 떠날 사람들은 발목을 잡던 미련을 떨쳐버리듯 훌쩍, 그리도 바삐 피안으로 건너갔던 게다.

그 와중에 또다시 부음을 전해 들었다. 어느 날 아침, 어느 때와 마찬가지로 아이를 학교에 보내고 돌아와 커피 한 잔을 타들고 컴퓨터 책상 앞에 앉았을 때였다. 볕은 다사로웠고, 어느새 그 시간마다 피아노 연습을 하는 이름 모를 어떤 아낙의 서툰 피아노 가락이 내 귓가에 속살거리고 있었다. 김종환의 노래 '사랑을 위하여'였는데, 꼭 두세 마디를 지나서 한 번씩 틀리는 아슬아슬한 연주 솜씨였다. 나는 벌써 며칠째 그녀 혼자만의 독주회를 경청하고 있는 터였다. 어제도 틀렸던 그 대목에서 나는 바짝 긴장을 하여 귀를 곤두세웠다. 불안하게 흔들리던 가락은 잠시 멈칫, 하다가 무난히 다음 소절로 옮아갔다. 성공이다! 그녀의 작은 성공에 함께 기뻤던 나는 밤새 온 스팸 메일 속에 묻힌 한 통의 메일에 눈을 사로잡혔다. 메일의 제목은 '어머니가 가셨습니다'였다.

결국 가셨다. 예상하지 못한 바 아니었다. 내가 어머니를 만났을 때에도 이미 그녀는 폐암 말기였고, 이 년째 꼬박 병상에 누워 투병 중이었다. 그럼에도 내 가슴 한구석이 덜컥 무너졌다. 알 수 없는 죄책감과 회한 때문에 쓰라렸다. 누군가의 삶에 함부로 틈입한 죄, 그의 생을 엿보고 노골적으로 드러낸 죄에 대한 자책감 때문이었다.

그 얼마 전 민족문학작가회의 사무국장이 민가협민주화운동가족협의회의 기관지에 젊은 작가들이 그 단체에 소속한 어머니들의 삶을 조명하는 글을 써 보면 어떻겠냐는 제안을 했다. 무급이었고, 일종의 자원봉사로 생각했으면 좋겠다고 했다. 평범한 아낙들이 자식을 감옥에 보내고 돌연 새로운 싸움에 뛰어들어 살아온 그 신산한 삶의 역사를 그들의 자식뻘 되는 젊은 작가들이 복원해 낸다는 건 좋은 기획이었다. 덜컥 수락해 놓고 보니, 내게 맡겨진 일은 그 어머니, 죽음을 목전에 둔 분의 인터뷰였다.

인터뷰는 몹시 힘들었다. 물론 나보다 어머니가 더 힘드셨을 터였다. 길지 않은 인터뷰 중간 중간에 고통이 엄습해 왔고, 어머니는 그 고통을 소리 내어 부르짖지 않기 위해 메마른 입술을 세게 악무셨다. 그런 분께 사랑에 대해 물었다. 결혼 생활과, 자식들과, 남편과, 장사일과, 바빴던 일상에 대해 물었다. 결코 평탄치 않았던 유년의 외로움에 대해서도 물었다. 나는 어쨌든 인터뷰를 해야 했다. 그의 생을 글로 써서 내놓아야 했다.

그러나 인터뷰를 마치고 돌아오면서 나는 흔들리는 시내버스 차창에 이마를 대고 조금 울었다. 그녀의 지극한 고통 앞에서도 냉정한 기록자였던 내가, 그 기록의 소용과 기록의 잔혹함과 변함없는 기록자로서의 내 책무 때문에 버거워서, 괴로워서 울었다. 글로, 문학으로 세계와 인간을 반영하고 기록하는 일이 정녕 세계와 한 인간을 어떻게 구원할 수 있는가. 그 불가능성 때문에, 그러나 포기할 수 없음 때문에 나는 또다시 죄를 짓고야 만 것이다.

엄청난 고통에 허덕이는 어머니를 보고, 간병하는 아드님께 왜 더 많은 진통제를 투여하지 않느냐고 물었다. 그러자 아들은 씁쓸하게 웃으며 대답했다. 어머니가 강한 진통제에 중독될 것을 걱정하신다고……. 삶이란 그런 것이다. 죽음을 지척에 두고도, 육신의 생명이 다 소진되어버린 순간에도 포기할 수 없는 질기고 쓰라린 어떤 것.

부음을 전한 민가협 간사는 메일 끝에 한마디를 짧게 덧붙였다.

"이제 어머니는 별아 씨의 글로만 남으셨습니다."

이럴 때, 인간으로서 더없이 무력하고 자책으로 쓰라릴 때, 나는 나를 위로하기 위해 헨델을 듣는다. 오페라 리날도 중에서 '울게 하소서Lascia ch'io pianga'를 들으며, 나는 내가 지은 모든 죄를 빈다. 나는 아직도 문학이 결코 삶의 대용품이 될 수 없음을, 삶 그 자체보다 소중한 진실은 없음을 강력히 믿고 있다.

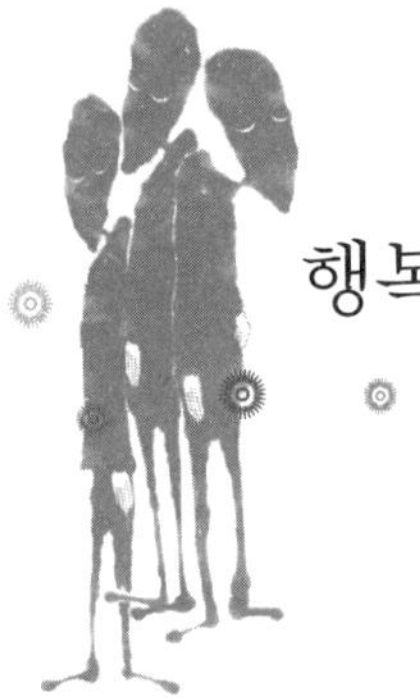

# 행복한 바보 이야기

1

열일곱 살에, 나는 문학이야말로 '목매고 죽어도 좋을 나무'라고 생각했다. 고약한 성격의 외톨이이고, 체질적인 비관주의자이고, 열등감과 자아도취가 불규칙하게 뒤엉킨 우울질에게 문학 말고는 아무 것도 위로가 될 수 없었다. 좁은 문을 비집고 들어가 만나는 깊고 넓은 문학의 세계는 지독하게 황홀하면서도 평화로웠다. 죽음에 경도되어 있었던 머리가 삶의 충동으로 기울었다. 나도 그 세계에서 살고 싶었다. 살아남고 싶었다. 그리하여 닥치는 대로 읽고 긁적이고 상상했다. 그 후로 나는 단 한 번도 작가가 아닌 다른 인생을 꿈꾼 적이 없다.

학교를 졸업하고 딱 하루 직장 생활 아닌 직장 생활을 한 적이 있다. 그런데 그 짧은 경험이 도리어 부정할 수 없는 진실을 확인시켰다. 글을 쓰는 일 말고 나는 아무 것도 원하지 않으며, 할 능력도 의지도 자신도 기력조차 없다는 것을.

나는 바보다. 나는 언제나 내가 아무 것도 알지 못한다는 사실에서부터 출발한다. 경험도 경력도 연륜 따위도 소용없다. 가지 못할 길도, 가지 말아야 할 길도 모른다. 같은 함정에 거듭 빠지고, 오류를 반복한다. 그럴 때는 나의 고질병인 지독한 건망증이 큰 도움이 된다. 다 잊어버리지 않고는, 내 몸과 마음에 남아 있는 기억의 어지러운 물결무늬를 지우지 않고는 새롭게 출발할 수 없다.

그리하여 언제나 처음처럼 걷는 길은 낯설고 고단하다. 나는 머뭇거리고 비틀거리고 주춤거리며 걷는다. 하지만 건망의 중환자이면서 어리석은 미련퉁이이기도 한 나는 뒤돌아서거나 지름길을 찾지 못한다. 그래서 꾸역꾸역 간다. 오로지 시간에 의지하여, 시인 김수영의 표현대로 온몸으로 온몸을 밀어.


2

시가 천상의 예술이라면 소설은 천민의 예술, 유희리기보다 노동이다. 소설은 머리나 가슴이나 손이 아닌, 엉덩이로 쓴다. 어떻게든 앉아 있어야 쓸 수 있다. 그러하기에 체력이 기본이다. 특히 허리와 어깨, 손목의 관절이 튼튼해야 한다. 그래서 나는 백 미터를 이십 초 안에 주파해 본 적이 없는 투미한 운동신경으로 지분거리지 않은 운동이 없다. 움직여야만 간신히 앉아 있을 힘을 얻을 수 있기 때문이다.

그런데 어느 날, 가쁜 숨을 헐떡거리며 깨달았다. 하루에 윗몸일으키기를 쉰 번씩 한다면, 쉰한 번째는 반드시 힘들고 버겁기 마련이다. 어제했던 대로 쉰 번씩만 하면 힘들지도 않고 맞춤할 것이다. 하지만 어쩌면 진짜 운동의 효력은 쉰한 번째부터 발휘되는 것 아닐까?

소설 역시 마찬가지다. 가끔은 예기치 못한 행운처럼 기가 막히게 잘 써지는 날이 있다. 그럴 때면 정해진 산책로를 따라가듯 거침없이 내리달린다. 솔직히 말해 이때는 부끄러운 줄도 모르고 스스로에 대한 도취에 빠지기도 한다. 하지만 어느 한순간 쉰한 번째의 윗몸일으키기처럼 숨이 가쁘고 힘겨워진다. 그러면 어김없이 난치병이자 불치병에 가까운 열등감이 나를 엄습한다. 가혹하게 자신의 둔재를 탓하며 실망을 넘어 절망한다. 이럴 때는 어떻게 해야 할까? 창작에 대한 번뇌와 고통으로 술병을 부여잡고 몸부림치거나 가능한 한 컴퓨터가 뵈지 않는 곳으로 도망칠까?

아니, 그럴 때 방법은 한 가지 뿐이다. 어금니를 악물고 책상 앞으로 더 바싹 다가앉는다. 아무리 찾아보아도, 그것밖에 다른 길이 없다.

나는 나 자신의 문학적 재능을 믿지 않는다. 오히려 병적으로 스스로를 불신하는 편이다. 그래서 글을 쓰지 않을 때는 언제나 불안하고, 쓰지 않으면 영영 쓰지 못할 듯만하다. 그나마 글을 쓰고 있을 때에만 약간의 위로와 확신을 얻을 수 있다. 그래서 쓰기 싫거나, 쓸거리가 없거나, 아무리 애써도 쓰지 못할 것만 같을 때에도, 쓴다. 죽을 때까지, 내 목숨이 붙어 있을 때까지는 이렇게 스스로를 고문하고, 혹사하고, 위로하고 싶다.

3

내가 대학에 입학해서 처음 공부한 것은 루카치의 『소설의 이론』이었다.

별이 빛나는 창공을 보고, 갈 수가 있고 또 가야만 하는 길의 지도를 읽을 수 있던 시대는 얼마나 행복했던가? 그리고 별빛이 그 길을 훤히 밝혀 주던 시대는 얼마나 행복했던가?

현대문학 학회에서 대학 입학 후 처음 쓴 소설로 합평회를 했을 때, 한 선배가 나에게 '형상사유'를 하라고 충고했다. 아직도 그 단어가 내 머리 속에서 맴돌곤 한다. 십오 년도 더 지나 이십 년이 되어가는 데도, 작업을 하다가 문득 내 앞을 턱 가로막은 벽을 느낄 때면 나도 모르게 그 말을 되뇐다. 형상사유, 형상으로 사유하다, 형상사유…….

등단작인 「닫힌 문 밖의 바람 소리」를 쓸 당시 나는 '시대의 멀미'를 앓고 있었다. 서태지와 아이들이 '환상 속의 그대'를 외쳐 부를 때, 바로 그 환상 속에서 허우적거리며 빠져나오지 못하는 청맹과니가 나라고 느꼈다. 페레스트로이카와 사회주의의 몰락, 운동 진영의 분열과 해체, 감각적 감상적 문화의 범람 등등……. 하지만 지금도 마찬가지로, 나는 내가 저항했던 시대의 정신이 정당했음을 믿고 있다. 진보를 위한 발걸음이 멈추어질 수 없음을, 어쩌면 엄연한 패배에도 불구하고 도전을 포기할 수 없는 것이 시시포스Sisyphos의 운명을 지닌 인간의 필연이 아닐까.

4

문학의 위기, 기초 예술의 고사 등등은 너무 많이 들어서 새롭거나 충격적이지도 않은 이야기다. 문학이 독자들의 변화에 발맞춰야 한다는 것은 꼭 그들의 비위를 맞춰야 한다는 이야기만은 아닐 것이다. 문학의 위기를 출판의 상업주의적 경향이나 문단 자체의 폐쇄성, 자폐성을 원인으로 보는 시각도 정당하지만, 어쨌든 문학은 필사적으로 독자들과 소통하기 위해 애써야 할 것이다. 나도 그 통로가 무엇일지 끊임없이 고민한다. 디지털 시대에 모든 예술 장르는 살아남을 길을 찾기 위해 악전고투하고 있다.

하지만 많은 예술 장르 중에서도 문학은 가장 먼저 패배하지만 가장 끝까지 살아남을 운명을 갖고 있다고 생각한다. 아무리 컴퓨터에 모든 어휘와 문법을 저장하고 실행시킨다고 해도, 컴퓨터가 만들어낼 수 있는 글은 네 문장 이상을 넘지 못한다고 한다. 인간이 하는 가장 수공업적이고 고루한 일이 문학이지만, 그것은 인간 말고는 아무도 할 수 없는 가장 위대한 일이기도 하다.

나는 지금도 작가가 되는 일은 쉽다고 생각한다. 왜냐하면 작가로 살아간다는 것이 너무나 어렵기 때문이다. 소설가가 되는 것보다 소설가로 살기가 백배쯤 힘들다. 경제적인 빈곤과 결핍을 감당해야 하고, 기꺼이 소외감을 견뎌야 하고, 필연적인 패배를 감당해야 하고, 끝없이 스스로를 불신하고 세계와 불화해야 하고……. 하지만 나는 이 어리석고 맹목적인 필패의 삶을 사랑한다. 나는 아직도 외롭고 높고 쓸쓸한, 나만의 별을 찾아 헤매고 있다.

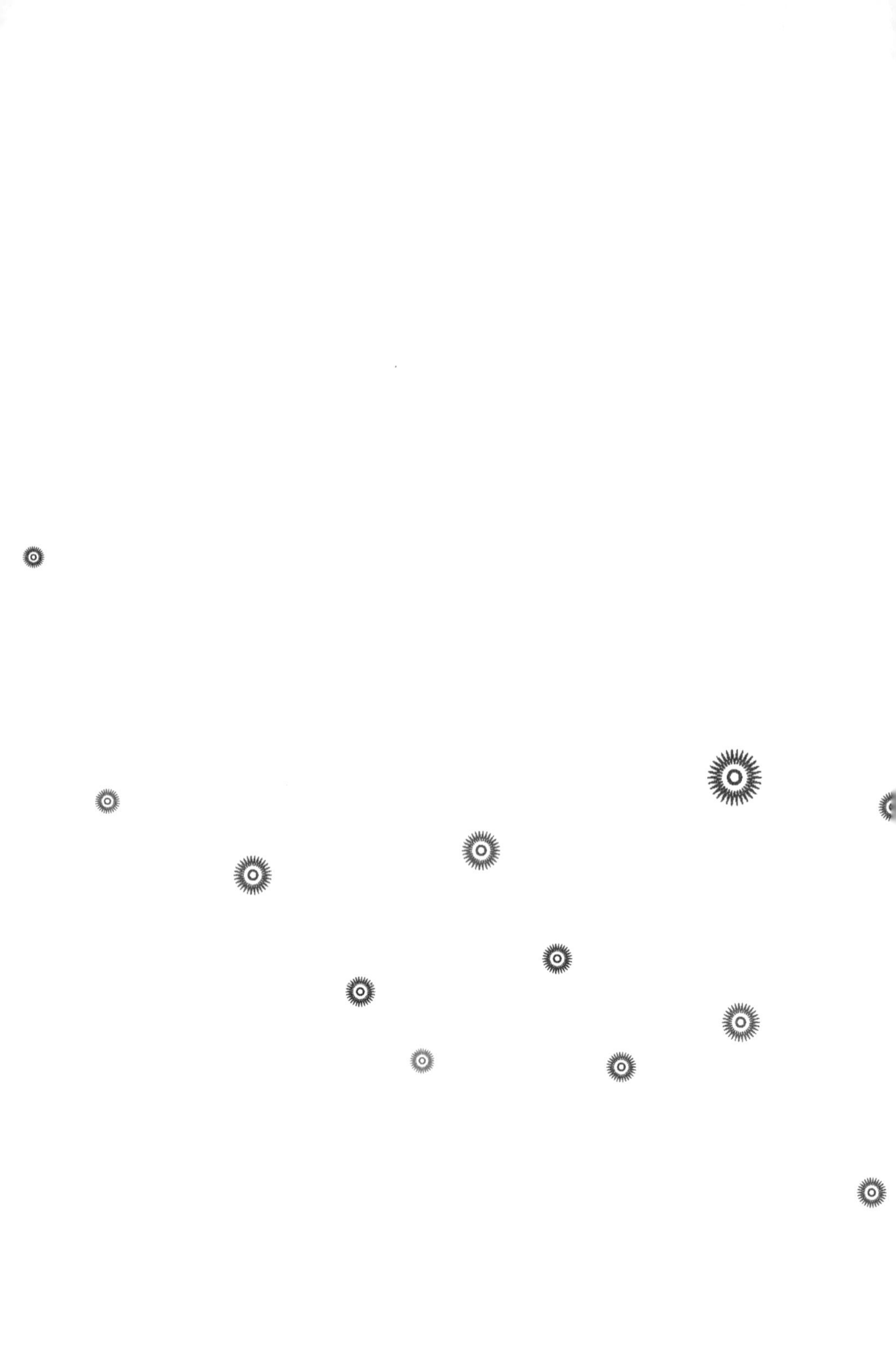

# 5장 : 봄 여름 가을 겨울 그리고

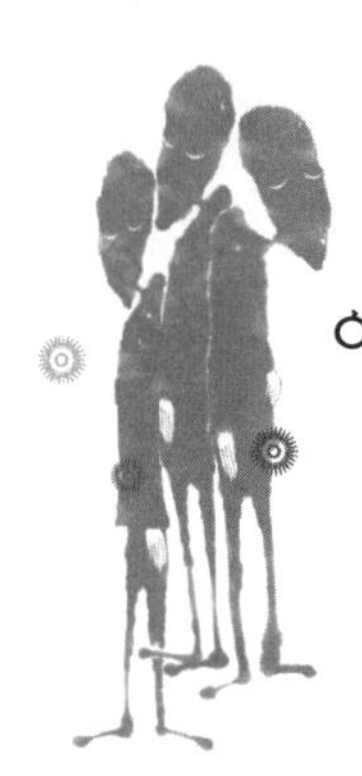

# 아름답고 잔인한 봄

유난히 길고 지루했던 겨울이 지나고, 마침내 봄이다. 봄! 그 야무지고 앙증맞은 이름을 중얼거리면 입안에 새콤달콤한 침이 괴는 것 같다. 이런 봄날엔 아무래도 집 안에만 틀어박혀 있기가 힘들다. 당장 해야 할 일이 산더미처럼 쌓여 있고 일상이 아무리 분주하다고 해도, 그럴수록 더욱 몸은 바깥으로 달려 나가고 싶어 들썽거린다. 때 아닌 폭설과 이상한 파로 뒤늦게 온 봄인지라 꽃들은 순서 없이 그야말로 앞다투어 피어난다. 목련, 산수유, 진달래, 개나리……그리고 조롱조롱 망울을 매단 벚나무와 앵두나무까지.

아무리 솜씨 좋은 화가가 정교하게 그려낸대도 저 수선거리는 연녹색 향연을 흉내낼 수는 없을 것 같다. 나는 감탄하고 거듭 감탄한다. 인간이 예술이라는 지고한 가치를 지어낸 연원도 자연을 모방하고자 하는 심리에 있다지만, 어찌한대도 '스스로 그러한' 자연을 완벽히 본떠 옮기지는 못할 것이다. 자연과의 투쟁에서 승리한 인간이 문명이라는 놀라운 바벨탑을 쌓아올린 것도 사실이지만, 과학기술이 눈부시게 발전하고 생활이 편리해질수록 한편으로 자연에 귀의하고픈 본능이 커진다. 꽃이 피고 지고, 벌 나비가 넘나들며 화분을 옮기고, 열매가 맺히고 낙엽이 지는 지극히 단순하고 도저한 이치. 아무리 의학이 발달하여 수명을 연장하고 난치병을 치유한데도 인간의 삶과 죽음 역시 종내는 그 '자연스러운' 과정에서 벗어나지 못한다.

그러던 중에 강원도 양양에서 큰 산불이 일어났다는 소식을 들었다. 산불의 특성상 최초 발화 지점에 목격자가 없는 한 정확한 원인을 알 방법이 없다고 하지만, 관계자들은 산길을 지나던 운전자가 함부로 버린 담뱃불 때문이 아닐까 추정한다고 했다. 산불 지역을 '특별재난지역'으로 선포하여 복구 작업을 벌이고 소방방재 시스템을 구축하고 대대적으로 '담배꽁초를 차창 밖으로 버리지 맙시다!'라는 캠페인을 벌인다지만, 그 모두를 단번에 예전처럼 되돌릴 수는 없다. 사람이 지어낸 것은 사람이 다시 만들 수 있겠지만, 자연이 상처를 치유하고 회복되는 데는 오직 '시간'이라는 약밖에 없을 것이다.

담배꽁초 하나, 인간의 안이하고 무례한 행동 하나가 붙이 오르던 나무들과 난만히 피어나던 꽃들과 그 안에서 살아가던 작고 여린 생명들을 죽였다. 그리고 그 와중에 양양 출신의 소설가 이경자 선생의 집필실도 불탔다. 이경자 선생이 쓰린 속내를 애써 감추며 내민 두 장의 사진 속에는, 작가의 땀과 눈물과 손때가 배인 소박한 한옥 한 채와 그것이 몽땅 녹아내린 듯 말끔하게 사라져버린 공터가 선명한 대비를 이루고 있었다. 오랫동안 모았던 소설의 자료들도 화마의 아가리에 삼켜졌다. 작은 '실수' 하나가 이처럼 많은 것들을 앗아갔다.

오만한 인간들은 가끔씩 저희가 자연을 이겼다고 착각한다. 부모는 자식을 사랑하기 마련이기에 어떤 희생과 헌신도 당연하다 생각해버리는 이기적인 철부지처럼, 밑바닥을 드러낼 때까지 마구 퍼내어 써도 무방하리라 생각한다. 그러다 이따금 '재앙'을 맞은 뒤에야 그 무서운 위력을 새삼스레 느낀다. 자연은 한없이 자애로우면서도 엄격한 부모다. 그는 한번도 인간을 보살피거나 가르치는데 소홀한 적이 없다. 그럼에도 교훈을 받아들이지 못하는 것은 오직 미욱한 인간의 잘못일 뿐이다.

다시 봄이다. 아름답고 찬란한 봄, 그러나 그것에 감사할 줄 모르는 인간에겐 얼마든지 가혹하고 잔인해지는 계절이다. 더 낮아질지어다. 높은 나뭇가지를 흔드는 바람이 내 귀에 속살거리는 것만 같다.

# 봄을 향해 공을 차다

때 아닌 폭설과 이상 한파, 땅이 요동하는 천재지변 속에서도 봄은 온다. 기어이 오고야 만다. 산책길에서 만나는 나무들은 아직 헐벗은 모습이지만 봄은 이미 우리 곁에 있다. 스멀스멀 지피는 생명의 기운, 그리고 내 마음에도 어느덧 깃든 정처 없는 설렘.

조선 후기의 실학자 이덕무는 대단한 공부벌레로, 어린 시절부터 문을 닫고 들어앉아 글을 읽으면 사람들이 그의 얼굴을 잊을 정도였다고 한다. 그토록 한결같았던 그도 스스로 책장을 덮고 마음 맞는 친구들과 나들이를 나설 때가 있었으니, 그 시절이 바로 봄이었다. 이덕무는 산을 오르다 등성이 어디쯤 반석에 자리를 펴고 술잔을 기울이며 시를 읊곤 하였는데, 그때 말하길 '일 년 중 가장 좋은 풍경이 펼쳐지는 때가 봄의 며칠에 불과하니 이때만큼은 헛되이 보낼 수 없다.' 하였다 한다.

선인들의 좋은 뜻을 받드는데 망설일 필요가 없다. 흥취에 겨워 나도 봄나들이에 나섰다. 내가 봄을 찾아 간 곳은 축구 경기장이다. 시리게 눈을 쏘는 초록과 살별처럼 튀어 오르는 하얀 공, 온몸으로 삶을 웅변하는 젊음이 어우러지는 곳이다. 경기장 입구에 들어서는 순간부터 가슴이 뛴다. 오늘의 경기가 월드컵 본선에 진출하는데 분수령이 될 것이라는 사실과 상관없이, 그렇지만 그런 긴박함과 초조감이 더욱 부채질을 하여 손에는 절로 땀이 고이고 숨결이 거칠어진다. 동공은 확대되고 목소리는 커진다. 피톨 속에 오래 잠복해 온 원시의 기억이 되살아난다. 사냥감을 좇고, 투박한 무기로 맹수에 맞서고, 그 노획물들을 즐거이 공평하게 나누어 먹었던 기억.

발재간이 좋은 날개 공격수가 수비를 젖혔다. 적진에 공백이 생기면서 순간 긴장과 흥분이 경기장을 뒤흔든다. 달려라, 더 빨리! 상대의 그물을 흔들어라! 축구야말로 투쟁심을 고취시키는 스포츠다. 투쟁심이란 한편으로 어리석고 자기 파괴적인 인간의 속성이지만, 나약한 인간이 거대한 자연에 맞서 스스로를 보존할 수 있었던 가장 중요한 근거이기도 하다. 그런데 기껏 좋은 기회를 잡았다 싶더니, 욕심인지 미련인지 너무 길게 공을 잡고 끄는 통에 상대 수비수의 태클에 걸렸다. 사방에서 한숨과 야유가 동시에 튀어나온다. 공을 뺏긴 선수의 고개가 순간 무겁게 수그러든다.

하지만 언제부터인가 나는 더 이상 우리 팀의 선수를 비난하거나 욕하지 않기로 했다. 아마도 경기장에 뛰는 선수들 중에 나와 나이가 많거나 같은 선수가 한 명도 남지 않았다는 사실을 깨닫는 순간부터였을 것이다. 어쩌면 단순하기 그지없는 산술적 생각이지만, 나보다 나이 어린 선수들의 도전과 실패를 바라보며 나는 내가 앞서 경험한 삶의 경기를 떠올린다.

나는 그들보다 훨씬 더 많은 실수를 저질렀다. 어이없는 실축으로 소중한 득점을 얻을 기회를 놓치기도 했고, 잠깐의 안이한 방심으로 공을 빼앗기기도 했다. 내게 주어진 자리에서 맡은 역할을 제대로 소화하지 못하여 갈팡질팡하기도 했으며, 내 능력을 벗어난 욕심으로 지나치게 힘주어 공중에 헛발질을 하기도 했다. 경기 중 선수의 발끝에 공이 머무르는 시간은 고작 삼사 분, 나머지 팔십칠 분에서 팔십육 분 동안 공 없이 뛰고 공 없이 홀로 움직이며 고독을 견디는 일이 힘겨워 조바심치기도 했다. 불완전한 육체 중에서도 가장 불완전한 발을 사용하여 머무르지 않는 공을 따라 쫓는 일과 같이, 젊은 날은 그토록 어리석게 갔다.

모두가 이기고자 한다. 그러나 모두가 이길 수는 없다. 모두가 한결같이 최선을 다하겠다고 말하지만, 모두가 최선을 다한다 해도 어쩔 수 없는 일 또한 존재한다. 인간이기에 실수한다. 인간이기에 패배한다. 하지만 그러하기에 더욱, 나는 경기장의 선수들을 힘주어 응원한다. 비난보다는 격려를, 책망보다는 관심을, 야유보다는 환호를 한껏 퍼붓는 일만이 내가 이미 지나온 시간 속을 달리고 있는 그들에게 베풀 수 있는 최선이다.

모진 겨울을 물리치는 봄과 같이 그들은 젊고, 축구도 삶도 이번 경기만으로 끝일 수 없기 때문이다. 물론, 만약에 우리 팀이 승리하지 않았더라면 경기장을 빠져나오는 내 마음이 마냥 너그럽고 편편하기는 어려울 테지만 말이다. 바야흐로 이렇게, 봄날이 간다.

# 내 인생의 봄날

**그 여자의 봄**

여자들이 아이를 낳지 않는다고 세상이 아우성친다. 보건복지부장관은 임산부만 보면 반가워 인사를 건네고 싶다 하고, 저출산과 사회고령화가 가져다 줄 미래의 위기가 가히 '재앙'의 수준이리라 예상하는 우려의 목소리도 높다. 언젠가 '둘만 낳아 잘 기르자' '하나만 낳아 알뜰살뜰'이라는 표어를 들은 기억이 선연한데, 머지않아 '아이 낳아 애국하자'는 구호가 터져 나옴직하다.

하지만 여자들이 지금까지 출산과 육아에 얼마나 많은 시간과 노력을 기울여왔는지에 대하여 정당하게 평가할 생각이 없는 사회라면, 젊은 여성들이 출산을 기피하는 것을 탓할 자격이 없다. 첫아이를 낳고 두 번째 아이를 계획할 때 여자들이 자신의 인생에 대해 얼마나 심각하게 고민하는지를 알지 못한다면, 출산장려금 몇십만 원과 세제 혜택에 비루한 희망을 걸 수밖에 없다. 그들은 여전히 여자를 알지 못한다. 여자의 인생을 이해하려 하지 않는다.

내가 사는 아파트 같은 동에 아이 셋을 둔 여성이 있다. 반상회에서 몇 번 마주친 바로, 그녀는 매우 알뜰살뜰한 살림꾼이고 육아에 온 힘을 기울이는 좋은 엄마다. 하지만 나는 그녀의 손목과 등허리에 매달린 올망졸망한 세 아이를 바라보며 남몰래 한숨을 쉰 적이 있다. 나 역시 그녀와 마찬가지로 아이를 기르는 엄마의 입장이기에, 그녀가 얼마나 숨차고 힘겨운 나날을 보내고 있을지 충분히 예상할 수 있기 때문이다. 늘 화장기 없는 얼굴에 유행이 지난 옷을 입고 있는 그녀는 온전히 자기를 위해 투자할 시간도 여유도 없어 보였다. 아이들은 하루 볕이 무서운 새움처럼 무럭무럭 자라나고 있지만, 그녀가 그만큼 지치고 늙어 간다는 것도 부인할 수 없는 사실이었다.

교육비 부담도 엄청날 텐데 요즘 같은 세상에 어쩌자고 아이를 셋씩이나 낳았을까, 지나친 오지랖 탓이기도 하겠지만 나는 안타까운 마음에 슬며시 그녀를 걱정하기도 했다. 그녀는 정말 엄마로 사는 일생에 행복할까. 우리가 우리를 낳아 기른 엄마의 일생이 마땅히 그러하리라 제멋대로 믿어 버린 것처럼.

그러던 어느 날, 산책에서 돌아오던 길에 우연히 그녀와 마주쳤다. 아마도 둘째를 어린이집에 보내기 위해 나선 길인 모양이었다. 내가 먼저 그녀를 알아보았고, 그녀는 내가 자신을 바라본다는 사실을 눈치채지 못했다. 그녀는 한창 봄맞이 중이었다. 아파트 화단 한편에서 화사하게 꽃을 틔운 살구나무 아래, 지그시 눈을 감고 부드러운 봄바람을 음미하고 있었다. 파마가 풀려 부스스한 그녀의 머리 위에서 햇살은 반짝반짝 빛나고, 연분홍 살구꽃은 봄바람에 실려 그녀의 낡은 스웨터 위로 떨어졌다. 언제쯤 아는 체 인사를 해야 하나 조마조마하고 있는 찰나, 그녀의 입술 사이로 귀에 익은 봄노래 한 자락이 흥얼흥얼 새어 나왔다. 기미가 오른 그녀의 얼굴에 행복한 미소가 번졌다. 꼭 열여섯, 열일곱 소녀처럼.

세 아이의 고단한 엄마인 그녀는 예뻤다. 나는 그녀만의 봄을 방해하지 않으려 발소리를 죽여 길을 에돌았다. 봄이었다. 나도 그녀처럼 가만히 눈을 감고 입속으로 봄, 그 새큼하고 달콤한 말을 되뇌어 보았다.


**나의 봄**

'철이 든다'는 말은 곧 '절기를 안다'는 뜻이라고 한다. 계절이 어떻게 오고 가는지를 알아 그 시기에 알맞게 씨를 뿌리고 김을 매고 수확을 하다 보면 사리를 가릴 줄 아는 힘도 생겨난다는 말이리라.

인생을 사계절에 비유할 때 사십 대에 들어선 나의 봄은 이미 지나가 버린 것일 테다. 팔다리가 애채처럼 불끈거리며 자라나고, 물오른 가지처럼 싱싱한 몸에 부끄러운 욕망들이 조심스레 깃들던 시기는 아주 오래전 일 마냥 아득하다. 계절이 지났음을 깨달으니 나도 얼마쯤은 철이 들었나 보다. 하지만 지금이 마냥 좋거나 마냥 나쁘지 않은 것처럼, 지나간 봄 역시 마냥 좋았다고 느껴지지는 않는다.

봄은 설렘만큼이나 불안이 깃드는 시기다. 봄의 절정인 4월을 잔인한 달이라고 부른 시인 엘리엇은 옳다. 나 역시 다른 많은 철든 사람들처럼, 불안한 봄날로 돌아가고 싶지 않다.

정서적으로 불안정하고 예민했던 내게는 자의식이 생겨나기 시작한 인생의 봄날이 몹시 괴롭고 힘겨웠다. 특별한 사연 없이도, 오히려 남들보다 혜택을 받은 순탄한 환경 속에서도 그랬다. 좌절과 상처의 원인이 없이도 끝없이 좌절하고 상처 입었으며, 그것을 이겨내지 못해 또 다른 누군가에게 상처를 주기도 했다. 끝없이 누군가를 사랑한다고 믿었으나, 나 자신조차 제대로 사랑할 힘이 없었다. 인생의 가장 찬란한 시기에 도리어 죽음에 대한 강한 열망을 느꼈고, 우중충한 색깔의 옷으로 몸을 잔뜩 가린 채 관념의 우물에 갇혀 자연스런 본능과 욕망을 혐오하기도 했다.

하지만 휘청거리며 비틀거리던 나의 봄날에 유일하게 나를 지탱해주던 목발이 있어, 나는 문학이라는 이름의 그 목발에 아직도 의지하여 산다. 가끔은 탕진하듯 소모한 청춘이 아깝기도 하고, 그때 왜 더 밝고 즐겁게 살지 못했을까 후회하기도 하고, 배가 부르다 못해 배 바깥으로 꾸역꾸역 밀려 나오던 값없는 방황이 부끄럽기도 하지만, 그래도 그 모두가 자양분이 되어 여태껏 나를 문학의 높고 외로운 길로 이끌어 온 듯싶다.

그래서 나는 지금도 동병상련처럼 청춘을 앓는 젊은 벗들이 안타깝고 애틋하다. 어차피 인생에는 일정량의 방황이 준비되어 있기 마련이니, 더 누추하고 비루하지 않은 지금 마음껏 헤매며 갈팡질팡 하려무나. 마침내 이울어간 봄 끝에 다다라, 비로소 새로운 계절이 시작되리라는 예감을 느낄 때까지.

**우리의 봄**

놀이터 벤치에 기대어 앉아 봄볕에 해바라기를 하던 할머니가 혼잣말인 듯 중얼거린다.

"올해는 봄꽃이 유난히도 곱네. 봄꽃이 유독 고와 보이면 저승길이 멀지 않았다는데……."

"꽃이 곱게 피려고 지난겨울 추위가 그렇게 매웠나 보죠. 정정해 보이시는데 무슨 말씀이셔요?"

"젊은이는 몰라. 앞으로 남은 봄이 몇 번일까 헤아리다 보면 봄꽃 빛깔이 예사롭지 않은 걸."

할머니의 말에 저만저만하게 보던 꽃을 유심히 들여다본다. 지난봄에 피었던 꽃 빛과 올봄 꽃 빛이 얼마나 어떻게 다른지, 아직 나는 잘 모르겠다. 그래도 혹시 내가 찾아내지 못한 다른 빛깔이 있으려나, 눈을 비비며 기를 쓰고 꽃을 들여다본다. 내가 지금껏 맞이했던 봄들과 앞으로 맞을 봄들은 또 어찌 다를 것인가.

어제와 오늘과 내일이 대단히 색다르고 별나지 않을 것임을 뻔히 알면서도, 또다시 미미하게 가슴이 뛴다. 지나온 숱한 세월의 무게로 굽은 할머니와 아직 세상을 향해 꼿꼿이 세운 내 등 위로 햇솜처럼 가볍고 따뜻한 봄볕이 내린다. 이렇게 깨지 않은 꿈만 같은 봄맞이가 눈물겹다. 나는 진짜 철들려면 아직도 멀었나 보다.

# 사람에게서 배우고
## 자연으로부터 깨닫는다

　백두대간 태백산–소백산 구간에서 수령이 오백오십 년으로 추정되는 철쭉이 발견되었다는 뉴스를 읽다가 절로 사진 속의 붉은 꽃에 홀려 오백여 년 전으로 끌려들었다.

　지금은 오 미터가 훌쩍 넘는 키 큰 나무가 되었지만 그때는 주위의 수목에 가린 낮고 가녀린 어린나무였을 철쭉이 홀로 가만히 꽃을 피우고 봄을 따라 스러지는 모습을 상상한다. 명멸하는 영웅들과 이름을 잃은 민중들, 숱한 사화와 당쟁과 전란을 무심히 지켜보았을 꽃. 부박한 인간 세상을 고스란히 목격한 꽃의 기억을 상상한다. 어린 시절을 산간벽지에서 보냈지만 폭염 속의 한낮 같던 젊은 날에는 꽃과 나무와 날짐승 길짐승들에게 좀처럼 눈이 가고 마음이 끌리지 않았다. 그저 계절이 가니 잎이 돋고 꽃이 피려니, 초록이니 초록이고 붉으니 붉은가 하였다.

그런데 어느 순간부터인가 조금씩 그것들이 마음에 들어오기 시작했다. 사람과 사람 사이의 요란스런 소통과 불편한 이해관계에 점차 염증을 느끼기 시작한 무렵이었나 보다. 발이 있어 내게 걸어올 수 없는 것들이니 아마도 내가 다가가기 시작했으리라. 그들은 언제나 그곳에서 변덕을 부리거나 조바심치지 않고 기다리고 있었으니.

아직 젊고 늙음을 따질 나이는 아니지만, 어느덧 사람 안에 갇혀 사람 밖에 보지 못하는 청맹과니에서 벗어나 작고 약한 목숨들을 살펴보게 되었다는 것은 시간이 내게 준 고마운 선물이다. 같은 말을 쓰고 나누는 사람들에게 이해를 구하려 아무리 큰 목소리로 외쳐도 오해의 메아리만이 돌아오는 일이 숱하다. 그래서 때로는 대화보다 침묵이 더 달고 즐겁기까지 하다. 하지만 누구와도 이야기를 나누지 않고 고립되어 살아가는 일은 고통스럽다. 그리하여 새롭게 찾은 말벗들이 바로 꽃이요 나무요 온갖 숨탄것들이다.

캐나다에는 도심 곳곳에 공원이 있고, 그 공원은 대개 인공적으로 조성된 것이 아니라 천연의 숲이다. 숲길을 산책하며 이국의 꽃과 나무, 짐승들에게 말을 걸었다. 처음에는 내가 나고 자란 땅의 생명이 아니라서인지 그것들도 외국어를 쓰는 양 낯설었다. 큰 화원에나 가야 찾아볼 수 있었던 수선화가 봄에 천지를 뒤덮는 것도, 어디에나 아름드리나무가 울울창창하고 다람쥐들이 동네 골목을 마구 뛰어다니는 것도 놀라웠다. 대부분의 꽃과 나무가 그곳 사람들을 닮아 덩치가 크고, 철쭉조차 가지각색 기기묘묘한 빛깔로 핀다. 하지만 사람의 언어가 그런 것처럼 자연의 언어도 절실한 마음으로부터 대화가 시작된다. 여전히 이방의 언어는 나의 혀와 정신을 고문하지만 최대한 마음을 열고 들어주는 사람과 무언가 전달할 간절한 이야기가 있다면 소통이 아주 어렵지만은 않다. 몸짓도 좋고 미소도 좋고 때로는 침묵만으로도 족하다. 그런 의미에서 자연은 가장 너그러운 청취자이며 다정한 말벗이다.

산책길에 산딸기를 따먹으며 걸었다. 달콤새콤한 유년의 기억을 곱씹는 내 곁에서 까마귀와 다람쥐가 같이 열매를 쫀다. 살아 있는 것들은 얼마나 다르고 또 같은지! 너희들도 그걸 아니? 그들은 내가 깨닫기 훨씬 이전부터 이미 알고 있었다고 고개를 주억거린다.

한국에서 떠나오기 전, 언젠가 동네 야산을 오르다가 늙숙한 아주머니 한 분이 적송 한 그루를 쓰다듬으며 중얼거리던 소리를 들었다.

"너 참 실하게 잘 자랐구나! 어쩌면 이렇게 예쁘니?"

우연히 그 대화를 엿들은 나는 울컥하니 무언가를 느껴 그날 소설에 이렇게 적어 넣었다.

오직 사람에게서 배우고 자연으로부터 깨닫는다…….

사람들과의 자유롭고 혼연한 대화는 여전히 어려울지라도, 나는 이미 푸르고 영원한 것들과 소통하고 있다. 만국공용일뿐더러 시간까지 초월하는 자연의 언어는 무궁하고 무진하다. 과연 어디서 이만큼 진중하고 성숙한 벗을 다시 찾을 수 있으려는지.

# 서늘한 여름, 그러나 치열한 여름

날이 갈수록 초록이 좋아진다. 시간이 흐를수록 자연이 애틋해진다. 아직 세월의 소회를 말하기에는 부끄럽고 겸연쩍은 나이이지만, 영원불멸하는 자연의 섭리 앞에 점차 숙연해지는 것은 시간만이 가르쳐 주는 위대한 교훈이 아닐까 싶다.

여름이다. 태양의 신 염제炎帝가 위용을 떨치는 계절, 뜨겁고 혹독하며 가열한 계절이다. 옛사람들이 여름에게 붙인 별칭이 재미있다. 하루하루가 깐깐하고 지루하게 이어져 깐깐 오월, 미끄러지듯 한 달이 가서 미끈 유월, 어정어정하는 사이에 한 달이 지나 어정 칠월. 그러니까 여름은 조심조심, 사뿐사뿐 흘려보내 마땅한 때라는 것이다. 방학이며 휴가가 집중되어 있어 모두들 도시를 탈출하여 산으로 바다로 내달리기에 바쁘지만, 한편으로 여름은 지나치게 에너지를 소진하기보다는 스스로를 아끼고 돌보며 곧 다가올 결실의 가을을 준비해야 할 시기일 것이다.

그래서일까, 볕 좋고 날 좋은 봄이나 명실상부 '독서의 계절'로 불리는 가을보다는 오히려 여름에 책이 더 많이 팔리고 서점을 찾는 사람들의 발길도 잦아진다고 한다. 들썩들썩한 생명의 아우성으로 가만히 앉아 있기가 도리어 민망한 봄은 출판계의 최대 비수기로 꼽힌다. 겨우내 차갑고 외로운 골방에서 홀로 고독과 맞대면하며 창작에 매진했던 작가들의 작품이 봄볕처럼 지펴 오르지 못한 채 시간에 파묻히고 마는 풍경은 참으로 안타깝고 속상하다.

이제 문학의 위기, 기초 예술의 고사 등등은 너무 많이 들어서 새롭지도 충격적이지도 않은 이야기다. 세상은 너무 빠르게 변하고 사람들은 너무 바빠 한가하게 책을 펼칠 시간이 없다고 아우성이다. 아니, 그토록 새록새록 자극적인 영상 매체와 게임이며 인터넷이며 오락물이 범람하는 세상에 지루한 독서에 몰두할 이유가 없다고 항변하기조차 한다. 기껏해야 성공을 위한 실용 서적들, 말초적인 감각을 만족시키는 가벼운 번역물들이 소비될 뿐이다.

하지만 나는 고루하고 진부하게도 여전히 이러한 세태의 흐름에 동의하지 못한다. 도리어 하루가 다르게 변하는 세상에 지칠 때면 컴퓨터를 끄고 책을 편다. 이 여름 내게는 도서관만큼 훌륭한 피서지가 없다. 그곳에는 나를 그 어떤 유행보다 뜨겁게 끓이는 재미가 있다. 두툼한 부피에 글자가 빽빽이 박힌 대하소설 속의 굽이굽이 흘러넘치는 이야기들은 실로 대하 위의 가랑잎 하나에 지나지 않는 부박한 인생을 인정하고 이해하게끔 한다. 나를 긍정하게 하고, 우리를 연민으로 바라보게 한다. 도서관에서 읽는 시의 맛은 홍어회처럼 알알하고도 유별나다.

바다도 좋다. 산도 좋다. 그 넉넉한 푸름에 물들어 고단한 육신과 황폐한 영혼을 위로 받을 수 있다면 어디든 누구와 함께든 다 좋다. 하지만 주차장이 되어버린 고속도로, 쓰레기가 넘치는 계곡과 해수욕장, 취객들의 고성방가와 유흥으로 얼룩진 피서가 여름을 누리는 전부일 수는 없다. 하늘이 끓고 땅이 더워지는 섭리가 오로지 인간을 괴롭히기 위한 것만은 아닐 테다. 햇볕이 뜨거운 만큼 가을의 과실은 달고, 더위를 잘 견딘 숨탄것들은 다가올 추위를 이겨낼 힘을 얻는다. 양서와 함께 몸과 마음을 보듬는 서늘하고도 치열한 여름을 기대한다.

# 아직도 내겐 여름의 자국이 선연하다

환절기를 앓는 일은 언제나 버겁다. 훌쩍 서로를 외면하는 낮과 밤의 기온차, 지난 계절을 버티고 견디기에 소진한 체력, 거기다 생리 주기까지 겹친다면. 입술에 물집이 잡히는 걸 신호로 으슬으슬 감기 몸살이 시작되었다. 감기의 치유는 어차피 병원에 가도 일주일, 병원에 가지 않아도 일주일이 걸린다지만 이번엔 미련을 부리지 않고 병원을 찾아 주사도 맞고 약도 지었다. 독한 약을 우겨 넣고 이불을 들쓰고 누웠다. 아른거리는 천정 벽지의 사방연속무늬를 헤아린다. 몸이 방바닥으로 서서히 가라앉는 느낌이다. 그와 함께 들떠 있던 정신도 천천히 가라앉는다. 비로소 헤아려 본다. 지난 계절에는 무슨 일이 있었던가? 나는 어떻게 그 한 계절을 또다시 살아 낸 걸까?

유난히 뜨거운 여름이었다. 2002년 6월, '우리'의 기억은 아직도 가슴을 흔든다. 그 붉은 물결의 축제, 스스로를 던져 버려 스스로 다시 찾는 몰아의 기쁨에 우리는 얼마나 즐거웠던가. 포물선을 그리며 날아간 공이 그물을 흔들 때, 머릿속이 온통 새하얘지는 희열 속에 덥석 안아 버렸던 타인의 체온은 얼마나 따뜻했던가.

그리고 찾아온 여름 끄트머리의 태풍, 우리는 자연의 괴력 앞에 턱없이 나약하게 내던져졌다. 내 고향 강릉은 폭설에 의한 피해에는 어느 정도 익숙하지만 폭우의 경험은 전무하다시피 한 고장이다. 어린 시절 눈이 너무 많이 와서 한길까지 나가려면 굴을 파고 다녔던 추억은 그나마 따뜻했다. 가족을 잃고, 집을 잃고, 소중한 세간을 모두 잃은 고향 사람들의 망연자실한 얼굴을 텔레비전 화면을 통해 보며, 나는 절로 흐르는 눈물을 어쩔 수 없었다.

한동안 불통이었다가 겨우 연결된 전화 너머로 지붕까지 물이 찼다는 친구의 힘없는 목소리를 들었다. 자연은 가혹하다. 언제나 오만한 인간을 한순간에 가르칠 준비를 하고 있다. 그러나 인간은 쉽게 무릎 꿇지 않는다. 어떤 시련 속에서도 살아가고, 살아 내야 한다. 두드릴수록 더 강해지는 쇠처럼, 나는 아픔 속에 더 아름다워질 내 고향을 위해 기도했다.

문득 그런 생각을 했다. 대피 명령이 내려지고, 큰물이 금방이라도 모두를 삼킬 것 같을 때, 나는 무엇을 챙겨 탈출을 시도할까. 가장 소중한 것이야 물론 사람의 생명이겠지만, 손때 묻은 세간이며 당장의 일상에 필요한 온갖 기물보다도, 어쩌면 나는 컴퓨터 하드디스크와 아들의 사진첩을 먼저 챙겨 넣었을 것 같다. 돌이켜 보니 그것이 내 전부다. 내 삶의 기록, 그리고 추억.

　약 기운이 온몸에 퍼지면서 조금씩 졸음이 밀려온다. 나는 과연 새로운 계절을 맞을 준비가 된 것일까. 아직도 내겐 지난여름의 자국이 이렇게 선명한데.

◉

# 가을꽃이 피면 뵈옵지요

1

　지질학자들이 머지않은 미래에 한반도가 아열대성 기후로 변화하리라는 예측을 제기한 지 몇 해가 지났다. 최근에는 생태학자와 해양학자, 천문학자들도 그 가설에 힘을 싣는 연구 결과를 속속 발표하고 있다. 과학자들도 과학자들이지만 세간에 사는 평범한 우리네 역시 초여름 무더위, 게릴라성 폭우, 푸근한 겨울 따위로 점차 불안한 변화를 실감하고 있다.

　긴 여름이 느리게 간다. 더위는 사람을 쉬이 지치게 한다. 이미 일정하게 유지되는 온도만으로도 버거운 차에 타인의 체온으로 뜨거운 기운을 더할 엄두가 나지 않는다. 부딪치지 않게 조심한다. 부대끼지 않으려 기를 쓴다. 빵빵한 냉방으로 무장된 실내에서조차 여름의 피로는 지속된다. 여름은 누군가를 그리워하기 어려운 계절이다. 그리하여 쨍쨍 내리

쬐는 뙤약볕 아래, 내 발밑에서만 기신거리는 그림자처럼 더욱 외로운 계절이다.

—좀 선선해지면 한번 모이지!

번잡한 용무를 마친 끝에 수화기 저편에서 누군가가 말한다. 의례적인 말치레인양도 싶지만, 보이지 않는 저편 암흑에서 살짝 부끄러워하는 낯빛을 숨기고 있는 것 같기도 하다.

—여름엔 휴가니 뭐니 다들 날짜 맞추기가 쉽지 않으니 말이야. 찬바람 불면 다시 연락할게.

나도 언젠가 누군가에게, 지나가는 인사처럼 그렇게 말을 건넸던가 보다. 그리고 쉽게 잊어버리고, 또다시 계절이 바뀐 지도 모르는 채 허겁지겁 살았나 보다. 그러니 그 말이 이토록 익숙하면서도 낯선 게다.


2

누군가 사람 인사자의 형상으로만 미루어보아도 사람은 본래 혼자 살 수 없는 동물이라고 풀이하였다. 비스듬한 한 획이 다른 한 획에 기대어, 어느 한쪽에서 발을 뒤로 빼거나 몸을 비틀면 다른 한쪽이 나동그라질 수밖에 없는 구조라는 것이다.

참 약한 것이 사람이다. 자꾸만 나이를 먹고 조금씩 세상에 대해 알아갈수록 그 덧없는 연민이 더한다. 모두가 참 약하다. 강해지려고 발버둥을 치고 필사적으로 약함을 숨기려는 시도 역시 그 본질적인 무력함의 증거다. 모두가 알고 있지만 끝내 깨닫지 못하고 가는 삶의 끝, 죽음이 만인에게 주어지는 공평한 선물이기 때문인지도 모른다.

그럼에도 때로는, 아니 아주 자주 그것을 잊는다. 정신없이 빠르게 변하는 세상 속에서 쉴 틈 없이 바쁘게 내달리다 보면 잠시 멈추어 서서 내가 있는 자리, 내 곁의 사람들을 돌아볼 짬조차 없다. 정지란 곧 퇴보라기에, 세상은 무한 경쟁을 요구한다기에 머뭇거리는 발걸음조차 불안하다. 서점에는 처세술을 일러 주는 책들이 끊임없이 쏟아져 나오고, 그들은 한결같이 자기 계발을 외친다. 변화를 두려워하지 말고, 스스로 가치를 드높이라고 한다. 또 하나 천편일률적으로, 인맥 관리의 중요성을 말한다.

인맥人脈—정계, 재계, 학계 따위에서 형성된 사람들의 유대 관계.

그렇지만 하루에도 수십 장씩 받아드는 명함 속의 그들은 나의 또 다른 경쟁자이거나 나와 같은 목적으로 나를 만나는 조력자일 뿐, 친구는 아니다. 어디에서도 사람을 어떻게 미워하거나 사랑해야 한다는 지침은 찾아볼 수 없다. 그래서 수없이 많은 사람들 속에 둘러싸인 채로, 때로는 사람에 멀미를 한다. 꾸민 낯빛과 건조한 악수 속에서 진력을 낸다.

긴 여름이 좀처럼 끝날 기미를 보이지 않는다. 인맥 따위에는 아무런 보탬이 되지 않는, 서로 보태거나 빼려는 생각조차 할 줄 모르는, 나를 닮은 나의 못난 친구들은 지금쯤 어디에서 홀로 외로워 할 것인가.


3

요즘 한창 '경영의 귀재'로 다시 '뜨고' 있는 다산 정약용이 고독한 아웃사이더 사상가가 아니라 예기방장銳氣方張한 청년 문사였을 때, 그는 마음 맞는 벗들과 '죽란시사竹欄詩社'라는 낭만적인 모임을 조직하였다. 그들은 각자의 자리에서 용무를 보고 공부를 하다가 일 년에 예닐곱 번 모여 시를 읊고 삶을 논했는데, 그 모임의 날을 정한 방식이 자못 절묘하였다.

> 살구꽃이 처음 피면 한번 모인다.
>
> 복숭아꽃이 처음 피면 한번 모인다.
>
> 한여름에 참외가 익으면 한번 모인다.
>
> 가을이 되어 서늘해지면 서지에 연꽃을 구경하러 한번 모인다.
>
> 국화꽃이 피면 한번 모인다.
>
> 겨울에 큰 눈이 내리면 한번 모인다.
>
> 세모에 화분의 매화가 피면 한번 모인다.

귀족적 풍류의 절정인 '죽란시사'가 훗날 유배지를 떠돌며 단단한 합리주의자로 변모한 다산에게 어떻게 기억되었을는지는 알 수 없으나, 세월은 수상타해도 어김없이 꽃은 피고 과일은 익고 눈은 내렸을 테니, 문득 젊은 날의 철없이 순정한 한때가 추억되는 것도 어쩔 수 없었으리라. 그때 그는 잠시 붓을 놓고 피고 지는 꽃에 먼눈을 던졌을 테다. 그 역시 누군가가 문득 그리운, 약한 사람임을 어쩔 수 없었을 게다.

4

─다음에 시간 내서 한번 찾아뵐 게요.

자식들이, 제자들이, 후배들이, 그야말로 돌아서면 기억도 하지 못할 인사치레로 건넨 말에, 노인들은 언제인지 가늠조차 하지 못할 '다음'을 하염없이 기다린다는 말을 듣고 뜨끔했던 적이 있다.

─좀 선선해지면 한번 모이지!

나 역시 무심히 건네 들은 한마디를 오랫동안 곱씹는다. 정말 서로 보고 싶어서 그런 인사를 건네는 것일까? 만나지 못하고 각자 지낸 시간만큼 공통의 화제는 줄어들고 서먹하기만 한데, 그래도 우리가 끝내 만나야만 할 이유가 있는 것인가? 우리를 장악한 끈끈하고 질긴 무더위는 언제쯤 끝날까.

그러나 쓸쓸한 의심 끝에 그래도 나는 여름의 끝과 가을의 시작을 기다리고 있음을 깨닫는다. 선선해지면, 찬바람이 불면, 가을꽃이 하나둘 조촐하게 피어나면, 나는 누군가를 맹렬히 그리워할 것이 분명하다. 아무 것도 서로 주고받을 것이 없어도, 아니 아무 것도 서로 주고받을 것이 없기 때문에.

─가을꽃이 피면 뵈옵지요.

특정한 누구에게 전하는 말이랄 것도 없이, 혼잣말하듯 가만히 뇌까려 본다. 입안에 알싸한 가을꽃 향기가 맴돌린다. 서늘한 바람 한 줄기와 함께, 누군가가 왈칵 그리워진다.

# 가을, 회복과 축적의 시간

나는 가을에 태어났다. '가을 닭띠는 잘산다'는 속담에, 주술에게서 그러하듯 무언의 격려를 받으며 살았다. 수확과 결실의 계절인 만큼 적어도 닭이 쪼아 먹을 모이만큼은 충분했을 것이다. 그래서인지 가을이면 절로 마음이 넉넉해진다. 발걸음은 조금 느려지고 타인에 대해서도 얼마간 너그러워진다. 좋은 계절이다.

그런 가을이 점점 짧아지고 있다고 한다. 인간에 의해 파괴당한 자연의 복수로 지구는 점점 더워지고 해수면은 높아지고, 갖가지 자연재해가 사람살이를 위협한다. 이럴수록 짧은 가을을 좀 더 잘살아 내야 할 이유를 찾는다. 가을이 따로 없어 여름에서 곧바로 겨울이라면, 우리의 삶은 더 각박하고 허둥거릴 수밖에 없을 것이다.

가을은 읽기 벅찬 긴 문장에 찍히는 쉼표와 같다. 더위가 가시자마자 추위가 찾아오기 전에 해야 할 일이 많다. 한 해의 갈무리는 정작 가을을 어떻게 사느냐에 따라 달라진다. 더 많은 책을 읽고, 더 많은 사람들을 만나고, 오해를 풀고, 이해를 넓히고, 더 씩씩하고 건강해져야 한다. 가끔씩 펼쳐지는 청명한 하늘도 더 자주 쳐다보아야 한다. 너무 빨리 스쳐가는 시간에 더 쓸쓸해야 하고, 떨어지는 낙엽과 자연의 조화에 더 가슴 아파야 한다. 더 많이 추억하고, 더 많이 배반하고, 더 많이 부정하며 뒤척여야 한다. 그러다 보면 어느 순간 내가 선 이 자리가 느껴지리라. 나 스스로 쳐 놓은 삶의 그물망 속에 오도 가도 못하고 붙박인 나 자신이, 그러나 벗어날 수 없는 이유가.

계절이 바뀔 때마다 한바탕 앓는 것도 나쁘지만은 않다. 몸이 기운을 잃는 만큼 마음도 가라앉아 차분해진다. 바람이 좀 더 서늘해지고 하늘이 높아진다면 머리도 곧 맑아질 테다. 그러면 분주한 지난 계절에 계획만 세우고 손댈 엄두를 내지 못했던 일들에 하나하나 착수할 것이다. 몸이 아플 때면 몸만 아프지 않다면 무슨 일이든 해낼 것만 같다. 절로 욕망이 솟고 의기 충천하는 회복기, 그래서 또다시 살아 낼 힘을 얻는 게다.

친구들에게 편지를 써야겠다. 이미 우리를 떠나 추억이 되어버린 그 시간에 아쉬워하지 말자고, 우리가 어디에서 어떤 모습으로 살든 추억으로 서로에게 위로가 되리라고. 그리고 촌스럽게 한마디 덧붙여 써야겠다.

또다시 가을이니, 열심히, 열심히 살자고.

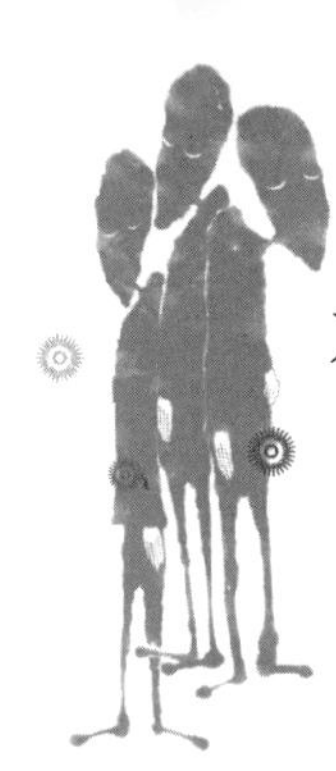

# 가을의 뒷모습을 축복하다

전 지구적 재앙을 예고하는 지구온난화의 징후가 곳곳에서 나타나, 남극 빙하의 87퍼센트와 북극 빙하의 30퍼센트가 녹고 히말라야의 빙하 역시 해마다 십 미터씩 녹아들고 있다는 뉴스가 심상찮다. 녹은 물은 바다로 넘쳐흘러 남태평양의 작은 섬나라 투발루는 '국토 포기'를 선언하고 뉴질랜드로 이주까지 하고 있다니, 아직 다람쥐꼬리만큼이나마 남은 가을을 축복하는 일이 서글프고도 감사하다. 과학자들의 경고대로 머지않은 미래에 한반도에도 사계절이 사라지고 일 년 내내 뜨거운 아열대기후가 펼쳐지려나. 긴 우기의 여름과 뜨뜻미지근한 겨울 사이에 턱없이 왜소해진 가을이 있다. 사람이나 계절이나, 지상의 모든 것은 슬픈 뒷모습을 지녔다. 그 가을의 처량한 어깨를 오래 지켜본다. 그래도 헤어지는 순간까지는 감히 이별을 입에 올리지 않으려다.

본래 '가을'이라는 이름은 '가슬'이라는 고어에서 왔다. 가슬은 '갓'을 할, 그러니까 무언가를 끊는다는 의미다. 여기서 끊는 대상이란 농경 민족에게 열매, 알곡, 그리고 결실이다. 남부 지방 방언에는 아직도 '추수하다'는 의미의 '가실하다'는 말의 흔적이 남아 있다. 가을은 봄에 씨를 뿌려 여름에 기른 열매를 끊어 거두는 계절이다. 부지런히 일하며 땀 흘리는 사람에게 그 어느 때보다 분주하지만 즐겁고 행복한 계절이다. 그래서 가을에는 부지깽이도 뛸 만큼 바쁘다. 하지만 가을에는 손톱 발톱이 다 먹을 정도로 식욕이 돌고, 그만큼 먹을거리가 풍부하다.

하지만 흙을 떠나 아스팔트 위에서 살게 된 현대인은 어느 계절이라 할 것 없이 언제나 바쁘고 분주하다. 인공 재배되고 수입된 먹을거리도 사철이 따로 없다. 그러니 이제는 가을이 꼭 '가슬'이어야 할 이유가 없는 것이다. 아무 때나 바쁘고 아무 때나 가리지 않고 먹는다. 그리하여 언제나 피곤하고 언제나 소화되지 않은 뱃속에 다시 꾸역꾸역 음식을 밀어 넣는다. 그러니 가을이 사라져가는 것은 너무 당연한 일일는지도 모른다. 굳이 가을이어야 할 이유가 없고, 아무도 가을을 기억하지 않는다면.

가을이 오면 나는 시간의 포만감을 느낀다. 사계절을 꼬박 살아 내고 다시 가을 앞에 서면 비로소 무언가가 끝나는 기분이다. 끝나야만 시작될 수 있으니 가을은 내게 또 다른 시작의 시간이기도 하다. 서둘러 갈무리를 하고 새로운 준비를 하기에 가을은 너무 짧다. 하지만 아쉬운 대로 알뜰히, 꼭꼭 씹어 시간을 삼키려 한다.

느끼지 않으면 계절은 없다. 인공적인 냉방과 난방으로 더위와 추위조차 잊고 사는 현대인에게 가을처럼 어설픈 계절이 쉽게 느껴질 리 없다. 길거리의 미화원들은 또 얼마나 부지런하신지, 그 또한 누군가의 채근에 의한 일일 테지만 떨어지자마자 낙엽들은 부스럭거리며 밟거나 구수하게 태울 찰나도 없이 깔끔하게 치워진다. 높디높다는 가을 하늘도 빌딩 숲 사이로 좁고 멀기만하다. 전시용 화분에 담긴 희고 누런 국화들만 처량하게 가을을 지키다 시들어간다. '아, 가을인가'가 아니라 '아니, 가을이었던가?' 하는 사이에 가을은 쏜살같이 스쳐 사라진다.

너무 바쁘고 너무 번잡하고 너무 맹렬하게 사는 사람들과 일에 지치면 나는 무조건 운동화를 신고 초록을 찾아 집을 나선다. 그리고 말없는 나무와 풀과 꽃 사이로 시간을 향해 걷는다. 마음이 산란할 때면 평소 한 바퀴 돌던 길을 두 바퀴 돌아 걷는다. 되는대로 음악도 듣고, 내키면 영어 회화 테이프도 좀 듣다가, 어느 순간에는 이어폰을 뽑고 멍하니 정적 속을 걷는다. 아무 생각도 없이 아무 궁리도 하지 않으면 어느새 내 눈에 하늘이 펼쳐진다. 바글바글 악다구니를 하며 부대껴 사는 땅과 달리 넓디넓은 하늘은 누구의 소유도 아니다.

속절없다. 어느 날은 그 한마디만 화두처럼 잡고 한 시간을 걷는다. 모두가 바보 같다고 비웃어도 되도록 손해를 보며 살자. 어떤 날은 그 한마디를 내게 설득하기 위해 두 시간을 걷는다. 오로지 스스로 그러한 자연의 이치대로 떠나보내야 할 것들은 미련을 쓰며 붙잡지 않고 놓으려, 놓아두려 같은 길을 걷고 또 걷는다.

내 좁은 속에 갇히지 않고 나를 품은 넓은 세상을 보기 위해, 자꾸만 수그러드는 고개를 쳐들어 하늘을 본다.

아, 하늘과 닿은 곳으로부터 가을이 온다. 단풍은 나무 끝 가파른 가지로부터 물들어 내려오고, 가을은 하강한다. 눈처럼, 비처럼, 우리가 알 수 없는 아득한 시간처럼.

우리가 흔히 말하는 가을의 감상은 쓸쓸함과 고독, 혹은 허무 따위이다. 그것은 열매를 맺음과 동시에 생을 마감하는 식물의 운명과, 길고 독한 겨울의 추위를 견디기 위해 굴이든 어디로든 파고들어야 하는 동물의 운명을 모두 포괄한다. 그것은 그야말로 자연스럽게 죽음의 이치를 일깨우고, 어떤 재물과 명예와 지상의 가치로도 피할 수 없는 마지막을 상기시킨다.

젊은 한때는 그런 감상을 즐기는 한편, 그런 감상이 싫어 벋대며 맞서기도 하였다. 아무래도 그때는 죽음이나 마지막 따위와 멀었던 게다. 하지만 아직 늙었다고는 말할 수 없지만 더 이상 젊지 않은 시간의 기로에 서서, 나는 이제야 서글피 웃으며 그것을 정면으로 마주볼 수 있을 것 같다. 속절없다. 발버둥 치며 붙잡아도 붙잡을 수 없는 것들이라면, 억지를 부리고 떼를 써도 이루지 못할 일들이라면, 피하려 숨어도 피할 수 없고 도망쳐도 갈 곳이 없는 일이라면, 그저 말갛게 그것들을 맞받아 볼 수밖에 없지 않겠는가. 떨어지는 잎들이, 아득히 높은 하늘이, 발치에 뒹구는 알이 다 빠진 밤송이들이 나를 위로한다.

이제는 냉소하거나 거부하지 않고 가을에 붙은 숱한 별칭들을 선선히 받아들인다. 가을은 고독의 계절, 가을은 사색의 계절…… 그리하여 짧지만 절대 섣불리 지나치면 안 되는 계절. 가을을 느끼기 위해 발걸음의 속도를 낮춘다. 눈은 조금 높은 곳을 향해 던지고, 처진 입꼬리는 살짝 끌어올려 본다. 숨을 더 깊이 들여 마시고, 천천히 조용히 다시 내쉰다. 세상이 아무리 더워져 들끓어도 가을이 아주 없어지기야 하겠는가. 아무리 궁색해도 그 뒷모습을 기억하는 사람들이 있다면, 끝이라도 내 마음속에서까지 아주 사라지는 것이 아니라면.

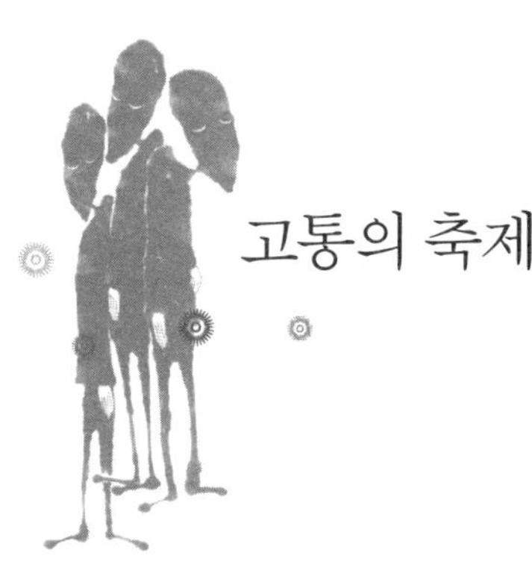

# 고통의 축제?!

나보다 훨씬 많은 가을을 경험한 어른들 말씀이, 올해는 단풍이 유달리 곱고 화사하다 하신다. 이처럼 아름다운 계절에 듣는 대학수학능력시험의 크고 작은 에피소드는 일면 낯설고도 더없이 익숙하다.

원하는 학교에 철석 달라붙으라는 합격 엿, 학교 앞에서 징을 치고 북을 울리는 후배들, 교문에 붙어서 간절히 기원의 손을 모으는 어머니들, 사찰이나 교회에서 행해지는 수험생들을 위한 백일기도, 경찰 오토바이를 타고 시험장에 도착하는 수험생들부터 시험 당일 갑자기 탈이 나 병원에서 시험지를 받아 드는 수험생들까지, 어쩌면 내가 그 문 안으로 들어서야 했던 이십 년 전과 어느 하나 다를 바 없는 풍경이다. 그럼에도 그 문을 벗어나기가 무섭게 잊히거나 잊으려고 애쓰는 기억, 그래서 갑자기 덜컥 날씨가 추워지거나 집안에 수험생이 있지 않은 한 무심히 지나칠 수 있는 한바탕 소동이기도 하다.

올해는 수능 당일 날씨가 유난히 화창하고 좋았다. 나는 몇 번이나 하늘과 나무와 반짝반짝 부서지는 햇살을 쳐다보며 감탄의 한숨을 내쉬었는지 모른다. 가을은 짧기에 그 아름다움이 더욱 감질나게 아쉽다. 그러나 그 순간에도 시험지를 앞에 두고 긴장과 불안에 쩔쩔 매고 있을 많은 청춘들을 생각하면 그 아름다움마저 안타깝고 서럽다.

시험은 그저 시험이다. 시험이 수단이 아닌 목적으로 전도되어서는 안 된다. 그리고 인생에는 더 크고 중요한 시험이 얼마든지 있다. 청소년기 제도 교육을 마감하는 시점에 치러지는 대학수학능력시험은 그저 그 많은 시험 중의 하나일 뿐이다…… 라고, 나도 시치미를 뚝 떼고 말할 수 있다. 하지만 먼저 겪은 사람으로서 그 당시를 돌이켜 보면, 다시는 거듭해 경험하고 싶지 않은 고통스러운 축제였음이 분명하다.

한국 사회에서 입시생은 통과의례와도 같은 시험에 스스로 맞서는 개인이 아니다. 입시생을 둔 가족은 준전시 상태이며 학교에서는 시험이 끝난 뒤의 신천지를 기약하며 끝없는 욕망의 억제와 유보를 강조한다. 십이 년간의 교육적 성과가 일시에 밝혀지는 단 한 번의 기회이며, 비정한 학벌 위주 사회에서 인생의 등급을 결정짓는 꽤 판이 큰 도박이기도 하다. 그러니 수험생들의 표정은 너나없이 비장하고 처연하다. 그들에게 내가 이제야 알게 된, 소위 '명문 대학' 졸업장과 바꾼 인생의 진실을 어떻게 말할 수 있을까?

나는 그때 친구들을 더 많이 사귀며 사람과 관계를 맺는 방법을 배워야 했고, 풍부한 문화를 향유하며 인생을 윤택하게 사는 방법을 배워야 했고, 넓은 세계를 보며 호연지기를 키워야 했고, 앞으로의 인생에서 부딪힐 숱한 난관과 고통에 굴하지 않고 견디는 힘을 키워야 했다. 그리고 무엇보다, 내가 어떻게 해야 정말 행복할 수 있는가를 알아야 했다.

나는 그것을 찾으려는 탐구심 대신 공포만을 키웠다. 초조하고, 불안하고, 남들보다 더 행복해지지 못할까 봐 두려웠다. 그래서 수학 능력을 평가하는 시험에 스스로 공정하고 당당하게 임하는 대신, 엄마를 쥐어짜고 가족들을 괴롭히며 마치 남을 위한 시험을 대리로 치러 주는 양 유난을 떨어야 했던 것이다. 시험은 사람을 더욱 강하고 성숙하게 단련시키기도 하지만, 자발성이 상실될 때에는 도리어 미성숙의 증거가 되기도 한다.

올해도 듣고 싶지 않았던 후일담, 시험에 대한 압박을 견디지 못하고 스스로 목숨을 버린 청소년들의 안타까운 이야기가 들린다. 그들에게 새삼스레 시험이 인생의 전부가 아니라고 이야기하기는 쑥스럽고 구차하게 느껴진다. 그들의 어깨에 얹힌 짐 중에는 분명 우리가 부려 놓은 어떤 것이 있기 때문이다.

하지만 그래도 말해야 한다. 늦게라도, 좀 겸연쩍고 구태의연하게 느껴지더라도 말해야 한다. 시험이 인생의 전부가 아니라고. 그리고 시험은 여기서 끝이 아니라고. 또한 다른 방식의 시험도 얼마든지 존재한다고. 그리고 다정하게 다가서 따뜻한 포옹을 건네야 한다. 어느 사이 훌쩍 커버린 그들이 품 안에 가득 들어오지 않는가.

# 열두 살의 크리스마스

"엄마! 물어볼 게 하나 있는데……"

학교에서 돌아온 아이가 평소와 다르게 머뭇거리며 내 눈치를 본다.

"뭔데 그래? 뭐든지 물어 봐. 엄마가 아는 거면 가르쳐주고, 모르는 거면 같이 찾아서 알아보자."

나는 자녀 양육 지침서에 나오는 자상하고 훌륭한 엄마를 흉내내어 질문을 재촉한다.

"혹시……엄마가 산타클로스인 거야? 정말 그런 거야?"

"뭐? 어디서 그런 소리를 들었어? 누가 그러데?"

"같은 반 친구들이 그러던 걸. 산타클로스 할아버지 같은 건 애초에 없고, 사실은 엄마 아빠가 선물을 사다가 밤중에 몰래 머리맡에 놓아둔다고. 루돌프사슴이 끄는 썰매를 타고 와서 굴뚝을 통해 들어온다는 이야기는 다 어른들이 애들을 속이기 위해 지어낸 거라고 말이야. 엄마, 진짜 엄마가 산타클로스야?"

아이의 표정은 제법 심각하다. 하기는 우리 나이로 열두 살, 산타클로스의 정체 때문에 고민을 하기에는 좀 늦은 나이다. 요즘 열두 살이 어디 예전의 열두 살과 같은가. 성장 속도가 빨라져 열두 살이면 가슴이 부풀고 코밑이 거뭇거뭇해지는 아이들이 수두룩하다. 사춘기에 접어들어 반항을 하고 어른 흉내를 내기 시작한 또래들에 비하면 나의 아이는 지나치게 늦된 편인지도 모른다. 아이의 원활한 정신적 성장과 사회생활을 위해 이쯤에서 고백을 해야 할까? 하지만 머리가 교육적이고 합리적인 대답을 떠올려주기도 전에 입이 먼저 선수를 친다.

"아—니! 내가 왜 산타클로스야? 작년 크리스마스이브에도 엄마랑 너랑 같은 시간에 잠들었잖아. 내가 언제 선물을 준비하고 너 몰래 놓아둘 틈이 있었어?"

"그건 그렇지. 하지만 친구들이 그러는데……"

"그건 걔네들이 더 이상 산타클로스 할아버지에게 선물을 받지 못하니까 샘이 나서 그러는 거야. 신경 쓰지 마. 네가 올해 착한 어린이로 살았다면 산타클로스 할아버지는 이번 크리스마스에도 반드시 와 주실 테니까."

확신에 찬 내 말에 아이는 반쯤은 안도한 듯, 반쯤은 여전히 미심쩍은 듯 고개를 끄덕인다.

"맞아. 엄마 말이 맞을 거야. 그나저나 산타할아버지가 올 한 해 내가 착하게 살았다고 생각하실지 걱정이네……."

아이의 진지한 얼굴을 보니 살짝 죄책감과 함께 스멀스멀 웃음이 지핀다. 아직도 철석같이 산타클로스의 존재를 믿고 있는 아이도 그렇지만, 굳이 그 판타지를 깨고 싶지 않아 거짓말을 하는 나도 이상타. 사실은 산타에게 받기에 그럴듯한 선물을 준비하고, 필체를 변조한 카드를 쓰고, 새벽에 알람시계의 도움을 받지 않고 살짝 일어나 선물을 머리맡에 놓아두는 과정은 꽤나 번거롭고 귀찮다. 차라리 아이가 무엇을 원하는지 물어보고 공개적으로 주는 편이 낫지 않을까? 너는 갖고 싶었던 것을 갖고 나는 선물 고를 걱정을 안 하고, 너 편하고 나 편하고.

하지만 나는 이렇게 하얀 거짓말로 속이고 속을 날도 얼마 남지 않았다는 것을 안다. 아무리 단호하게 말하고 다짐을 하여도 소용없을 것이다. 아이는 빠르게 자란다. 작년에 산 바지가 올해는 복사뼈 위에서 간당거린다. 내 품을 벗어나 자기만의 세계로 떠나갈 날도 머지않았다. 고작 산타클로스뿐이겠는가? 내가 힘주어 말해 준 세상의 선의, 정직, 평화의 기대와 환상도 조금씩조금씩 부서질 것이다. 12월 26일이면 왠지 누추하고 초라해 보이는 트리 장식처럼, 엄마가 말한 꿈과 희망이 빛바랜 것처럼 느껴질 순간이 오고야 말 것이다. 그때 아이는 나를 원망할까? 왜 내게 더 빨리 진실을 말하지 않았느냐고, 산타클로스도 아니면서 왜 산타클로스인 척했느냐고.

나는 종교가 없지만 세상의 모든 신을 믿는다. 부처님 오신 날을 기념하고 크리스마스도 즐긴다. 내 생일도 잊어버리거나 무심히 넘기는 내가 무슨 대단한 신심으로 부처님과 예수님의 생일을 챙기는 건 아니다. 내가 기념하고픈 것은 다만 그들의 자비와 사랑이다. 수천 년이 지난 후에도 여전히 아름다운 가치, 부박한 세상에서 점점 지켜 내기 어려운 그것을 존중하기 때문이다. 꿈보다 해몽이라고 글쟁이의 직업병으로 너무 거창하게 부풀려 이야기한 것 같지만, 기실 그것은 어린아이 같은 마음이다. 산타클로스의 신비를 믿고, 세상에 없는 꿈을 꾸는 것이다.

한겨울의 크리스마스를 생각하면 왠지 가슴이 뛰었다. 반짝이는 트리 장식과 붉고 푸르게 빛나는 전구들을 보면서 내가 가보지 못한 아주 멀고 낯선 나라를 떠올렸다. 어딘가에서 갓난아이가 말구유 속에 새근새근 잠자고 있을 듯했다. 다른 이들이 깨닫지 못한 무언가를 미리 알아챈 선지자들이 별이 총총한 초원을 발소리 죽여 걷는 듯했다. 거리에 울려 퍼지는 캐럴은 부드럽고 명랑했다. 잠시나마 슬픔이나 아픔 같은 건 까마득히 잊을 수 있을 것 같았다. 아무도 아프지 않고 슬프지 않은 세상이 어디엔가는 있을 것만 같았다.

나의 부모님도 내가 조금은 더 세상모르는 어린아이로 머물기를 원하셨던지, 나 역시 열두 살이 되기까지는 산타클로스 할아버지가 나를 찾아오는 줄로 믿었다.

"이번 크리스마스이브에는 잠을 자지 않고 산타클로스 할아버지를 기다려야겠어. 껌을 씹으면 잠이 오지 않을까? 엄마, 나는 아직 어린이니까 커피는 마시면 안 되겠지?"

어쩌면 세상은 이렇게 거듭 반복되는 일들로 만들어져 있는지. 만화방에서 빌려 온 만화책을 산더미같이 쌓아 놓고 졸린 눈을 비비던 열두 살의 내가 아이의 모습에 겹쳐진다. 아무리 잠들지 않으려 애써도 자꾸만 무거워지는 눈꺼풀을 이겨낼 수가 없었다. 아주 잠시 까무룩 잠들었던 것 같은데, 깨어나 보면 어느새 머리맡에는 산타클로스가 다녀간 흔적만이 남아 있었다. 여전히 내 마음속에 생생한 빨간 벙어리장갑과 두툼한 일기장.

　내가 산타클로스의 정체를 확실히 알아챈 것은 열세 살 때였다. 그토록 궁금해 하던 비밀을 마침내 알아냈지만, 나는 생각보다 그리 기쁘지도 즐겁지도 않았다. 나는 더 이상 아이가 아니었다.

# 크리스마스,
## 그리고 빨간 벙어리장갑의 별꽃무늬

아이를 낳은 겨울엔 어김없이 몸이 아프다. 밤새 알근하게 몸을 저미던 진통이 생생해지고, 젖몸살에 마사지를 하느라 혹사한 손마디가 저려온다. 그때 지진처럼 내 몸을 흔들며 꿈틀거리던 아이도 어느덧 중학생, 하지만 나는 언제나 발간 핏덩이로 처음 만난 그를 잊지 못한다. 열 손가락 열 발가락이 온전하기만을 빌었던 소박한 소망, 새로운 만남에 대한 설렘과 두려움, 개흙 같이 질척한 삶 속에서 문득 사금파리처럼 반짝이던 희망들. 말구유 안 거친 짚더미 위에서 아기를 낳은 그 여인의 마음도 아마 다를 바 없었으리라.

때 이른 트리가 점화되는 순간, 크리스마스는 이미 찾아온다.

빙 크로스비의 부드러운 음색이 '화이트 크리스마스'의 예감을 속삭이고, 경쾌한 반주에 맞춘 팻 분의 '윈터 원더랜드'가 울려 퍼진다. 피터

팬에게서 온 초청장이라도 받아든 듯 아이들은 발을 구르며 춤을 춘다. 고아들의 행복한 나라, 영원히 어른이 되지 않는 나라, 크리스마스는 그 먼 나라의 지붕 낮은 집집마다 켜진 따뜻한 불빛을 잠깐이나마 보여 준다. 사람들은 종교적인 신심이 없이도 성스러운 사람의 탄생을 축하하며 그 아득한 빛의 옷자락에 스침으로써 축복을 나눠 받고 싶어 한다. 종소리는 언제나처럼 명징하고, 신비를 기다리는 아이들은 항상 준비되어 자라고, 크리스마스는 한 해에 한 번씩 꼭 온다.

나는 무신론자이며 현실주의자인 부모 밑에서 나고 자랐다. 그들은 조상을 섬기는 제사의식을 소중히 여기는 평범한 아시아인이었다. 하지만 한겨울의 즐거운 축제, 크리스마스는 우리에게도 예외 없이 찾아왔다. 첫눈이 내릴 즈음부터 손꼽아 크리스마스를 기다리며 산타클로스 할아버지의 방문을 기대했다. 올해는 무슨 선물을 주실까?

나는 꽤 오랫동안 산타클로스를 믿은 어벙한 아이였다. 동화책의 삽화에서 본 것처럼 굴뚝이나 페치카가 없는 우리 집에 루돌프 썰매가 어떻게 방문할까 걱정하기도 했고, 한 해 동안 착한 일과 잘못한 일의 대차대조표를 만들며 과연 산타클로스 할아버지가 내 진정을 믿어줄까 안절부절못하기도 했다. 하지만 내 순진한 믿음이 깨어지기 전까지, 그는 반드시 왔다. 오랫동안 소망하고 기도한 일이야말로 마땅히 이루어지리라고, 지금 돌이켜 보면 별반 대단할 것도 없는 양말 속 값진 선물들이 나를 다독여 위로했다.

달콤한 초콜릿, 색색의 사탕, 빨간 벙어리장갑, 동생이 꼭 갖고파 했던 조립품 로봇.

　나는 아직도 그 빨간 앙고라 벙어리장갑에 새겨졌던 노란 별꽃무늬를 기억한다. 산타클로스를 만나겠다고 만화책을 산더미처럼 쌓아 놓고 밤새 워 지키지 않을 걸 그랬다. 핀란드의 산타 마을에서 일 년 내내 크리스마 스를 준비한다는 산타클로스의 빨간 털옷 대신 낯익은 뒷모습에 남루한 하얀 내복의 산타클로스를 만나도 모른 척 잠든 척 할 것을 그랬다. 더 이 상 산타클로스가 오지 않으면서 어리석고도 소중한 어린 시절은 끝났다.

　초등학교를 졸업할 무렵에는 남자아이들이 꾸민 파티에 처음 초대를 받았다. 나를 향해 쏟아지는 남자아이들의 시선에 고개도 들지 못한 채 눈사람 모양 쿠키를 앞니로 조금씩 갉아먹었다. 노래도 춤도 게임도 없 는 촌스럽고 썰렁한 파티였다. 하지만 나는 그 남자아이들의 반짝이는 검은 눈동자를 아주 오랫동안 잊지 못했다. 그것은 낯선 세계에 대한 수 줍은 탐색, 비로소 자기가 아닌 타인에게 마음을 기울이기 시작한 호기 심어린 사춘기의 시작이었다.

　그리고 한참 동안 크리스마스는 내게 우울한 날이었다. 모두가 즐겁 고, 바쁘고, 행복해 보이는 것이 견딜 수 없던 시절이 있었다. 혼자 촛불 하나 켜 놓고 청승을 떨며 '블루, 블루 크리스마스'를 읊조리기도 했다. 아무런 종교적인 연관성 없이도 사람을 기쁘게 혹은 우울하게 하는 크리 스마스! 부모와 돈 문제로 틀어져 미성년인 채로 결혼까지 감행한 매컬 리 컬킨이 아버지의 독한 스킨을 바르고 꺄아아, 새된 비명을 지르는 「나 홀로 집에」, 어지간해서는 죽지도 않는다며 만신창이 피투성이로 마침

내 정의를 수호하고야 마는 브루스 윌리스의 「다이 하드」, 「해리포터」 시리즈와 「반지의 제왕」은 또 몇 해나 거듭하여 내 외로운 크리스마스의 벗이 되어 줄까?

하지만 연인이, 가족이, 친구가 없이도 다정한 연인과, 따뜻한 가족과, 편안한 친구를 꿈꾸는 크리스마스야말로 외롭고, 가난하고, 쓸쓸한 사람들의 명절이다. 애초에 이 생일의 주인공은 호화찬란한 크리스마스 트리나 백화점에 그득한 선물과 시끌벅적한 파티에 상관없이 외롭고, 가난하고, 쓸쓸하게 태어났다. 그리고 한평생 외롭고, 가난하고, 쓸쓸한 사람들과 함께 하며 낮은 자리에 자신을 두고 살다 떠났다. 그는 요란하고 흥청망청한 생일 파티를 썩 좋아하지 않을 것이다. 다만 잠시라도 그의 생일을 빌미로 그를 아는 사람이든 모르는 사람이든 덜 외롭고, 덜 가난하고, 덜 쓸쓸하길 바랄 뿐이리라.

생일 축하해요! 이 험난한 세상에 태어나신 걸 환영해요! 그리고 우리에게 희생과 봉사의 의미를 일깨워 주어 감사해요!

돌아보면 생일 주인공을 꼭 닮은 사람들이 어디에나 있다. 그는 끊임없이 다시 태어난다.

그나저나 올해는 아들이 어떤 선물을 기대할지 걱정이다. 정작 내가 줄 수 있는 가장 큰 선물은 돈으로 환산할 수 없는 사랑뿐인데, 나는 얼마나 사뿐히 발끝을 들고 산타클로스의 역할을 잘 수행해 낼 수 있을는지.

# 마지막 한 장의 달력

아침 산책길에 비를 만났다. 새벽까지 내리다 잠시 쉬는 듯 그친 비에 방심하여 우산도 준비하지 못했다. 돌아설 수 없어 내처 간다. 며칠 전에도 이렇게 우중 산책을 했었는데, 그때의 비와 지금 비가 또 다르다. 외투를 적시고 살갗에까지 파고드는 빗줄기가 제법 선득하다. 한기에 몸이 부르르 떨린다. 얼른 돌아가서 젖은 몸을 닦고 따뜻한 국물이라도 마시지 않으면 감기에 걸려 한 며칠 고생할 게 분명하다. 바빠진 발걸음을 빗줄기보다 더 굵은 검은 비, 우수수 떨어지는 낙엽들이 막아선다. 아, 이렇게 또 한 해가 가는구나. 하늘 대신 땅을 보고 걷는다. 등 뒤에 남겨진 발자국이 낙엽에 덮여 지워진다. 그래도 돌아설 수 없으니, 묵묵히 가는 데까지 가는 수밖에.

판화 작업을 하는 선배는 매년 작품을 모아 이듬해 달력을 엮는다. 그에게서 전화가 걸려와 술 한잔 하자는 청을 들으면 비로소 한 해가 저물었음을 실감한다. 우리는 작고 후미진 주점에 모여 내년 달력을 앞에 두고 차갑고 독한 술을 마신다. 늘 하던 일을 해왔고 앞으로도 별반 다를 것 없는 일을 하며 살게 될 우리에게 특별한 연말정산 같은 게 있을 리 없다.

사회의 경기 침체가 문화예술계에도 어김없이 영향을 미쳐 가뜩이나 빈한한 살림을 더욱 가파르게 옥죄어도, 우리는 웃고 떠들며 내년 달력 속의 꽃과 새를 본다. 흐르는 달과 무성한 나뭇잎을, 손익계산서나 대차대조표로 맞바꿀 수 없는 인생의 아름다운 비밀을 물끄러미 바라본다.

모여 앉은 사람들 중에는 열악해진 재정 상태를 견디지 못해 결국 평수를 줄여 작은 집으로 이사를 한 이도 있고, 아이가 상급 학교에 진학하거나 입시에 실패하여 낙방한 이도 있고, 오랜 불화 끝에 이혼을 한 이도 있고, 새로운 연인을 만난 이도 있고, 부모의 상을 당한 이도 있고, 긴 여행을 마치고 돌아온 이도 있고, 다행히 아무 일도 일어나지 않아 회상할 어떤 기억도 갖지 못한 이도 있을 것이다.

하지만 시간은 더없이 공평하게도 사람들의 어깨에 똑같은 무게로 내려앉아, 우리를 조금씩 늙고 쇠잔하게 한다. 사금파리처럼 반짝이던 기쁨도 늪처럼 깊고 음습하던 슬픔도, 시간을 따라간다. 시간의 신이야 등이 휘어지든 말든, 일단 실어 떠나보낼 수 있고 잊을 수 있기에 얼마나 다행인가. 나는 조금씩 내가 나이를 먹고 있으며 건망증에 시달리고 있다는 사실에 감사하기 시작한다.

십 대에는 시간이 시속 10킬로미터의 속도로 지나고, 이십 대에는 20킬로미터의 속도로, 삼십 대에는 또 30킬로미터의 속도로, 사십 대에는 40킬로미터로……점점 그렇게 빠르게 흐르기 마련이라는 이야기를 처음 들은 것이 언제였던가. 아마도 한 해 한 해 흘려보내기가 너무 분주하고 힘겨워 허둥대던 이십 대의 어느 한때였을 것이다. 내 앞에 놓인 일들이 까마득한 삶의 허들처럼 느껴져, 빨리 그것을 뛰어넘을 생각에 목이 타고 손에 땀이 고이던 시절이니, 그때가 벌써 십여 년 전이다. 언젠가 시간이 흐르면 완전한 평화가, 평온이, 고요한 적막이 올 수 있을 것이라고 믿었다. 그래서 그때는 자연스럽게 미혹에서 벗어나 안정할 수 있으리라고.

하지만 나는 몽상하던 그 나이가 된 지금에도 여전히 수많은 욕망과 고통과 미망에 시달린다. 시간이 지날수록 내가 부려 놓은 욕망은 고스란히 내 짐으로 돌아온다. 더 잘 먹고 더 잘 입고 더 잘살기 위해 발버둥칠수록 나는 자유로워지기는커녕 거대한 힘의 손아귀에 사로잡혀 버둥대는 흉한 꼴을 보이게 된다. 아이에게 쏟는 애정은 어느 순간 집착과 아집이 되어 그를 구속하고, 나는 누구에게도 사랑 받지 못할까 봐 어린애처럼 두려워진다. 나는 아무래도 불혹不惑같은 건 할 수 없을 것 같다. 공자님, 용서하소서.

그러나 스스로 다행스럽게 생각하는 것은, 이제야 내 초라하고 부족한 모습이 바로 보이기 시작한 것이다. 유치하고 치졸하며 못난 나 자신을 인정하고 아끼기로 작정한 것이다. 되도록 어깨에 힘을 풀고, 남들에게 멋있거나 예쁘게 보이기 위해 애쓰지 않고, 생각하고 느끼는 대로 그때그때 솔직하게 이야기하자고 다짐한다. 설령 좀 더 가난해지고, 조직의 부적응자로 '찍히고', 남들 눈에 우스꽝스럽게 보이고, 행여 비난을 받고 외로워지더라도.

마지막으로 남은 한 장의 달력은 내게 더 고독해지라고 채근한다. 감상적인 포즈로서의 고독이 아니라 내 속으로 더 깊이 들어가 내면의 눈으로 자신을 바라보라고 독촉한다. 시간은 이 순간에도 어김없이 흐르고, 우리는 돌아갈 수 없는 길을 끊임없이 걸어야만 하고, 내년에는 새로운 달력이 또 우리를 기다리고 있으니까.

연말 인사를 이렇게 대신한다.

마지막 남은 한 달 마음껏 고독해지시고, 내년에 말갛게 개인 얼굴로 우리 다시 만납시다!

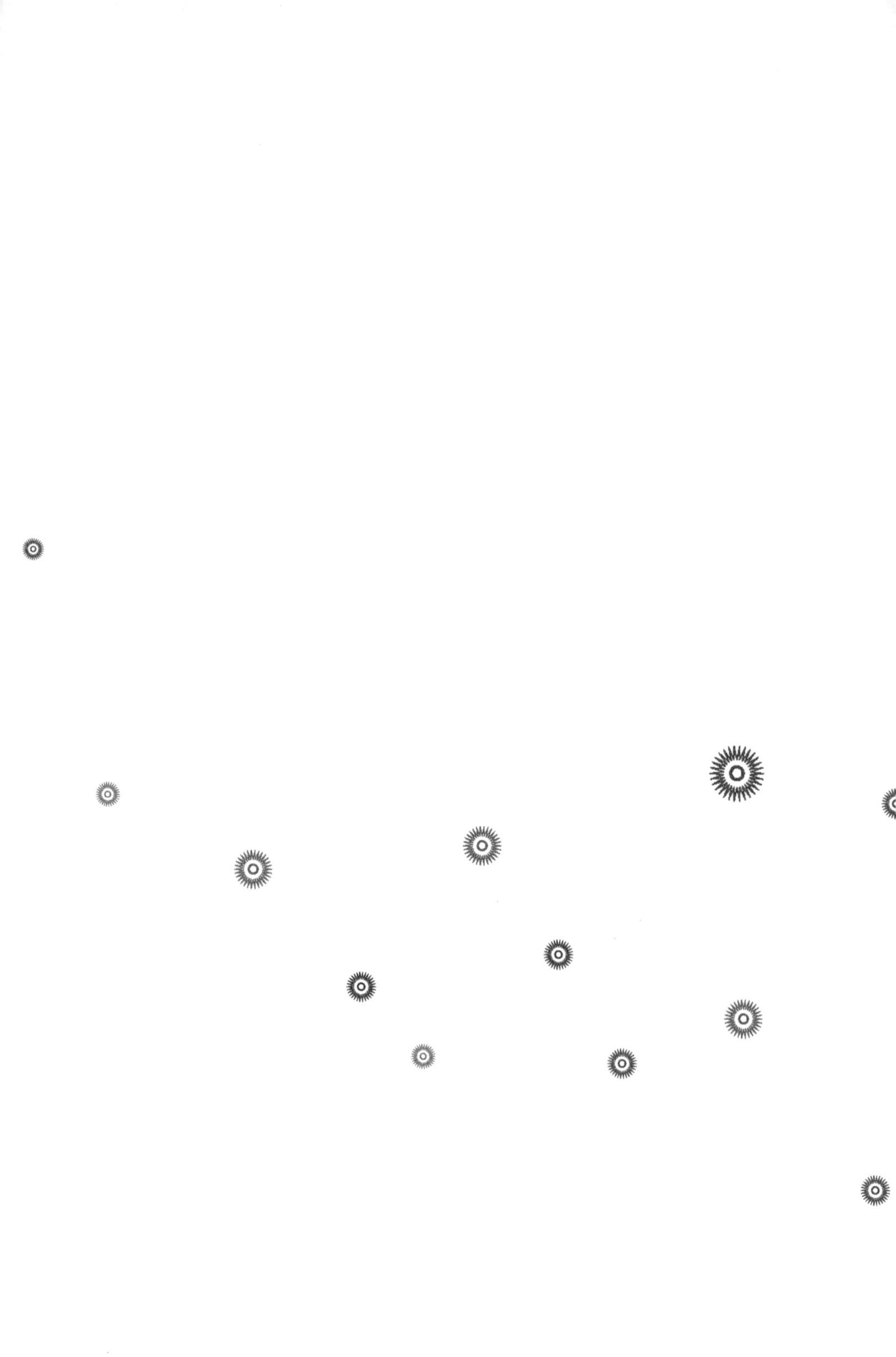

6장 : 나는 여전히 기억한다

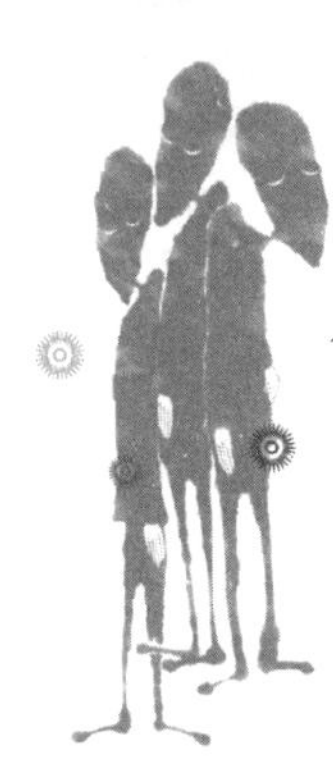

# 작별의 시를 읽다

지상의 시간이 끝난 사람이

잠자러 가는 시각,

인간의 이름은 모두 따뜻하다

이별을 떠나기 전에

내가 할 일은 오직 사랑밖에 없다

—김종해 詩 「고별」 전문

잡기장 표지에 조지 마이클이나 마이클 잭슨, 소피 마르소나 브룩 쉴 즈, 혹은 장국영과 유덕화의 사진을 붙이고 다니는 것이 유행이었던 학 창 시절, 내 잡기장 표지에는 시인의 시가 붙어 있었다. 짙은 풀색 종이에 검은 잉크로 꼼꼼히 적어 넣었던 1985년 판 『항해일지』.

영국 가수 조지 마이클의 열성팬이었던 친구가 나중에 반드시 국제결혼을 하리라고 다짐하면서 조지 마이클과 아무 상관도 없는 스웨덴의 소년과 열심히 펜팔을 주고받는 동안, 나는 언어를 노질하며 부질없는 바다를 떠도는 수부水夫의 한탄에 귀 기울이며 가만히 한숨을 내쉬곤 했다. 몇 해 전 조지 마이클은 동성애자임을 밝히며 커밍아웃을 했고, 여전히 고향에 사는 친구는 토종 한국인과 결혼하여 눈꺼풀과 입술이 두툼한 사내아이를 셋씩이나 낳았다고 하고, 오랜만에 다시 만난 시인의 신작시들은 부쩍 그 길이가 짧아졌다.

마이클 잭슨의 '문 워크' 댄스는 그야말로 달을 산책하는 듯 매끄러웠고, 좀 논다는 아이들은 너나없이 옥상에 모여 신발창이 닳도록 뒷걸음질을 쳤다. 서툰 뒷걸음질이 아무래도 위태로워 종종 몸의 균형을 잃고 엉덩방아를 찧기도 했다. 시인의 바다에는 상어들이 출몰하고 있었고, 배는 아슬아슬 암초 사이를 헤쳐 해일을 뚫고 표류하고 있었다. 흉흉한 시절이었다. 민주니 자유니, 지금은 그 의미조차 차고 넘치는 말들조차 입 밖으로 뱉기가 어려운 나날이었다. 시인의 노질을 응원하는 내 주먹 손안에 땀이 찼다. 이제 거듭된 성형수술의 후유증으로 뭉개진 마이클잭슨의 얼굴은 차마 바라보기 처참할 지경이고, 지치지도 않고 춤 연습을 하던 아이들은 어딘가에서 위태로운 일상의 스텝을 밟고 있는지 소식조차 알 수 없고, 시인의 시는 놀라우리만큼 간명해졌다.

엘리자베스 테일러 이래 가장 어여쁜 얼굴을 가졌다던 브룩 쉴즈는 성장이 멈추지 않는 병을 의심받는 중년 여인이 되었고, 홍콩 느와르의 슬

픈 영웅이었던 장국영은 몇 해 전 만우절에 그야말로 거짓말처럼 죽었
다. 그들을 사랑했던 소년 소녀들은 모두 뿔뿔이 흩어졌다. 누군가는 성
공한 대신 비겁해졌고, 누군가는 실패하면서 더욱 비겁해졌다. 누군가는
나이를 무기삼아 거드름을 피우기 시작했고, 누군가는 나이를 아무리 먹
어도 철이 나지 않는 주책바가지가 되었다. 그리고 나는 아주 오랫동안
시를 읽지 않은 채 천하고 경솔하게 살다가, 문득 시인의 잔잔한 바다 앞
에 서서 화들짝 놀란다.

그 상어 떼는 다 소탕되었을까? 위험하던 수위는, 그 범람할 듯 차오르
던 불안과 소요는 안전해졌을까? 외로운 수부는 암초를 교묘히 잘 피했
을까? 해일은, 모든 것을 휩쓸어 깡그리 침몰시킬 듯만 하던 분노는, 정
말 이렇게 잔잔해져도 되는 것일까?

그러나 바다는 지상의 가장 오래된 장소인 동시에 인간의 손이 가장 닿
지 못한 미지의 영토일지니, 아무리 물살을 헤치며 항해하여도 결국엔 바
다의 끝에 닿을 수 없다는 것을 알기에 노련한 수부는 언제나 겸손하다.

지금껏 인간에게 탐구된 것들을 다 합해 봤자 2퍼센트에 불과하다는
심해의 동물들은 바다에서 어떻게 살아야 하는지를 말 그대로 온몸으로
보여 준다. 그들의 눈은 놀란 듯 휘둥그레져 있다. 시력이 거의 없는 어두
운 눈을 부릅뜨고, 바닥을 짚으며 천천히 물결을 따라 흐른다. 끝없는 추
위와 압력에 으름장이라도 놓으려는 듯 그 모습이 기기묘묘하다. 남의
빛을 헛되이 따라 좇지 않으려 스스로 발광한다. 그들은 지상의 시간과
전혀 다른 시간을 산다.

춥고 어둡고 무거운 죽음의 심해를 향해 갈 때, 홀로 불을 밝히고 웅크려 앉아서 읽는 짧고 따뜻한 시가 더욱 빛난다. 중언부언 설명할 필요가 없고 작살의 날을 곤두세워 찌를 듯 덤빌 일도 아니다. 태연하게 따뜻한 이름을 유언으로 남기고, 사랑이라는 낡으나 새로운 유물을 남긴다. 애초에 이길 수 없는 싸움이다, 삶이라는 것은.

그러나 폭풍의 바다를 겪지 않고서야 바다는 영영 건널 수 없는 물일 뿐이다. 뻔뻔스레 지상에 버텨 서 있으면서도 물멀미를 피할 수 없는 환란의 바다, 시인은 곧 떠나리라 하고, 나는 어떤 난파선을 잡아타야 하나 다급해진다.

표류의 최종 목적은 잘 침몰하는 것이다.

# 사랑의 반대말

아침 산책길에 문득 한쪽 운동화 끈이 풀려 있는 것을 발견했다. 갈매기와 오리들이 시름없이 뒤엉켜 노니는 호수를 지나 공원을 한 바퀴 돌아 나오려면 운동화 끈을 단단히 졸라매야 할 텐데, 나는 웬일인지 쪼그려 앉아 풀린 것들을 매듭질 생각을 하지 못했다. 이어폰을 통해 베토벤이 흐르고 있었다. 추적추적 내리기 시작한 부슬비에 한참을 망설이다 우산을 펼쳐 쓴 터였다. 긴장어린 베토벤을, 무거운 우산을 핑계 삼아 머뭇거렸다. 어쨌거나 풀린 것은 묶어야지, 막 몸을 수그리려는 찰나에 횡단보도 저편에 푸른 신호등이 켜졌다. 느슨해지는 발을 질질 끌며 비척비척 걸었다. 한쪽 운동화 끈을 하얗게 흘리며, 나는 꼬박 한 시간 동안 숲과 기억 속을 헤맸다.

언젠가 이런 일이 생길까 봐 걱정하였다. 구업口業을 직업으로 삼는 작가로 살아가노라면 하고 싶지 않은, 하지 않는 편이 더 좋은 이야기까지 해야 할 경우가 생긴다. 하지 않을 수도 있다. 하지 말아야 할 것이라면 기필코 입을 틀어막아야 한다. 그래서 처음 '연애편지'를 쓰라는 잡지사의 청탁을 받았을 때는 예의바르게 거절할 적당한 구실을 찾기에 골몰했다.

나는 연애 같은 건, 사랑 같은 건 몰라요. 그건 그저 소설 속 주인공들의 몫으로 돌리죠. 나는 아주 단순하고 건조한 사람이에요. 중증의 건망증까지 앓고 있죠. 정말 하나도 기억나는 일이 없어요. 돌아서면 잊으려 애쓰기도 전에 다 잊혀버리죠. 나쁜 기억은 지우고 좋은 것만 남기려 애쓰니까요. 좋은 것, 아름다운 것이야말로 얼마나 빨리 잊혀지나요……?

그런데 끈이 풀려 헐거워진 운동화를 끌며 적막한 공원을 헤매노라니 문득 내가 여태 잊지 못한 당신이 떠올랐다. 그리고 새삼스럽게, 맹렬하게, 다시금 분노가 솟구치기 시작했다.


무릇 모든 사랑이 그러하다. 깨어지고 부서져 사라지는 순간 그 정체가 가장 선명해진다.


맥없이 소설의 일절을 들여다본다. 어이없고 민망하게도, 내가 쓴 글이 나를 가르친다. 많다면 많고 적다면 적은 내 짧은 생애의 사랑들을 나는 시작이 아니라 끝으로 기억한다. 달금 쌉싸래하고 매콤 시큼했던 과정까지도 까맣게 잊고, 시작할 때부터 예상하며 준비했던 끝으로만 곱씹는다. 오해로 끝난 연애는 서로를 진정으로 이해하고 있다는 착각을, 환멸로 끝난 연애는 사랑 노름의 경박함과 덧없음을 비로소 증명한다. 그 중에서도 내가 가장 두려워하며 참지 못하는 마지막은 시쳇말로 '잠수'하거나 '동굴' 속으로 들어가는 식의 도피였다. 연락 두절, 바로 어제까지도 시시콜콜 일거수일투족을 낱낱이 알았던 사이가 갑자기 아무 것도 아니게 되어버린다. 타인과 같은, 어쩌면 타인보다 못한 관계.

그것이 끔찍하게 싫어 나는 당신에게 이별을 졸랐다. 도무지 그것을 견딜 수 없어 사랑이 끝나기도 전에 이별을 통보 받길 바랐다. 그리하여 당신은 내가 원하는 대로, 보채고 다그치는 대로, 묻는 대로 대답했다. 에너지가 없다고, 한바탕의 헛된 봄꿈을 더 이상 배겨 낼 견딜힘이 없다고. 나는 실소하며 당신을 비난했다. 화가 난다기보다 실망했다고 쏘아붙였다. 비겁은 참을 수 없다고, 어쨌거나 그동안 고마웠다고 입술을 감쳐물고 싸늘하게 돌아섰다.

실없는 연애담 따윈 여기서 끝내야 한다. 시인 박용하의 진언대로, 흘러간 것은 물이 아니라 흘러간 물이다. 가끔 떠오르면 얼마간 쓸쓸히 웃어넘기기에 족하다. 나는 이미 인간의 가장 어리석은 짓 중의 하나가 원망과 복수라는 사실을 알고 있으며, 한때나마 사랑한다고 믿었던 상대에 대한 가장 좋은 용서이자 복수는 깨끗이 잊어 주는 것이라는 것도 깨닫고 있다. 그럼에도 나는 또다시 사납고 세차게 당신을 미워한다. 내가 진정으로 조르고 보채며 다그쳤던 것은 선명하여 일체의 의심도 회의도 없는 이별이 아니었던 게다. 헤어질 수밖에 없는 진실보다 헤어지지 않으리라는 거짓을 바랐던 게다.

　나는 내게 거짓말을 하지 못했던 당신을 미워한다. 미워하기에 잊지 못한다. 잊지 못해 여전히 미워한다. 사랑의 반대말은 미움이 아니라 무관심, 그리고 완전한 망각이므로. 너절하게 끌려 흙투성이가 된 채로도 내 발걸음을 끈질기게 따라 좇는 풀린 신발 끈처럼, 나는 좀처럼 당신을 용서하지 못할 것만 같다.

# 추억은 허기를 일깨운다

어린 시절의 명절은 언제나 큰집을 향해 떠나는 것으로부터 시작되었다. 지금은 강릉 시내에서 승용차를 몰고 이십여 분을 달리면 도착하는 곳이지만, 그때만 해도 한 시간에 한 대씩 오는 버스를 기다려 다시 한 시간 가까이를 가야 하는 머나먼 시골 마을이었다. 그래서 내게 명절은 늘 여행 같았다.

운전 기사 좌석 옆 따끈하게 데워진 엔진 통 위에 앉아 꼬박꼬박 졸다 보면 넘어질세라 아버지와 엄마가 번갈아 손을 잡아 주곤 했다. 아직 젊은 그들의 손은 따뜻했고, 불편과 번거로움 쯤이야 아무 문제도 아니라는 듯 힘차고 팽팽했다.

육 남매 중의 둘째인 아버지의 형제들로부터 태어난 고만고만한 사촌들은 일찍부터 뒷산 대숲을 휘젓고 논 위의 얼음장을 썰매로 내달리고 있었다. 아직 어린 청년이었던 삼촌들은 우리의 발목을 잡고 거꾸로 세워 울리는 장난에 몰두했고, 부엌에서 떡을 칠 때는 저마다 한 번씩 떡메를 잡고 으스대었다. 할머니의 진두지휘 아래 고소하고 구수한 냄새를 풍겨내는 부엌은 신비로운 마법의 방 같이 느껴졌고, 큰아버지가 소매를 걷고 써 내려가는 지방紙榜은 먹 향기와 함께 나를 아주 아득한 옛날로 데려가는 듯했다.

사실 개인적이고 이기적인 성향이 다분했던 내게 남자 방 여자 방으로 나뉘어 칼잠을 자야 하는 명절 전야라든가 새벽부터 깨어 제사를 올리고 음복을 하고 분주하게 일정에 따라 움직이는 등의 일은 적잖은 스트레스이기도 했다. 그곳에는 숨을 공간이 없었고 나 혼자만의 시간이라는 건 가당치 않았다. 하지만 책이나 학용품이나 옷과 이불들, 자신의 모든 것을 노출해 사촌들과 나누고도 한마디 불평이 없었던 '큰집 아이들'을 생각하면 내 불편쯤은 배부른 투정으로 치부되어 마땅했다. 그들은 그때 이미 '작은 어른'이었다.

추억이 더욱 아름답게 느껴지는 건 현재에서 그만한 행복을 찾지 못하기 때문은 아닐까? 이제 명절에 찾는 큰집에는 녹내장 수술 후 거의 시력을 잃다시피 한 아흔 살의 할머니와 그만큼 늙어 버린 아버지 형제들만이 남아 있다. 장성한 사촌들은 모두 서울로 더 먼 땅으로 떠났고, 한번 떠나면 돌아오기란 쉽지 않은 법이다. 그래도 나는 기어이 눈치 없는 시누이가 되어 명절마다 큰집을 찾아 밥 한 끼를 챙겨 먹고 온다.

아이들의 수에 비하면 넉넉지 않았던 과일, 한과, 갖가지 부침개 중에서 특히 내가 좋아했던 동그랑땡이 지금은 밥상 위에 남아돌지만, 내 배는 오히려 그때보다 줄어 버린 것만 같다. 어쩌면 내가 느끼는 허기는 다시 돌아올 수 없는 날들에 대한 미련과 애상 때문일지도 모르겠다.

# 금자 언니

　선배 L언니가 마흔 살에 늦둥이 셋째를 낳았다는 소식을 들었을 때, 나는 그녀의 용기에 놀라거나 모성애에 감탄하기보다 출산과 육아에 전념할 수 있는 그녀의 조건이 부러웠다. 여전히 모성 보호가 열악한 한국 사회에서도 그녀는 삼 개월의 산후 휴가와 삼 년간의 육아 휴직을 법적으로 보장받는 교사였기에, 출산 장려 캠페인에 적극 부응하며 애국심을 발휘할 수 있었던 게다. 아이들에 둘러싸여 행복한 미소를 짓는 그녀를 보니, 사십 년 전 갓난 것들을 남의 손에 맡기고 허겁지겁 복직해야 했던 엄마가 새삼스레 안쓰럽다.

　나와 남동생의 생일은 공통적으로 한 달의 마지막 날이다. 일 개월의 짧은 산후 휴가에도 전전긍긍 관리자의 눈치를 봐야 했던 엄마는 만삭의 몸을 끌고 기어코 월말 정리를 마치고 돌아와 아이를 낳았다 한다.(그렇게 미련을 부리다가 동생은 정말 교실에서 낳을 뻔 했다나 어쨌다나) 세상이 정말 좋아진 것일까, 그때가 너무 가혹했던 것은 아닐까.

산후 조리도 제대로 못하고 학교로 돌아가야 했던 엄마 덕택에 나는 남의 손을 전전하며 자라났다. 외할머니와 할머니 등 집안의 여성 인력이 총동원되기도 했으나, 가장 오랫동안 지속적으로 나를 보살핀 손길은 다름 아닌 식모 언니들이었다. 옥자, 미자, 금자……. 나는 그 엇비슷한 이름을 가진 십 대 소녀들에게서 수많은 놀이와 글자와 세상을 배웠다. 지금도 희부연 유년의 기억 속에서 갈피갈피마다 그녀들의 얼굴이 묻어난다. 가난하고 형제 많은 집의 딸로 태어나 제대로 학업도 마치지 못한 채 입 하나 덜기 위해 남의집살이를 해야 했던 그녀들은 애보개와 가사 노동의 무료한 일상을 견디기에 너무 어리고 발랄했다.

내가 초등학교에 입학하기 전까지 함께 살았던 금자 언니는 그때 마침 어딘가에서 눈이 맞은 사내와 연애 중이었다. 들썽들썽 마음이 흔들려 더욱 자신의 처지를 견디기 힘들어 했던 금자 언니는, 몰래 쌀독에서 쌀을 퍼다 팔아 데이트 자금을 마련하기도 했다. 그 와중에 나는 알리바이 혹은 공범으로 적극 동원되었다.

금자 언니는 내 손목을 끌고 버스 정거장 앞에 있는 우미당 제과점으로 갔다. 우리가 들어서자 창가 자리에 앉아 있던 장발의 사내 하나가 번쩍 손을 들었다. 금자 언니는 내게 요구르트와 단팥빵을 사 주었고, 자기는 사내와 머리를 맞댄 채 팥빙수를 먹었다. 나는 그들의 대화를 살금살금 엿들으며 앙꼬가 듬뿍 든 단팥빵을 미어져라 입안에 쑤셔 넣었다. 빵

값은 금자 언니가 냈다. 먼저 빵집을 나선 사내는 주머니에 손을 찌르고 휘휘 휘파람을 불고 있었다. 결국 엄마가 쌀독이 비는 것을 눈치채면서 위태로운 연애 놀음도 금자 언니의 식모살이도 끝나고 말았지만, 나는 건달 같은 사내의 시답잖은 농담에도 까르륵 깔깔, 한껏 교태 어린 웃음을 흩뿌리던 금자 언니의 붉은 뺨을 오랫동안 기억했다.

성장의 그늘 아래 숨은 저임금의 여성 노동 착취를 말하기 이전에, 나는 그 이름 그대로 나의 '밥 어머니'가 되어 주었던 어린 그녀들이 그립고 안타깝다. 얼마 전 엄마가 우연히 길에서 금자 언니를 만났다는데, 예전의 달덩이 같던 모습은 온데간데없고 세파에 시달려 나이보다 훨씬 늙어 보이는 중년 아낙이 한동안 눈물을 글썽이며 엄마의 손을 놓지 못했다 하였다. 부디 어디서든 행복하길, 신산한 시절을 견뎌온 그녀들에겐 충분히 그럴 자격이 있다.

# 모든 낯선 것들을 위하여

**이름**

나를 처음 만나는 사람들은 공통적으로 내게 한 가지를 궁금해 한다.

"그 이름, 본명이셔요?"

한두 번 들어 본 질문이 아니기에 이젠 제법 유연하게 농담을 섞어 대답한다.

"그럼 설마 이 이름이 필명이나 가명이겠어요? 열세 살 계집애도 아닌데 어쩌자고 이런 낯간지러운 이름을 필명으로 쓰겠어요? 본명이에요. 태어나서 지금까지 써 온."

내 이름, 한자도 없는 순우리말 이름.

스물여섯 살의 엄마와 스물일곱 살의 아빠는 사랑의 결실로 낳은 첫딸이 꽤나 보배롭게 느껴졌나 보다. 두 사람 모두 한때 문학 소년이며 문학 소녀였던 터라 짐짓 순수한 창작의 자세로, 출생신고 지연으로 벌금을 물기 직전까지 고심에 고심을 거듭하며 마음에 꼭 드는 특별한 이름을 찾았더란다. 커다란 달력 뒷장 전면을 작명에 활용하여 그 즈음 유행하던 미영이나 영미, 지영이나 유미, 지혜나 민희 같은 이름들을 총망라하여 적고 아침 먹을 때 한 번, 저녁에 잠들기 전에도 한 번, 시시때때로 생각날 때마다 불러보고 읊조려보며 심사숙고하였더란다. 아무래도 엄마 아빠는 그때 작명에 너무 몰두한 나머지 짱구머리에 코가 낮고 입술만 두툼한 내 얼굴은 도무지 들여다볼 시간이 없었던 게다. 그러니 아빠가 퇴근길에 불현듯 생각나 한걸음에 달려와 적었다는 '별아'라는 이름에 두 사람이 동시에 '필feel'을 받아 당시로는 파격적으로 한자도 무시하고 한글로 호적에 등재하는 사건을 벌였던 게다.

열일곱 살까지는 이름 때문에 잃는 것보다는 얻는 것이 더 많았다. 공부하는 기계, 출석부의 머리통 개수에 불과한 존재였던 제도 교육 수혜기에 특이한 이름은 그나마 개성을 상기시키는 유일한 방편이었다. 선생님과 아이들은 학기 초에 제일 먼저 내 이름을 외웠다. 사회생활은 일면 이름의 싸움이기도 하다. 내 이름을 알고 있는 사람이 많으면 많을수록 어떤 식으로든 나의 존재는 선명해진다. 물론 악명을 떨치는 경우도 있지만 그 역시 개성 말살의 '이름 없는' 존재보다는 낫게 느껴진다. 이름은 분명히 불리고 기억되라고 있는 것이니까.

교사 수에 비해 너무 많은 학생 수가 문제였겠지만, 지금 나는 어처구니없게도 고등학교 3학년 때의 39번 얼굴은 기억하면서 그 아이의 이름은 기억하지 못한다. 39번이라는 출석 번호를 기억하는 것은 내가 49번이었기 때문이다. 39번 아이가 문제를 풀지 못하면 그 미제는 내 몫이 되는 것이었다. 그래서 나는 아주 유심히 39번의 표정과 입 모양을 살펴보곤 했다. 그 아이의 이름보다는 골치 아픈 문제가 그 아이에게서 끝이 나려나 내게까지 떠넘겨지려나, 이기적인 생각에만 골몰했음이 틀림없다. 미안하다, 이름 모를 39번 친구야.

이십 대까지는 그럭저럭 내 이름을 참아 줄 만했다. 아무래도 엄마 아빠는 연애기를 염두에 두고 내 이름을 지은 것이 아닌가 싶다. 예쁘고 특이한 이름은 성공한 연애보다는 실패하여 깨어진 연애에 더 위력적이다. 헤어진 후 얼마간 시간이 지나면 상대에 대한 지극히 부분적인 기억만이 남을 뿐이다. 이름마저 가물가물해져도 사라지지 않는 향기, 얼굴까지도 희미하지만 잊히지 않는 목소리, 함께 걸었던 길, 같이 듣던 음악 같은 것. 나와 헤어진 사람들은 나의 고약한 성질과 뚱뚱했던 몸매 대신 아마도 내 이름을 기억할 것이다. 그나마 내가 가진 것들 중에서 가장 나쁘지 않은 것을.

바야흐로 사십 대에 접어든 지금은 아무래도 이름 때문에 왕왕 불편하고 민망하다. 한자가 없는지라 중국어로 번역된 책의 작가명은 나로되 내가 아니고, 지금껏 내 이름을 제대로 발음하는 서양인은 한 사람도 만나지 못했다. 오로지 이름 때문에 독자들에게 이모티콘이 난무하는 인터넷 소설 작가로 오해를 받기도 한다. 더군다나 나는 자신이 이름보다 너무 늙거나 초라하거나 아름답지 못하다고 생각하는 서글픈 처지에까지 놓여 있다.

그러다 어느 날 문득, 사십 년간 주구장창 써왔음에도 불현듯 내 이름이 낯설어지는 특이한 경험을 했다. 돌이켜 보니 내가 내 이름을 불러 본 적은 거의 없는 것 같다. 거울 속의 내 눈을 똑바로 마주 보고 대답을 구하려 간절히 나를 불러 본 적은. 나는 언제나 내 이름 바깥에서 서성거렸는지도 모른다. 내 이름을 남들의 몫이라 생각하고 좀처럼 내 이름과 친해지려 하지 않았던 것인지도 모른다. 그래서 지금까지도 이렇게 나 자신에게 말을 걸기가 힘들고 낯선지도 모른다.

별아야, 넌 무얼 원하니? 무슨 생각을 하니? 네 꿈은 뭐니? 아직도 꿈 같은 걸 갖고 있기는 한 거니?

## 나이

일곱 살부터 열아홉 살까지, 나는 얼마간 강제적이고 강박적으로 일기를 썼다. 일곱 살 때 쓴 꿈동산 일기장을 펼쳐 보면 어린 나는 지독히도 심심했던 모양이다. 심심하다, 심심해 죽겠다, 오늘도 심심한 하루였다……. 한 장 한 장 넘길 때마다 심심함으로 인한 고통의 토로는 그칠 줄 모른다. 친구가 없어서였을까, 옷이 흠뻑 젖도록 땀을 흘리며 뛰어다니기보다는 구석에 웅크리고 앉아 책 속의 상상에 빠져들기를 좋아했던 우울하고 소심한 성격 때문이었을까.

언제부터인가 심심한 시간이 사라졌다. 시간은 너무 빠르게 나를 스쳐 갔고 나는 그 속에서 항상 허둥거렸다. 내게 주어진 과제는 너무 많은데 그것을 해결해야 할 시간은 턱없이 부족했다. 시간이 나를 쫓고, 나는 맹렬하게 달음질치기에 바빴다. 마침내 항복의 자세로 두 손을 들고 투항하여 흐르는 시간에 나를 내맡길 때까지, 나는 너무 분주하고 고단했다.

시간만이 해결해 주는 것들이 있다. 내가 보채고 채근하지 않아도 시간은 유유히 흘러 부대꼈던 모든 고민과 내게 너무 벅찬 일들을 과거의 것으로 밀어냈다. 그토록 힘들고 버거웠던 육아도 시간이 흘러 아득한 추억이 되었다. 젖을 뗄 때까지만, 걸음마를 할 수 있을 때까지만, 말을 할 수 있을 때까지만, 기저귀를 뗄 때까지만, 놀이방에 다닐 수 있을 때까지만⋯⋯. 그런 사소한 소망들이 내 희망의 전부였던 때도 있었다. 그런데 어느덧 아이는 훌쩍 자라 학교에 다니고 이제는 나의 간섭을 귀찮아한다. 뱃속의 뭉클한 태동에 놀라워했던 때가 어제 같은데, 지금 내 눈앞에서 주먹을 불끈 쥐고 일어서 나의 사고와 행동을 비난하는 저 아이가 뱃속의 바로 그 생명이었는지 의심스럽기까지 하다. 아이는 내가 키운 것이 아니라 시간이 키웠다.

불안하고 위태로웠던 이십 대와 삼십 대의 문턱도 훌쩍 넘었다. 스물아홉에서 서른이 되는 일은 그토록 머리를 싸매고 존재에 대한 고민으로 불면의 밤을 거듭할 만큼 중대하거나 거창한 일이 아니었다. 도무지 할 수 없을 것만 같았던 일, 내 능력으로는 감당하기 힘들었던 일, 날카로운 송곳으로 후벼 파듯 가슴 아팠던 상처 같은 것들도 다 그랬다. 모든 것이 지나갔다. 시간은 전지전능한 해결사처럼 그 전부를 간단히 해치웠다. 남은 것은 어렴풋한 잔흔뿐이다. 이제 그다지 아프지도 않고, 슬프지도 않고, 다만 아스라이 안타까운 기억들. 그렇게 때로 시간에 의지하고 때로 등 떠밀리며 오다 보니 어느새 그 이름도 낯설고 무시무시한 마흔이다. 동갑내기 친구는 비명처럼 소리쳤다.

"나는 마흔 같은 건 될 줄 몰랐어! 그런데 내가 마흔이라니!"

하지만 상상으로 먹고사는 나는 이미 오래 전부터 마흔을 예감했다. 다만 내게 더욱 놀랍고 끔찍한 일은 내가 상상 속에 그렸던 마흔의 나와 지금의 내가 너무 다르다는 것이다.

마흔의 나는 얼마간 늙었지만 좀 더 느긋할 줄 알았다. 마흔의 나는 자연스레 안정과 휴식을 말할 줄 알았다. 마흔의 나는 여유 있게 누군가에게 삶의 교훈 같은 걸 말해 줄 수 있을 줄 알았다. 마흔의 나는 내 일에 만족하고 성과를 즐기며, 길고 먼 훗날의 계획을 차근차근 세워 나갈 줄 알았다. 아니, 마흔의 나는 조금은 심심해질 수 있을 줄 알았다. 심심함을 기꺼이 받아들여 만끽할 줄 알았다. 마땅히 그랬어야 할지도 모른다. 하지만 지금 나는 여전히 바쁜 채로 조바심치며, 팍팍하고, 불안하다. 심심할 짬 같은 건 도무지 내지 못한다. 내게 마흔이 낯선 것인지, 마흔의 내가 낯선 것인지 모르겠다. 이처럼 철없이 내 나이를 인정하고 받아들이지 못하는 심사가 겉으로도 드러나지 않을 리 없다. 옷을 사러 가서도 여전히 영 캐주얼 브랜드를 기웃거리며 레이스나 체인 장식을 만지작거리는 나에게, 어느 친구가 딱하다는 듯 말했다.

"시간 있으면 일요일 아침에 '전국노래자랑'을 좀 보시지 그래?"

'전국노래자랑'에는 나의 낯선 나이가 있다. 만 나이로 삼십구 세의 김

아무개 여사, 시간에 쓸린 흔적이 선연한 그녀가 있다. 나이에 어울리지 않는 옷과 나이가 부담스러운 교태, 나이에 힘입은 강짜와 수다, 나이만큼 늘어진 피부와 지친 표정의 그녀가 거기 있다. 출연진들의 노래는 듣지 않고 그들의 나이만 뚫어져라 들여다본다.

낯설 것 없다. 누군가의 눈에는 내가 그녀처럼 보일 것이다. 그녀는 낯선 누가 아니라, 바로 나다.

# 소나기

먼 산의 실루엣이 희미하게 지워진다. 무겁고 두터운 구름이 서서히 몰려온다. 하늘이 점점 낮아진다. 검회색 층운이 대지를 온통 감싼 듯, 흡입하는 공기는 축축하고 비리다. 불안한 눈으로 고개를 쳐드는 사람들, 그리고 그들의 머리 위로 한 방울 한 방울 떨어지기 시작하는 빗방울.

이마 위의 선뜻한 기운을 출발 신호로 하여 사람들이 달리기 시작한다. 그들을 쫓듯 빗방울이 무서운 속도로 낙하한다. 되는대로 머리에 들쓰고, 급한 대로 아무 처마에나 몸을 피한다. 이제 빗줄기는 날카로운 빗금을 그리며 떨어진다. 온 세상이 그들이 뿜어내는 서늘한 기운에 잦아든다. 주변의 소음이 일시에 흡수된다. 세상은 온통 습기, 세상은 온통 빗소리. 아, 소나기다!

어린 날의 나는 꽤나 어둡고 우울한 아이였다. 타고난 성정이 워낙에 그러했던지, 아니면 후천적인 환경 때문인지는 모른다. 어쩌면 두 가지 모두 이유일 수도 있겠다. 갓난아기 때부터 한번 울음을 터뜨리면 불에 덴 듯 울어대고, 작은 소리에도 깜짝깜짝 자주 놀라고, 환경이 바뀌면 아예 밤을 새워 보챘다고 한다. 그런데다 갓난아기 때부터 엄마 손을 떠나 온갖 친척친지며 애보개 식모 언니들 손을 전전했으니, 나는 내 불안정하고 어두운 성격을 내가 기억할 수 없는 어떤 과거의 시간 탓으로 미룰 수밖에 없다.

수업을 하던 중에 소나기가 오기 시작하면 나는 몹시 괴롭고 슬펐다. 현관이 우산을 들고 마중 온 엄마들로 떠들썩하고, 그 분위기에 편승해 교실의 아이들까지 술렁일 무렵, 나는 좀처럼 그칠 것 같지 않은 굵은 빗줄기를 하염없이 바라보곤 했다. 엄마는 올 수 없다. 아무도 날 기다리지 않는다. 사실 비 맞는 것쯤 아무 것도 아니었다. 명랑한 아이들은 신발주머니를 머리에 들쓰고 와아아, 소리를 지르며 경쾌하게 뛰어가기도 했다. 나도 그럴 수 있었다. 하지만 그러지 못했다. 신발 가득 물이 고여 절 걱거리는 걸음으로, 나는 아주 천천히 비를 맞고 걸었다. 내 몸속에 고인 슬픔이나 눈물 따위가 빗물에 씻겨 아무 것도 아닌 물기가 될 때까지, 온몸이 흠뻑 젖도록 늦장을 부리며 걸어 집으로 돌아왔다. 그 역시 아무도 기다리지 않는 집, 축축한 어둠으로 가득 찬 집으로.

젊은 날에는 비 오는 날을 꽤 즐겼다. 바싹 마른 건조한 대지를 삽시간에 적시는 채찍 같은 소나기. 우르릉 꽝꽝 울리는 천둥, 번쩍번쩍 하늘을 찢는 번개와도 같은 젊은 날이었다. 나는 설명할 수 없는 격정에 사로잡

혀 있었고, 한번 뿐인 생을 어떤 식으로든 치열하게 살아야 한다는 생각
에 들떠 있었다. 소나기는 마치 그때 내 마음 같았다. 한 치의 타협과 회
피도 용납하지 않는, 삶에 대한 정면도전의 표식 같았다.

나는 비가 내리기 시작하면 우산보다 먼저 꽃을 샀다. 한 아름 가득의
안개꽃을, 아직 봉우리가 맺혀있는 흰 장미 다발을, 샛노란 수선화를, 보
랏빛 아이리스를 샀다. 그리고 그것을 소중히 품에 안은 채 누군가에게
달려갔다. 내가 그토록 꽃을 바치고자 했던 이가 누구였는지, 사실 그것
은 별로 중요하지 않다. 아마도 여자보다는 남자이기 더 쉬웠으리라. 그
런데 창피한 이야기이기도 하지만, 나는 그때나 지금이나 남자를 보는
눈이 형편없다. 내 사랑은 실체보다 환상이 더 컸다. 나는 상대가 누구이
든, 그것을 알려고 하기보다는 내가 그를 뒤쫓고 있다는 사실에 더 열광
했다. 턱없는 청맹과니, 에고이스트였다.

그럼에도 나는 그 누군가에게 꽃을 건네는 일을 즐겼다. 소나기를 맞
으며 그를 향해 뛰어가는 길, 내 품에서 열기와 같이 모락모락 피어오르
는 꽃향기, 그를 향해 꽃다발을 내밀 때 찌르는 듯 아프고 설레던 마음,
나는 아직도 그런 것들을 기억한다. 상대방의 얼굴과 느닷없는 선물에
대한 반응은 깡그리 잊은 채. 그때의 소나기는 내가 감당하기 어려울 만
큼 뜨겁고 눈부셨던 젊은 날의 신선한 청량제였던 것이 분명하다.

어쩌면 젊고 늙음의 경계를 생각할 때, 눈과 비를 좋아하느냐 아니냐
의 차이가 아닐까 싶다. 나는 더 이상 소나기가 내린다고 맨몸으로 비를
맞고 걷거나 꽃을 사지 않는다. 이키, 소나기다! 나는 얼른 우산을 챙겨들

고 맹렬하게 달려간다. 아이의 학교 현관 앞에서 나는 목을 빼고 내 자식 얼굴을 찾는다. 가끔씩 원망스런 눈으로 하늘을 쳐다보며 말하기도 한다. 아이고, 갑작스럽게 웬 놈의 비람!

# 바다, 푸른색 그리움

　나의 조상들은 아주 오래 전부터 태백산맥 동쪽 아흔아홉 굽이 고개 너머에 자리를 잡고 살았다. 그곳은 본래 고대국가 예맥이 자리 잡았던 땅으로, 동온, 하슬라, 임영 따위의 별호로 불렸다. 나는 그곳을 푸르른 동해 바다로 기억한다. 서늘한 여름, 따뜻한 겨울, 높고 아득한 대관령으로 기억한다. 고향을 떠올릴 때마다 내 가슴속에서는 유년의 파도가 철썩인다. 천진하고 난만하여 이를 데 없이 무구한 한 시절.

　바다는 늘 고요하게 그곳에 있었다. 버스를 타고 십오 분, 하이킹을 해서 삼십여 분, 걸어서도 한 시간 반 남짓이면 족히 닿을 수 있었다. 언제나 바다가 그곳에서 기다리고 있다는 사실에 나는 충만했고 평화로웠다. 굳이 그곳에 가지 않아도 좋았고, 가면 더 좋았다.

　천둥벌거숭이 시절 바다는 훌륭한 놀이터였다. 하루 종일 지치지도 않고 그 곁에서 놀았다. 물에 들어가 첨벙거리는 것도 좋았지만 바위에 붙은 홍합과 따개비들을 따고 물풀을 줍는 일도 쏠쏠한 재미였다. 정신이 팔려 놀다 보면 한낮의 햇살에 등과 어깨는 새카맣게 타곤 했다. 화끈화끈 쓰리고 아픈 것은 물론, 그을린 살갗은 허물을 벗는 뱀처럼 사정없이 벗겨졌다. 엄마는 그 위에 감자를 얇게 저며 올려 주었다. 나는 한껏 투정 섞인 엄살을 부리다가 어깨에 시든 감자를 얹은 채 잠들곤 했다.

정처 없이 방황하며 자아를 찾기에 골몰하던 사춘기 시절, 바다는 달랠 수 없는 마음을 식히며 위로해 주는 친근한 벗이었다. 약간은 불량해 보이고 싶었던 나는 모래밭에 앉아 친구들과 함께 뒷맛이 들쩍지근하고 씁쓸한 경월소주를 홀짝홀짝 맛보기도 했다. 모래톱을 걷다보면 허벅지가 저렸다. 그럼에도 하염없이 걷고 또 걸었다.

그리고 그때 처음으로 바다의 분노를 보았다. 몰아친 태풍에 상가의 간판과 지붕들이 날아가고, 학교에서 안전을 위해 일찍 하교를 시켜 줬던 날. 나는 겁도 없이 바닷가를 찾았다. 멀리서 바다가 미쳐 날뛰는 모습을 배반이라도 당한 양 맥없이 지켜보았다. 주변의 횟집이며 가게들이 지푸라기처럼 쓸려 떠내려갔다. 해일이라고 했다. 무서운 광란이었다. 그럼에도 두려움보다는 경이로움이 더 컸다. 오만과 치기로 세상과 맞서고파 들끓지만, 실은 세계 속의 한 점에 지나지 않는 초라한 나의 존재를 절절히 실감했다.

배를 타는 반 친구의 아버지가 그 와중에 실종되었다. 바다는 심지어 죽음까지도 쉬이 확인할 수 없게 했다. 바다에 잠긴 시신은 세 번은 꼭 떠오른다고, 군경의 헬기가 동원되어 수색을 벌였지만 친구의 아버지는 찾을 수 없었다. 어부들은 바다의 두려움을 이미 알고 받아들이고 있었다. 친구는 한참 후에야 등교를 했다. 주변머리가 없었던 나는 그를 위해 위로의 말 한마디 변변히 건네지 못했다.

여름이 되면 바다는 타지 사람들의 몫이 되었다. 그때의 바다를 나는 별로 좋아하지 않았다. 공연히 내 소중한 것이 훼손되는 느낌, 내 비밀을 들킨 느낌이 들었기 때문이었다. 나는 사람들이 바다에게 함부로 하는 것이 싫었다. 그들을 위해 조잡하게 마련된 원색의 파라솔과 파도 소리가 들리지 않을 정도로 왕왕 틀어대는 유행가도 마음에 들지 않았다. 바다는 한바탕 치도곤을 치른 후 말복이 지나 물이 차가와진 후에야 조용해졌다. 모래 속에 묻힌 쓰레기는 들끓었던 여름이 남긴 유일한 선물이었다.

대학에 진학하기 위해 고향을 떠나면서 사실 나는 후련했다. 좁은 골짜기를 떠나 넓은 세상으로 간다는 사실에 한없이 들떴다. 나는 아주 다른 모습으로 살 수 있을 거라 믿었다. 하지만 한동안 서울이란 비정한 도시의 익명성에 시달리면서, 나는 밤마다 바다를 꿈꾸었다. 바다의 품에 안겨 있는 내 초라한 고향의 골목을 꿈길에 걸었다. 나는 그곳을 떠나 어디에 있어도 바다에서 벗어날 수 없었다. 바다는 나의 어머니, 나의 가장 다정한 벗, 나의 지극한 그리움이었다.

이제는 나도 여름이면 '타지 사람'이 되어 바다를 찾는다. 아이는 바다를 너무 좋아해서 고향에 머무는 내내 매일 바다로 출근을 한다. 지저

분하고 복잡해도 바다는 그냥 바다일뿐이다. 그곳에서 아이는 한없이 즐겁고 행복한 표정이다. 나는 이제 내 아이의 벗이 된, 오래된 친구 바다의 너그러움을 감사하며 지켜본다. 아무리 세상이 변하고 내가 변해도 그는 변함이 없다. 그것이야말로 바다의 미덕이며 매력이 아니던가.

# 꽃, 그를 사랑하는 이유

꽃, 꽃이, 꽃이로구나

꽃이란 이름은 얼마나 꽃에 맞는 이름인가

꽃이란 이름 아니면 어떻게 꽃을 꽃이라 부를 수 있었겠는가

별안간 꽃이 사고 싶다

꽃을 안 사면 무엇을 산단 말인가

별안간 꽃이 사고 싶은 것, 그것이 꽃 아니겠는가

—이진명의 詩 「젠장, 이런 식으로 꽃을 사나」 중에서

누군가를 만나기 위한 약속을 잡고 그 시간을 향해 천천히 걸어갈 때, 내 손에는 늘 한 다발의 꽃이 들려 있곤 했다. 오랜만의 반가운 만남일 때도 있었고, 의무적인 친분의 확인인 적도 있고, 때로는 위로나 사과를 위

한 약속이기도 했다. 나는 그 모든 이유를 들어 꽃을 샀다.

품 안에 가득 차는 안개꽃만으로 구름송이 같은 다발을 만들어 조용하고 정갈한 성격의 친구에게 달려갔다. 늘 자기 자신만의 알 수 없는 어떤 이유로 상처받고 부대끼는 예민한 친구에게는 날카로운 가시를 달고 있지만 드러나 격하지 않은 백장미 한 다발을 안겼다. 주위에 사람들을 잘 끌어 모으고 또 그들을 행복하게 할 줄 아는, 미인은 아니지만 충분히 아름다운 선배에게는 향기 좋은 프리지아 한 다발이 어울렸다. 사랑했지만 닿을 수 없었던 이에게는 교정에서 꺾은 홀씨를 가득 단 민들레를, 터져 나오는 기침처럼 숨길 수 없었던 열정의 대상에게는 왈칵 토해 낸 한 덩어리 피처럼 붉은 칸나를 바쳤다. 그때의 꽃들은 내 마음이었고, 그 향기는 내가 느끼는 상대방의 냄새였다.

이제 나는 좀처럼 꽃을 사지 않는다. 꽃을 선물 받는 일도 예전처럼 즐기지 않는다. 생일 선물로 꽃을 사고 싶어 하는 아이에게는 딱 한 송이만 사라고 신신당부를 한다. 화훼농업의 육성을 위해서라도 꽃 소비를 기꺼워해야 마땅할진대, 나는 어쩌면 마음속 깊이 꽃을 사는 일을 사치라고 생각하는지도 모른다. 그리고 아마도, 더 이상 뜨겁게 젊지 않은 모양이다.

냉혹하게, 혹은 가차 없이 객관적 사실 그대로를 말하자면 꽃은 다름 아닌 속씨식물의 생식기관일 뿐이다. 종족 보존의 지극한 본능은 화분의 전달을 돕는 벌 나비를 끌어들이기 위해 자신의 한 부분을 화려하고 향기롭게 장식한다. 그곳은 유혹의 지점이며 관능의 장소다. 그러하기에 인류의 문화사에서 어느 문명이든 간에 꽃을 여성성에 비겨 상징하는 코드가 생겨났던가 보다. 전 세계를 휩쓴 페미니즘의 도도한 약진에 의해 지금은 여성을 꽃에 견주는 사死비유들은 많이 퇴색하고 말았다. 하지만 여전히 아름다운 여성을 보면 꽃처럼 아름답다고 말하고, 한창 물이 올라 여성적 매력을 한껏 발산하는 시기를 일컬어 활짝 피어나는 때라고 말한다.

이를테면 꽃은 섹슈얼리티와 직결된다. 막 봉오리를 맺기 시작한 꽃은 아직 파과기를 맞지 않은 수줍은 소녀를 연상시킨다. 활짝 핀 싱싱한 꽃은 이글거리는 젊은 욕망과 열정의 여인을 상상하게 한다. 시들어가는 꽃에 대해서는 말하지 않으련다. 시든 꽃을 좋아하는 사람은 없다. 하지만 언제고 시들지 않아 싱싱한 꽃이란 없기 마련이다. 화무십일홍花無十日紅, 열흘 붉은 꽃은 없다는 말을 굳이 상기하지 않더라도 시들지 않는 꽃은 플라스틱 꽃잎과 철사 줄기를 가진 조화뿐이다. 조화의 용도가 분명히 존재하긴 하겠지만 조화에 감동을 받기는 쉽지 않다.

꽃이 시들어 떨어지면 잎이 피고 열매가 맺힌다. 시들어 떨어지지 않고는 잎이 피고 열매가 맺힐 수 없다. 우리는 제철에 맞게 만개한 꽃을 보며 감탄하고 아낌없는 찬사를 보내지만, 때 아닌 철에 불쑥 피어난 꽃을 보면 놀라면서도 공연히 어색해진다. 꽃은 곧 강렬한 생명력의 표식이다. 살아남기 위해 부둥켜안아야 하는 생명을 가진 모든 것들의 뒤척임이다.

꽃을 사랑하는 사람은 언제나 젊다. 그의 마음속에는 꺼지지 않은 불씨 같은 동화가 살아 있고 누군가를 여전히 뜨겁게 사랑할 수 있는 가능성을 가지고 있다. 인생의 사계절 중 청춘을 봄에 빗댄다면, 봄에 만개한 꽃들은 바로 시간이 지나면 결코 돌이킬 수 없는 찬란한 열망, 호기심, 희망이라 부를 수 있으리라. 그것은 돈으로도, 그 무엇으로도 살 수 없는 것들이다.

봄이면 여기저기서 열리는 꽃 잔치 꽃놀이에 가보면 정작 인생의 봄인 청춘기를 살고 있는 젊은이들은 그리 많지 않다. 그만큼 일에 바쁘고 성취해야 할 무엇을 좇아 달리고 있는 것이리라. 분분히 떨어지는 꽃잎을 줍는 사람들은 대부분 화려한 개화기를 흘려보낸 사람들이기 십상이다. 그들은 꽃이 만개하면 곧 이울어간다는 것을 경험으로 안다. 그러하기에 더욱 꽃의 아름다움에 도취하며 그 짧은 한때를 즐기기 위해 고단한 봄밤을 뒤척이는지도 모른다.

가난한 나라에 여행을 가면 맨발에 부실한 입성을 한 아이들이 관광객들을 뒤쫓곤 한다. 그 중에 바지런한 몇몇 아이들은 꽃을 판다. 꽃팔찌나 꽃목걸이를 만들어 건네는 아이들의 손을 뿌리치기는 쉽지 않다. 그들의 꽃은 희망의 다른 이름이다. 기꺼이 존중 받으며 행복한 삶을 살아야 할 권리에 대한 주장이고 징표다. 그런가 하면 꽃은 평화의 상징이다. 아직도 세계 곳곳에는 전쟁이 끊이지 않고, 그 속에서 아이들과 여성들과 노인들이 고통을 겪는다. 전쟁터에는 꽃이 없다. 꽃을 피울 수 있다면 전쟁은 끝날 것이다.

무수한 의미를 지니고 무궁한 상상을 자극하는 꽃, 그를 사랑하는 이

유는 우리가 언젠가는 반드시 끝날 유한한 삶이나마 끝끝내 살아 아름답
고자 하는 이유와 같은 것일 테다.

# 너는 나를 어떻게 기억하니

　　한동안 모 경제신문에 짧은 칼럼을 연재했다. 사실 나는 원고료가 들어오는 통장 계좌를 확인하는 것 외에는 실질적인 경제 활동에서 백치나 다름없다. 투자에 의한 득실을 따져 돈을 굴리고 불리기엔 처음부터 소질이 없다. 언젠가 남들을 흉내 내 뮤추얼펀드니 뭐니 하는 것에 얼결에 쌈짓돈을 털어 넣은 적은 있지만, 남들이 하면 투자인 것이 타고난 '마이너스의 손'인 내게는 제살 파먹기에 진배없다. 그로부터 나는 은행에서 공과금을 내거나 현금카드로 돈을 인출하는 것 이외엔 일체의 다른 행동을 삼가고 있다. 이런 나를 잘 아는 누군가는 내가 아무 것도 하지 않는 것이 돈을 버는 것이라 했다.

　　그런 내가 경제 신문에 글을 쓰다니 아이러니가 아닐 수 없었다. 도대체 경제 신문 같은 걸 어떤 사람들이 보는지조차 짐작하지 못하는 주제에.

그래도 그 덕분에 뜻하지 않게 얻은 수확이 있었다. 졸업 이후 소식이 끊겼던 친구들과 연락이 많이 닿은 것이다. '나는 누구누구인데, 혹시 나를 기억하니?' 하는 일면 조심스런 메일을 받을 때마다, '내가 왜 널 기억 못하겠어? 내가 아무리 중증의 건망증을 앓는다고 해도……'라는 답장을 수없이 날려 보냈다. 비록 그에 관련된 기억 전체를 복원할 수는 없다 하여도, 누구나 한 컷 이상의 기억으로 또렷이 남아 있는 것이 신기하다.

우리는 열심히 서로의 기억을 대조한다. 함께 보았던 공연, 함께 불렀던 노래, 함께 누비고 다녔던 학교 앞 후미진 골목, 그리고 함께 흘려보낸 우리의 젊은 날…… 결혼은 했니? 누구랑 했니? 어디서 사니? 뭘 해먹고 산다니? 그럭저럭 살만하니? 애는 몇 살이니?

허겁지겁 호구조사를 마치면 문득 쓸쓸해진다. 지극히 예상 가능한 길을 걸어 자기 자리에 안착한 친구는 그런대로, 전혀 예상할 수 없었던 길로 진로를 수정하여 엉뚱한 모습으로 뜻밖의 곳에 자리 잡은 친구는 그런대로, 아직도 길을 찾지 못해 헤매는 친구는 또 그런대로.

우리는 갑자기 함께였던 그때보다 더 진한 동실감에 가슴이 시려진다. 젊음의 생기는 이제 사라졌다. 여전히 삶의 한복판을 맹렬하게 질주하고 있지만, 고단하고 권태로운 것도 어쩔 수 없다. 다시는 우리가 '함께' 나누거나 누릴 수 있는 것이 없다…….

"너는 나를 어떻게 기억하니? 네 기억 속에서 그때의 나는 어땠니?"

스스로는 엄청나게 많이 변했다고 생각하는 내가 친구에게 묻는다. 내가 미처 기억하지 못하거나 기억하기 싫어 회피한, 그러나 타인의 기억 속에 오롯이 남은 과거의 나.

"너? 불평불만도 많고, 버럭 화도 많이 내고, 부당한 건 도무지 참지 못했지."

친구의 대답에 나는 피식 웃는다. 생각보다 그렇게 많이 변한 건 아니구나.

그러나 다만 한 가지를 바란다. 그때 내 좁은 세상 바깥은 아무 것도 알지 못했던 청맹과니였던 내가 누군가에게 상처를 입혔다면, 제발 내가 입힌 상처를 잊기를. 나 역시 누군가에게 입은 상처보다는 그와 함께여서 행복했던 반짝이는 추억만을 간직할 터이니, 부디 못 돼먹고 천방지축이었던 그때의 나를 기억하는 친구들이여, 나를 용서하라.

❋

# 고향 생각

내 나이 열아홉에 큰 산, 대관령을 넘었다.

　늙으신 어머님을 강릉에 두고
　홀로 서울 길로 가는 이 마음
　돌아보니 북촌은 아득도 한데
　흰 구름만 저문 산을 날아 내리네

　발밑의 구름 속에 시구를 흩뿌리며 사임당 신씨가 걸어 넘던 고개, 좌천이라고밖에 할 수 없는 오지의 부임장을 받아든 옛 관리들이 억울한 눈물 속에 넘어왔다 묵지근한 정 때문에 넘어가며 또 눈물 흘렸다는 그 고개를 넘어 마침내 나는 서울로 왔다. 하지만 나의 상경 길은 사임당의 운치와 정한에 공감하기에도, 타관 출신 관리들의 회오어린 심경을 헤아리기에도 마땅치 않았다.

마침 때는 음력 정월 초사흘, 설을 쇠고 상경하는 귀성객들로 고속버스 표가 매진되어 진부, 장평을 경유하는 직행버스에 입석으로 겨우겨우 실려 가는 신세였다. 대학 합격통지서를 받은 지 나흘째, 명절이 끝나기가 무섭게 신입생 임시 소집일을 공고해 놓은 학교 측의 철저한 지방무시 서울중심주의 학사 행정을 원망할 겨를도 없이, 나는 주행선과 추월선을 넘나들며 곡예 운전을 하는 직행버스 안에 짐짝처럼 실린 채 등줄기에 흘러내리는 식은땀과 미미한 멀미 기운을 환기통의 바람줄기로 달래며 허위허위 대관령을 넘었다.

그리고 이십 년, 놀라운 시간이 훌쩍 흘렀다. 가끔 대관령을 넘어 고향 땅을 밟아도 쉽게 넘나들기에 너무 먼 거리 탓인지 간만에 찾은 고향은 서먹서먹하니 낯설고, 타향살이를 하고 있다는 자각만이 쓰리다.

처음 대학에 진학했을 때 친구들은 나를 아주 먼 데서 온 이방인처럼 대했다. 이를테면 산간벽지 바닷가 마을에서 미역 따고 오징어 잡다가 온 아이처럼. 그래서 심심치 않게 "너희 집에서 바라보면 바다가 보이냐?"는 질문을 받곤 했다. 물론 머지않은 곳에 바다가 있다. 언제라도 달려가면 한 아름 품어 줄 바다가 가까운 곳에 있다는 것은 어린 시절의 나를 가장 흡족하게 하고 넉넉하게 위로하던 사실이었다. 하지만 대문 너머 펼쳐진 바다라니……. 나는 그들이 뭔가 내 고향을 '오해' 하고 있다는 생각을 하게 되었다. 하지만 오해에도 이력이 붙어, 언제부터인가 고향을 말하면 "참 좋은 곳에서 오셨네요."라고 하는 인사말을 웃으며 들어 넘길 수 있게 되었다.

참 좋은 곳…….

사람들은 수시로 그곳을 찾아 몰려든다. 여름에는 피서 인파 때문에, 겨울에는 스키장을 찾는 인파 때문에 고향 가는 길이 녹녹치 않다. 때로는 텔레비전 생중계까지 하며 아우성을 치는 '민족 대이동'의 명절길보다 여름과 겨울에 고향 가는 길이 더 길고 멀다. 대관령 길이 새로 개통되어 이동 시간은 많이 단축되었지만 워낙 많은 사람들이 몰리다 보니 그조차 만만치 않다.

고향을 떠나기 전 어렸을 때는 철마다 몰려드는 관광객들이 썩 달갑지 않았다. 마치 내 소중하고 은밀한 보물을 강탈당하는 듯한 느낌이 들기도 했다. 모래사장마다 가득 메운 파라솔, 모래에 몰래 파묻힌 쓰레기들, 거침없는 비치 패션으로 좁은 시내를 활보하는 타지인들을 못마땅한 시선으로 바라보기도 했다. 그들은 여행자가 아니라 관광객일뿐이라고 생각했다. 대도시의 누적된 피로와 욕망을 배설하듯 관광지에 쏟아내고 미련 없이 떠나는 사람들…….

하지만 고향을 떠난 후에는 그들마저 갸륵하고 미쁘게 느끼는 여유를 찾게 되었다. 그렇다. 그곳은 영원히 나만의 소중한 추억이 묻힌 고향이기도 하지만 삶에 지치고 꿈을 잃어버린 모든 사람들의 고향이기도 하다. 바다가, 산이, 인간의 영원한 향수를 자극하는 대자연이 넉넉하게 그들을 품어 준다. 사람들은 거기에 풍덩 뛰어들어 아이처럼 물장구치기도 하고, 땀 흘리며 오르면서 잊고 지내던 이상을 되찾기도 한다. 누구도 완전히 소유할 수 없지만, 누구나 기꺼이 소유할 수 있는 그것들.

「강원도의 힘」이라는 영화가 있다. 강원도가 배경이 되긴 하지만 강원도가 무슨 힘을 가졌는지 말할 의지를 전혀 갖고 있지 않은 영화. 하지만 다른 어떤 지방의 '힘'을 말한다면 뭔가 정치적인 뉘앙스를 풍겼음직한 그 제목이 묘연하게도 정서적인 울림을 갖고 있었다. '강원도'와 '힘'이라니, 전혀 어울릴 것 같지 않으면서도 역설적으로 썩 어울리는 두 단어의 조합.

여전히 사람들은 강원도를 꿈꾼다. 유토피아, 엘도라도, 샹그리라까지는 아니지만 회색의 감옥과도 같은 대도시를 탈출하여 떠나면 꼭 닿아야만 할 것 같은 그곳을. 거기에는 때 묻지 않은 자연이 있고, 퉁명스럽지만 속 깊은 사람들이 있고, 그들만의 신비로운 삶의 연속성이 있다. 다른 어떤 관광 상품이나 풍물보다도 나른한 듯 '힘'이 없는 강원도의 '힘'이 비틀거리는 사람들에게 어깨를 슬며시 내주는 것이다.

나는 새벽녘 불쑥 전화를 걸어와 "강원도로 간다"고 말하는 친구들의 목소리에서 촉촉한 습기를 느낀다. 뭣하러 가느냐고 묻지 않는다. 떠들썩하게 해맞이를 하러 갈 수도 있고, 회 한 접시 먹으러 갈 수도 있고, 그냥 술김에 흰소리로 지껄이는 것일 수도 있다. 하지만 '강원도로 가고픈' 그들의 마음을 받아들인다. 잘 다녀오라고 전화를 끊으며 나는 입속으로 미처 건네지 못한 말을 중얼거린다. 그곳이 내 고향이라고, 나는 그 좋은 곳에서 떠나왔다고…….

언제쯤 다시 고향으로 돌아갈 수 있을지 모르겠다. 이러구러 하다가 벌써 내 인생의 절반을 타향에서 보낸 셈인데, 그 사실을 떠올릴 때마다 깜짝 놀라게 된다. 나를 키운 기억은 고스란히 그곳에 있는데, 나는 왜 이 낯선 곳에서 하릴없이 떠돌고 있는지.

# 외로우니까 사람이다

### 보폭이 좁은 치마

세일 중에 옷을 샀다. 오랜만에 백화점에 가 분주한 사람들 속에 섞였다. 소비가 미덕이 되는 시절이라 했다. 사람들은 저마다 지갑을 열어 자신이 추구하는 가치를 맞바꾸기에 바쁘다. 돈과 아름다움을, 돈과 편리함을, 돈과 과시욕을, 돈과 자신만의 소중한 필요를 교환한다. 나도 조심스레 낡은 지갑을 연다.

화려한 원색의 여름옷들 사이를 홀린 듯 헤매다가, 막상 고른 것은 브이 네크라인에 검정색 민소매 원피스였다. 굳이 무릎을 넘어 발목까지 덮는 길이를 원했다. 앙상하게 마른 무릎을, 그 남몰래 휘청거리며 쉽게 꺾이는 무릎을 가까스로 버틴 종아리를 드러내 보이고 싶지 않았다. 이젠 드러내기보다 감추어야 할 것이 더 많은 나이다.

모딜리아니의 그림 속 여인처럼 목만 서글프게 긴 여자가 거울 속에서 나를 바라본다.

"옷이 참 잘 어울려요. 사이즈도 그렇고, 꼭 손님에게 맞춘 것 같아요."

샌들 끈 사이로 퉁퉁 부은 발이 삐죽삐죽 튀어나온 피곤한 점원 아가씨는 직업적인 예의를 총동원하여 그 목이 긴 여자에게 찬사를 보낸다. 낯은 간지럽지만 제법 흡족하다. 원하던 디자인의 옷을 고른 것도 그렇고, 얼마간의 눈속임이긴 하겠지만 매장 거울 속에 비친 길고 차분한 실루엣도 그렇고, 30퍼센트의 세일가에 백화점 카드로 10퍼센트를 더 깎은 가격도 그렇고.

새 옷을 입고 거리에 나선다. 스쳐 지나는 사람들의 시선이 잠시 내게 머물렀다 떠나는 듯한 착각에 즐겁다. 바람이 나를 관통하여 지나간다. 얇은 옷으로 감싼 속살의 피부 세포들이 호들갑스레 우우우 만세를 부르며 일어났다 주저앉는다. 새 옷의 껍데기를 들쓰고 나도 잠시 새로워진다. 적어도 누추한 헌 옷의 기억을 잠시나마 잊는다. 새 옷에는 아직 일상의 냄새가 묻어 있지 않다.

그러나 삼십 분도 지나지 않아, 나는 난처해져 당황한다. 무릎과 종아리를 덮어 감싼 치마는 훌륭한 은폐물이기는 하나 그 폭이 너무 좁다. 옆이나 뒤의 트임도 없다. 걸을 때마다 드러나 보이는 종아리와 허벅지가 남루한 교태 같아 굳이 트임이 없는 옷을 골랐는데, 그것이 불편의 이유가 된다. 종종걸음을 걷는다. 생각해 보니 옷의 폭이 특별히 좁은 것보다 내 보폭이 너무 넓은 것일지도 모른다. 나는 치마폭에 신경을 쓰며 조심스레 걷기보다 청바지를 걸쳐 입고 경중경중 뛰기를 더 즐겼다. 아무튼 불편하다. 백조가 우아하게 물 위에 떠 있기 위해서는 물속에서 허겁지겁 발을 재게 움직여야 한다더니……어울리지 않는 멋내기가 쉽지 않다. 금방이라도 앞으로 고꾸라져 버릴 것 같다. 빨리 집으로 돌아가야겠다는 생각밖에 없다.

사람들은 나의 이런 사소하고도 중대한 고통을 모른다. 그들의 시선은 그저 타인으로부터 타인에게로 옮겨 가는 무의미하고 건조한 이동일 뿐이다. 나의 고통은 보폭이 좁은 치마에 갇혀 있다. 그럴 때가 있다. 신고 나온 신발이 뒤꿈치를 깨물 때, 손톱을 너무 짧게 잘라 속살이 드러날 때, 어디에 쓸렸는지 알 수 없는 작고 깊은 상처를 입었을 때, 달걀 프라이를 부치다 튄 기름 한 방울에 화상도 아닌 화상을 입었을 때, 몸에 잘 맞지 않는 속옷을 입었을 때, 콘택트렌즈가 눈 속에서 이물스레 까탈을 부릴 때, 등에 생긴 뾰루지가 자꾸만 곪아 가는 것을 느낄 때……너무 작고 초라하여 남에게 하소연할 수도 없는 고통에 시달린다.

온 신경을 다 집중시킬 만큼 크고도, 그 쓰라림과 아픔과 불편한 부대낌을 그 누구와도 공유할 수 없는 통증. 함부로 드러내었다간 그저 엄살이 되어버리는 고통, 어쩌면 외로움도 그와 같은 것이 아닐지.

### 심심하고 싶었던 어느 날

우리 집은 늘 비어 있었다. 나는 일찍부터 집 열쇠를 목걸이 삼아 걸고 다녔다. 어린 나는 심심했다. 하지만 심심한 것을 참고 견딜 만큼 다소곳

하거나 철이 든 아이도 아니었다. 기어코 심심하지 않기 위해, 닥치는 대로 놀거리를 만들었다. 친구들과 몰려 쏘다니다가 또다시 혼자가 되면, 내게 남은 벗은 오직 책뿐이었다. 나는 마음껏 상상의 친구들과 어울려 놀았다. 상상의 거리를 헤매고, 상상의 옷을 지어 입고, 상상의 성에서 상상의 괴물을 물리치며, 상상의 열매를 따먹고 배를 채웠다. 그러다 보니 어느새 한 시절이 갔다. 나는 더 이상 아이가 아니었고, 심심해지는 일이 그다지 두렵지 않았다.

그러나 나는 시골 출신이었다. 선조들이 대대로 살아온 고향 땅에서 떠나 대처에 나와 보니, 나만큼 작고 초라한 아이가 없었다. 고단한 잠결에 바다가 손짓처럼 파도로 펄럭이며 나를 부르는 꿈을 꾸었다. 넓고 화려하고 복잡한 도시는 심심할 틈도 없이 바쁘게 돌아갔다. 나도 발을 빠뜨리기가 무섭게 빠르게 뒤섞여 돌아갔다. 청춘이라는 푸르고 뜨거운 한 시절에 던져진 질문들은 너무 많고 무거워, 밤새워 술을 마시며 토로해도 끝은 쉽게 보이지 않았다. 간절히 해답을 찾고자 하였으나 무엇도 완전히 명쾌하지 않았다. 누군가 말해 주는 해답은 내 것이 아닌 듯하였고, 내가 겨정저으로 호소히는 해답 역시 진정한 내 것이라 자신할 수 없었다.

그래도 나는 여전히, 그 바쁘고 격렬한 나날 속에 짬짬이 심심하였다. 가파르고 긴 언덕길을 기어오르면 그 끝에서 나를 기다리던 작고 습한 방 하나. 나는 눅눅한 이불을 머리끝까지 뒤집어쓰고 엎드려 고향에서 가져온 짐 가방 속의 수학 문제집을 꺼내어 풀곤 했다. 성지사에서 나온 홍성대 선생의 역작 『수학의 정석定石』은 젊은 날의 심심한 한때를 달래

준 다정한 벗이었다. 공식이 있고, 연습 문제가 있고, 공식에 맞춰 문제를 풀면 답이 나왔다. 오답이 나오면 정답이 나올 때까지 다시 풀었다. 수학의 정석과 같은 삶의 문제지는 어디에도 없었다. 나는 이를 악물고 눈에 힘을 주어 방정식과 미분과 적분의 답을 구했다. 더 이상 심심하지 않을 때까지.

어쩔 수 없이 나는 시골 여자라, 서른이 되기 전에 결혼을 해야만 하는 줄 알았고, 결혼을 하면 아이를 낳아야 하는 줄 알았다. 꼭 그래야 하는 줄만 알았다. 결혼을 하지 않은 상태로 아이 없이 사는 일은 너무 심심해서 견딜 수 없을 줄 알았다. 함께 나누는 체온으로 심심함을 잊게 해줄 남자를 찾아 결혼을 했다. 결혼 자체는 심심할 때도 있었다. 사실은 심심할 때가 더 많았다. 내가 심심해 할 때와 남자가 심심해 할 때가 너무 다르고, 내가 심심해 하는 방식과 남자가 심심해 하는 방식이 너무 다르다는 것이 문제였다. 우리는 결혼으로 말미암아 더 이상 심심하지 않아도 될 줄 알았는데, 결혼 때문에 더 심심해졌다고 서로를 비난했다. 함께 있어서 더 심심하다는 것은 징징 울면서도 뿌리칠 수 없는 비극이었다.

그러다가 아이를 낳았다. 나는 눈코 뜰 새 없이 바빠졌다. 아이는 그 끝없는 성장 속에 심심할 겨를을 주지 않았다. 끝없이 요구하고, 턱없이 무례한 권리를 마구 주장하고, 존재 자체로 압력을 가했다. 나는 그를 진정으로 사랑했으나, 사랑 때문에 때로 버겁고 괴로웠다. 그제야 겨우 나는 내가 심심하기를 즐기고, 심심하기에 딱 어울리는 사람이라는 사실을 깨달았다. 그러나 내가 심심함의 나른하고 들척지근함을 한껏 향유할 때

더욱 심심해지고야 말 가련하고 끈질긴 아이의 존재 때문에, 나는 심심해지지 않을 정도로 힘껏 살아 내는 수밖에 없다. 그토록 지긋지긋하게 느끼던 심심함이, 때때로 너무나 간절하다.

**외로움, 그리움, 그리고 기다림**

뤼시앵 보이아의 책 『상상력의 세계사』에는 '이타성의 게임'이라는 표현이 등장한다. 인류의 잔혹한 역사에서 인간이 인간에게 행한 고문, 린치, 살해, 전쟁 따위의 일들은 결국 그 앙상한 상상력의 빈곤을 드러냄에 다름 아니다. 고통스러운 비명을 들으며, 일그러져 비틀리는 육체의 파괴를 바라보며, 고통 속에 피폐해지는 영혼을 지켜보며 태연하게 만행을 저지를 수 있는 힘은 그가 인간이 아닌 '악마'라서가 아니라 가난한 상상력을 어김없이 드러낸 '인간'이기 때문이다.

상상력은 인간을 인간답게 하는 필수 요소다. 그것은 도덕과 법률과 제도에 속박당할 수 없는 본연의 인간됨을 지키는 힘이다. 타인의 고통을 상상하는 일은 거룩한 것이다. 그 혼자만이 겪고 있는 쓰라림과 아픔, 그 혼자만이 오롯이 갇혀 있는 깊은 우물과도 같은 우울, 그 혼자만의 간절한 소원과 절망……. 그것이 한순간 '내 것'으로 느껴질 때에야 우리는 누군가에게 상처를 입히는 잔인한 '악마'이자 '야수'인 인간에서 벗어날 수 있다.

그리하여 우리는 끝없이 소통을 꿈꾼다. 그 소통이 곧 갈등의 원인이 되고, 사람이 사람 때문에 더 외로워지고 괴로워지고 고통 받는다 하더

라도, 그 간절한 소통의 욕구만은 멈출 수 없다. 어쩌면 영영 좌절되고야
말 안타까운 염원일지도 모른다. 그럼에도 불구하고 외롭기 때문에 그리
워한다. 그리워하며 기다리고, 그 기다림 속에 영원히 외롭다.

외로우니까 사람이라지만, 사람이기에 꼭 외로워야만 한다. 외로워할
줄 알아야 한다. 그래야 달뜬 뺨을 부비며 무언가를 그리워할 줄 알고, 아
랫입술을 꼭 깨물고 무언가를 절실히 기다릴 줄 알게 된다. 아직 외로워
할 수 있기에, 나는 불행하지 않다.